我的杯子很小，但我用我的杯子喝水。

——［法国］缪塞

中国微型小说读库

02

中国微型小说学会 编

上海文艺出版社
上海故事会文化传媒有限公司

目录 CONTENT

上 编

- 3 暗涌 / 胡炎
- 7 摆阵 / 赵明宇
- 10 陈大拿 / 赵长春
- 14 陈述 / 砌步者
- 18 大湖 / 蒋冬梅
- 22 大眼睛的蚕豆花 / 蒋静波
- 26 杜鹃花开 / 孟凡勇
- 30 墩子不是好鸟 / 张建春
- 34 风过中山 / 刘兰琴
- 39 赶戏 / 白龙涛
- 43 狗油灯 / 张大愚
- 46 挂在故乡的钥匙 / 欧阳明
- 50 黑羊白汤 / 赵文辉
- 54 换防 / 蒋玉良
- 56 将军的眼泪 / 马新亭
- 59 惊马 / 陈士英
- 63 卷发 / 伍月凤
- 66 看菜 / 白金科
- 70 林如风 / 王平平
- 73 马腿 / 王兴海
- 76 灭毒 / 孙春平
- 80 命运 / 戴希
- 84 闹人 / 刘正权
- 88 你是那个给我树苗的人吗 / 刘国芳
- 92 娘 / 魏丽饶
- 97 琵琶扣 / 赵婷婷
- 101 期待 / 王念平
- 105 劝军 / 寇建斌
- 110 扔弟弟 / 毓新
- 114 上不了桌面的桌面事 / 刘浪
- 120 谁是狗蛋 / 王又锋

124	水蛇腰 / 田诗范		**下 编**
128	疼痛的右脚 / 李伶伶		
132	天桥下 / 莫小谈	202	案值 / 邢庆杰
136	投降 / 叶子	206	翱翔的白羊肚巾 / 高火花
140	瓦尔特飞走了 / 梦瑶	210	毕胜可的理想 / 洪海勇
145	我们家的张燕 / 练建安	214	茶汤 / 张海英
148	无名烈士 / 刘永飞	218	蝉鸣 / 莫小谈
154	悟空 / 海小芹	222	春风不说话 / 周海亮
158	鞋 / 田光明	226	打白糖的小李郎 / 唐波清
162	雅匪 / 魏传军	230	戴礼帽的女人 / 岑燮钧
167	湮没的弦歌 / 佟掌柜	234	点赞 / 颜士富
171	一品食享 / 安谅	238	饭盒 / 曾颖
174	一条鱼滑入下水道 / 海峡	243	黑色的潮水 / 赵悠燕
178	一碗方便面 / 源泉	247	花草之眼 / 聂鑫森
182	永远的那丛翠绿 / 袁良才	251	画蟋蟀 / 周东明
187	沼泽地 / 叶征球	256	江边村的小丑 / 顾振威
191	值钱的文物 / 梁柱生	260	江水悠悠 / 杨丽平
195	朱夫子 / 刘怀远	264	接头暗号 / 王伟锋

目录 CONTENT

268　铜匠 / 曾宪涛
273　两封急电 / 白旭初
277　绿洲往事 / 谢志强
281　面灯 / 刘青松
285　名字 / 李海燕
289　母亲走失 / 徐全庆
292　朋友是票友 / 刘怀远
297　前夫 / 杨静龙
301　鹊起 / 津子围
305　三碗面 / 李立泰
309　啥都没看见 / 吴嫡
314　收脚印 / 肖曙光
318　收录机 / 唐凤
322　跳闸 / 王德新
326　偷青 / 朱海峰
330　我和老龙的过期友谊 / 安勇
333　我娘这辈子 / 张凯
336　戏中寒 / 赵淑萍

339　小叔木江 / 陈振林
343　小妖 / 吴安安
347　醒来 / 张洪霞
351　盐官 / 相裕亭
356　药品 / 余清平
360　叶明之的遗书 / 张建春
364　一块猪肉 / 梁柱生
369　蚁楼 / 叶子
373　迎亲 / 高军
377　又到苹果红时 / 李伶伶
381　云胡不喜 / 迂夫子
385　长安五时辰 / 郑俊甫
389　纸条 / 李永生
393　住宿生 / 张海洋
396　追风斩 / 魏传军
400　紫禁城的鲥鱼汤 / 蒙福森

上编

暗 涌

— 胡炎 —

我没想到,多年之后,方黎明会成为我的救世主。

我们在院子里散步。方黎明试图捉一只蝴蝶,我制止了他。他又试图踩死地上的一只虫子,我同样把他拦了。后来,我们望着远处山脊上袅逸的烟岚,陷入短暂的沉默。

"世界很美好吧?"他挑了挑眉,问我。

我脸上一定有童话般的微笑,我说:"是啊,美得像一个梦。"

我的确像从一个幽深的梦中醒来,这个诗一般的世界不仅令我痴迷,而且让我的心无比柔软,以至于小小的触碰都让我担心,可别碰伤了它,哪怕是一朵花、一只蝶、一棵小草。

方黎明说:"有意思,你现在好像是个天使。"我困惑地看着他。他正了色,用不容置疑的口气告诉我,从孩提时期,我就是个"魔鬼",我会把最漂亮的花摘下来据为己有,还会对着蚁穴撒尿,在荒坡上点燃衰草,只为烧死一只找不到的蛐蛐……至于长大以后,我的胡作非为简直罄竹难书。

"你是个很坏的富二代。"他说,"我以发小的身份保证,我没说一句假话。"

我还给他一个冷笑。他应该知道,我不会相信他的鬼话。即便他指着太阳发誓,我也不会。我的灵魂像山岚一样轻逸、柔弱而空明。我对他说:"别以为我失忆了,你就趁火打劫。"他依旧诡谲地笑着:"信不信由你,不过,我的'记忆唤醒器'会让你原形毕露的。"

一周前,我遭遇车祸导致失忆。据方黎明说,结合监控视频,我当时车速飞快,在静夜的长街上蛇形疾驶,然后冲过隔离栅,撞到了一棵无辜的白杨树上……

"酒驾。"他说,"你小子从来都是这么有恃无恐,还好,车里就你一个人,如果像平常那样带着两个小妹妹,你麻烦就大了。"

我似乎在听一个传说,因为那些记忆全部遁匿无踪。过了一会儿,我说:"既然我失忆了,怎么偏偏还记得你?"

他说:"大概是选择性失忆吧。"

我还记得他的夫人赵月皎,江南美人,在一家杂志社做编辑。我好像很长时间没见过她了。"她还好吗?"我问。方黎明淡淡地说:"挺好。"

我们回到房间。他让我躺下,然后取出那台神秘的"记忆唤醒器",把壁虎脚趾一样的传感器固定在我身上的不同部位,整个过程谨小慎微。

"这玩意真管用？"我将信将疑。

他拿出科学家的派头，目光深邃，神色庄重，告诉我，这台仪器刚从实验室诞生，全世界绝无仅有，我的失忆恰好可以验证它的实际效果。他说三天后来读取数据，然后匆匆告辞。

山中的宁静极利于睡眠，这正是他送我来到此地的原因。这里地处深山，是一个温泉度假村。我渴望在这里找回自己，但也有隐隐的恐惧，因为他口中所说的那个从前的"我"，倘若是真的，我断然无法接受。我宁愿相信，那是他的恶作剧，是对我的歪曲、丑化和虚构。

三天后，方黎明如约而至。他把仪器采集的数据转码为文字，看着看着，他的眉头锁紧了。"怎么了？"我问。他诡秘地盯着我，脸色发白，踩了几步，说："你自己看看吧。"

我看到仪器里的那个"我"，从毒枭那里买来毒品，去异地贩毒；深夜潜入珠宝店行窃；在程老虎的赌场里一掷千金，还杀死了一个妖媚的妓女……而这一切，仅仅是一个纨绔子弟想寻求一点刺激。

"这怎么可能？"我满脸惊愕。

"是啊，怎么可能？"方黎明沉吟着，"今晚继续，明天我再来。"

第二天，除了方黎明，竟然还来了几个警察。他们盘问我几起案件，我的回答只有三个字：不知道。领头的警察瞪着眼，把手一挥："带走！"

不久，案件告破，我重获自由。方黎明来看我，连声抱歉。我说不必，我知道他只是想验证那些数据的真伪。"现在你没话说了吧?"我揶揄道,"你那台破仪器,纯粹是胡说八道。"他盯着天花板,良久说:"也许现在下结论,还为时尚早。以我分析,尽管有些内容是不真实的,但它恰好是你灵魂的真实。哪怕仅仅是一个念头、一个阴谋、一个邪恶的计划,就像隐藏在水面下的暗涌,你能说这些是不真实的吗?或许恰恰是那次意外的车祸拯救了你……"

我听得云山雾罩,又无力辩驳。

一个月后,传来了一个爆炸消息:方黎明进了看守所。我不知详情,只听说,他在静谧的午夜,亲手掐死了他的夫人赵月皎,而在此前,他和自己带的一个女研究生长期媾和……我感到这像一个天方夜谭,与我在"记忆唤醒器里"的故事一样荒诞不经。我试着把方黎明和那个杀人者对接,但他们无论如何也对接不上。他也许早就想让赵月皎在这个世界上消失了,在无数个难眠的长夜,心中翻涌着那些不真实的真实。遗憾的是,它们最终成了真实。

一个落雨的秋夜,我在小酒馆里独酌。雨点打在窗玻璃上,汇成一条条小小的水流。我竭力向窗外看,但我看到的只是一片虚幻。似乎有人叫了我一声,也许是方黎明,也许是赵月皎……也许吧。

摆 阵

— 赵明宇 —

马贵德头疼的是村里的低保对象。虽然经过群众讨论,张榜公布,确定了23户困难家庭享受低保待遇,可是托关系想办法找他吃低保的人一个接一个,马书记,俺咋就不能享受政府的温暖?

享受低保是有硬杠杠的,只帮扶确实有困难的家庭。你儿子有轿车,有楼房,咋说也不是困难户。马贵德把这话重复了一百回。来人就摆道理,与儿子分家另过了,常年有病了,丧失劳动能力了,这道理,那道理,一说一大串。

对这些人,马贵德都敢拒绝。马贵德不敢拒绝的是二老拧。

二老拧是他的恩人。想当年马贵德才8岁,在村头的小河里洗澡,脚一滑沉了下去。二老拧下晌从田里回来,看到水面上一串气泡,扔下锄头跳进河里。二老拧水性不好,呛了一口水,又呛了一口水，才把马贵德托了上来。二老拧倒提着马贵德的小脚，马贵德吐了几口水，哇一声哭了出来。二老拧气喘吁吁地说："熊孩子，老子也不会水啊，可是不下水你的小命就没了。"

马贵德感激二老拧的救命之恩，把二老拧当亲爹供着，逢年过节送吃送喝。二老拧住医院，马贵德不仅拿钱，还跟二老拧的儿子一起在床前伺候。二老拧说："贵德，你比我的亲儿子还亲。"马贵德说："叔，没你哪有我的小命啊。"

二老拧提着两瓶酒来找马贵德。马贵德说："叔，您咋给我送酒啊？是不是我哪儿惹您生气了？我这几天确实很忙，过了这阵子我去看您。"

二老拧说："孩子，叔来求你了。我和你婶子老了，没有劳动能力了，你婶子常年吃药，能不能办个低保户？我知道我不够条件，可我是你叔，你要开恩，帮叔一把。"

马贵德挠挠头，真的犯愁了。他想说叔您不是困难户，又怕二老拧骂他。二老拧的脾气他知道，麦秸火，顺毛驴，顶着他说，他会炝蹶子，一蹦三尺高。马贵德就来个缓兵之计："叔，您来我家了，咱喝酒，让俺媳妇炒几个菜。"

二老拧说："别给我摆阵，说句干脆话，叔能不能吃低保？"

"嘿嘿，能，能，您是我叔嘞。不过咱把话说在前头，我帮您，您也得帮我，跟我一起去看看那几个低保户。您是村民代表，这也是您的责任。"

二老拧笑了："行，叔支持你。今天心情好，也闲，陪你转转。"

第一户是刘寡妇家。刘寡妇正在喂猪，院子里乱糟糟的，婆婆在屋里躺着哼哼唧唧。刘寡妇一见马贵德就掉眼泪，说："自从男人车祸去世，老人需要伺候，不能出去打工，多亏了你马书记帮扶，给办了低保，给买了猪仔。"马贵德挽着袖子替刘寡妇收拾院子，说："帮你是应该的，国家的政策好。再说，我是跟我叔学的呢，我叔当年救过我的小命呢。是吧，叔？"

二老拧说："去，你小子拿我谝功呢。"

第二户是李大栓家。李大栓是个鳏夫，偏瘫，走路打摆子。马贵德问他："二大爷，吃药了吗？"李大栓摇头。马贵德进屋倒了一碗水，把药找出来让李大栓吃。马贵德说："你的药还够吃三天，明天我去城里给你买药。"李大栓说："贵德，我咋感谢你呢？"马贵德说："这是我的工作，应该的，政府有好政策，你赶上了，该着你享福。"

又走了几户，日头正午，马贵德说："叔，咱回吧，去我家喝酒。"

二老拧拉长了一张老驴脸，说："贵德啊，你小子带我出来转转，是给我摆阵呢，我还真的上了你的当，钻了你的阵。"

马贵德笑了，说："叔您支持我的工作，我可不敢给您摆阵。"

二老拧说："我不给你添麻烦了，不要求吃低保了。"

"叔，您可别那样说，是我对您照顾不好。"马贵德从口袋里掏出来几张纸币塞给二老拧说，"叔，您有困难，我知道，这钱你先花着，回头我再给您。"

二老拧真的急了，一把甩开马贵德，说："你小子糟践我，我还缺你那两个钱？小子，你做得对，叔为你高兴。"

马贵德说："您支持我，我的工作就好做了。"

"孩子，你这个书记也不容易啊。"二老拧平日里说话粗声大嗓，像老虎，这句话却软绵绵的，像只猫。马贵德听了，眼睛潮潮的。

陈大拿

– 赵长春 –

大拿,啥都能干的主儿。

袁家班里,陈大拿如此。生旦净末丑、皇王、小丫鬟、箱倌儿,他都能来。前台、后台,干完自己的活儿,烧水、叠衣,啥活儿都能趁手。

陈大拿是大角,已经有了跟包的。看着他忙活,跟包的不开心:"爷,我伺候您呢。您再伺候别人?"陈大拿就拢了袖,嘿儿:"听你的,我歇会儿。你把那盔帽收好。"陈大拿没有架子,要是别的角儿,跟包的这样说话,早开了。陈大拿不。陈大拿说,都是混口饭,差不多得了。

陈大拿戏路多,补台,也抢台。跟他上场,不用担心出错,能给你补回来。有年,袁店河春会,大西厢,他演红娘。崔莺莺许是心慌，唱着唱着，把"四扇窗开了整对扇儿"顺溜成"四扇窗开了整六扇儿"，愣住了神。

那时候，演戏规矩、讲究，前排票友，在舞台细铁丝上挂好包了红纸的"封子"，就闭目晃脑敲着拍儿听，抠字词音韵。嗯？错了！立马瞪出眼珠。陈大拿忙回首，看了台口大弦一眼："我说小姐呀——还有那两扇儿没装上……"大弦明白，左手划，右手拉，弦子跟着词韵跑，伺候得舒舒服服，崔莺莺就接唱下来。

"好！好！好！"一片叫好中，崔莺莺知道是为陈大拿喊的，为大弦喊的，没有取"红封"。杀戏，大弦说："陈爷，中！"陈大拿拱手："您中，小妮儿中！"说着，把"红封"分了大弦和崔莺莺："给，小妮儿，你接得好！"

演崔莺莺的，叫小妮儿，人小腔好，袁家班的台柱子。扮相俊，戏路多，就多了小脾气，与大家多不对眼。陈大拿喜欢小妮儿，一直在心头搁住，牢牢的。小妮儿知道，不动心性。舞台上，两个人倒是不少配戏。台下，小妮儿绷着脸，不理大拿目光的温爱。有时候赶台口，陈大拿叫挡路的小妮儿让一让。她不让，却把一只腿忽地竖起，直一字马，陈大拿侧身过去，一脸的红。小妮儿看不出来，收腿，嗑瓜子。

后来，小妮儿到底跟了汉口的大剧团。她要陈大拿一起走。陈大拿不走。她说："你不后悔？"他说："袁镇长好戏,办起袁家班；咱得知情懂礼；再者，咱俩都走了，袁店河上下咋能隔三岔五看戏呢，不走。"小妮儿就坐船走了。船在水中游，陈大拿岸上走，目光咬着小妮儿……船快了，陈大拿也跑得快，眼泪汪汪。人们说，从那以后，陈大拿走路特别快。

陈大拿走路快，七十多了，还是步行如飞。步行，袁店河方言为"地下走"，念快了，吃音，发"嗲走"音。他说："走为百炼之祖。腿，就是走路的。走走，去百病，舒筋骨。"

陈大拿走了一辈子。舞台上走、田野里走、城里走……走了多少路，不知道。大饥荒那年，腿肿了，他说："走不成了。"就买了寿衣，置了棺木。徒弟哭，汪着泪。他说："哭啥？爷不走，吃闲饭，连累你，你们？"一句一顿，用韵白。

就这样，过了一天，他叫徒弟请了丰山寺的和尚来，说给他念经。和尚，半路出家，就是当年跟包的。两人在屋里不知道说了啥，说了好大一会儿。走时，和尚说："好，爷，我后天来。"

第二天，陈大拿不吃不喝，呼呼地喘气。大家心头慌慌的，拾掇他的寿衣。他靠坐床头，眼一瞪："今儿个不走，不然头七那天大雨，给你们添累。"

第三天一早，丰山寺的和尚进院，陈大拿走了。

陈大拿，原名陈啸恚。恚，春音，不好认。叫不响。人们就叫他陈大拿。顺口，合意。

不过，要是小辈人这样称呼他，他会叹口气："大拿，不是个好听的词儿，是红白口儿生意管事的。"过去，办喜事租轿子的喜轿铺、出售纸人纸马的扎彩铺、办白事丧葬事务的杠房、办红白事筵席的酒铺、搭设喜寿丧席棚的棚铺等，各专各工，都设管事的，叫大拿。专词，专用。

头七那天，和尚领着一个女人，在人们走散后，也进了坟地，给陈大拿圆坟。女人很齐整，勒了白孝，跪着，泪珠儿噗沓噗沓，哭不出声。

上岁数的，细看，那人好像当年的小妮儿。小妮儿穿白，依然好看，俏。

陈大拿说过："小妮儿啊，你好看得要命。我比你大，一定走得早。到时候，你到我坟前戴个孝，我好好地再瞅瞅你……"是在舞台上，演哭戏，陈大拿入戏，现加了一段词，悄悄说的，附在她耳边，水袖遮着两人的脸。

为这段小词，大弦多拉了一会儿空音，拖着，嗯——嗯——嗯——嗯——嗯——嗯——嗯——直到水袖放下。

陈 述

— 砌步者 —

在北纬40°，有个民主国家米思罗国，在这国度里，有个医生叫杰克。杰克本来是个著名的医生，可是，因为近几年发生了许多医患矛盾，人们看到医生就不顺眼，杰克也被连累了。

日子在矛盾中前行，杰克依旧潜心钻研医理，精心医治病人。一年，有人病了，发烧、咳嗽、拉稀。杰克心情沉重，他行医多年，还没见过这种病人。不久，发热病人越来越多，杰克想，这可是个大问题，稍有不慎，会不会引起恐慌？他想了好久，但还是决定告诫亲人朋友少出门，注意戴口罩。

医生知道说出去没人相信，大家会说他是疯子，将流感当作不明的疫症。可是，这病不幸传到东方去了，那里医院的化验，证实了杰克的结论。杰克郑重地告诉大家要佩戴口罩。人们哄堂大笑，说："看看医生，无事找事，又想发大财，就这伎俩恐吓我们，让我们去他那里治病，是不是呀？"

很多人附和："这样的财，他发了，他心安吗？"

没有人把这个当成一回事。

几天后，病人渐渐多了起来。但是，也没有人相信杰克的话。几天后，米思罗大剧院将如期举办大型演唱会。杰克四处奔走，阻止演唱会举行。议员们呵斥他是疯子，主办方斥责他是疯子，歌迷们谩骂他是疯子。杰克站在大剧院那辉煌大门前的台阶上茫然无措。杰克给大家跪下了，说："实在要如期举办，为了疫情不蔓延，为了大家的健康，都戴个口罩，行吗？"

人群中有人吼道："你这个骗子，如果戴上了口罩，不说法律不允许，就是允许，那也是多丑陋的模样！"

杰克毫无办法，他说服不了市民。杰克知道，如果演唱会如期举办，后果将不堪设想。杰克找到警察局长，说出了自己的忧虑。警察局长说："怎么说我们也是一个自由的国度，我不能干涉别人的自由，歌唱家要开演唱会，这是法律赋予他的权利。"杰克不死心，继续劝说："能不能劝说大家戴上口罩？"警察局长摊摊手，摇摇头说："我无能为力。"

杰克想着这是人命关天的事，去找市长，陈述厉害，请求他去劝歌唱家取消演唱会。市长听了，想了一下，说："如果取消演唱会，会让本市影响不好，更会损失很多税收。"杰克看着市长执拗的样子，知道说服不了他。

解铃还须系铃人，杰克直接去找歌唱家。杰克面色严峻地告诉歌唱家："这是传染病，真的很厉害，会人传人，口鼻、伤口是传染途径，如果您实在要如期开演唱会，请让您的歌迷们戴上口罩，戴上手套，不要握手，不要贴面亲吻。"歌唱家想了一会儿说："好，我试试看。"

歌迷们听说这个情况，不干了，闹了起来，说："大家都戴上口罩，那我们看谁呀？那是看丑陋的口罩，还不如在家里戴上一个口罩，对着镜子看。"歌唱家看到歌迷不满的情绪，没办法，他去找警察局长，说："我的粉丝，不愿意戴口罩，您是警察局长，您得给想个办法。"

警察局长一听，这才意识到问题的严重性。他来找杰克，杰克说："如果你肯维持秩序，我才与你去见歌唱家。"警察局长说好，他让杰克坐上他的车，来到歌唱家的家。杰克说："这么多粉丝，如果都不戴口罩，后果将不堪设想。"

歌唱家很沮丧，问："那该怎么办？"

杰克说："我有个办法，您的歌迷都崇拜您，只要您坚持说现在戴口罩是一种时尚，您又戴着口罩唱，歌迷们肯定仿效您。"

一言惊醒梦中人。歌唱家说："您说得很对，就按您说的办，我先宣传宣传。"

演唱会很成功，台上台下的人，都戴着口罩。粉丝看着歌唱家，觉得戴着口罩真的变得时尚，紧跟潮流。演唱会结束，杰克找到歌唱家，陈述这个病情的厉害，建议歌唱家以后出门也戴口罩。歌唱家听了，满口答应。

几个月过去，经过努力，疫情得到控制。市民们去感谢歌唱家，说以后戴口罩会成为新时尚,是歌唱家和口罩拯救了他们。

歌唱家问:"杰克呢?"

大家这才想起有好些天没看见杰克。警察局长叹口气说:"他死了。"

"死了?是疫情死的吗?"大家大吃一惊。

"那倒不是,他是累死的。"警察局长猛吸一口烟,再缓缓让烟雾从鼻子里喷出,成一条柱状。

大 湖

- 蒋冬梅 -

鱼把头站在冰面上,一千年前这样站,一百年前也这样站。他是查干的一只鱼鹰,心里装着整个大湖。

有人看见夏季湖面曾搅起的巨浪,传说一条从未见过的大鱼和鱼叉对峙过。

人人都在期盼着大鱼,可今年冬捕的重头戏,师傅决意不来了。

刚入冬,师傅就带着另一队人马跑内蒙古了。他用不容置疑的语气,对鱼把头说:"查干,就交给你啦!"这让把头想起,大鸟把小鸟喂养大,就离开了那片树林。

寒冷把天地和大湖冻在了一起,策马狂奔的队伍像刀剑割开北风,车马从切口里闯了进去。马的影子跑在冰里,马匹背对着光亮,把头也背对着光亮,哈气升腾起来,像蹿出的火苗。赶在太阳升起之前，人马齐备、大战在即。马嘶，狗吠，号角声里，把头像一个将，统领着一切。

把头趴在冰面上，寻找冰层里珍珠一样的气泡。他看不见鱼，但鱼的呼吸会暴露自己。

"鱼知水性，人知鱼性！你喘气儿鱼也喘气儿！"鱼把头想起了很多年前，师傅趴在冰面上，寻找大鱼吐出的气泡。寒冷冻不僵男人的血性，师傅的脸冻得皱裂流血了，他让把头朝脸上喷一口烧酒，使劲朝大湖喊一嗓子，就又朝冰面趴下了。

今年的冰层从未有过的奇异，鱼呼吸的气泡都被冰层深深地锁住了，透过冰面看到的尽是形状怪异的花纹，这些异象让人们对大鱼的出现，更加想入非非。

供桌、敖包、鼓声、铃音，口口相传的经文在叩问，一千年前这样叩问，一百年前也这样叩问。

风吹得非常烈，把头的心有些乱了，可他不能让人看出他的乱！

师傅带着把头上冰很多年了，每当冬捕遇到情况时，有师傅在，把头的心就落了底。"公家把这个事儿交给咱，咱就得担得起！"年年冬捕，师傅都说这句话。

冬捕前的那些天，师傅天天带着把头到冰面上探冰。查干渔场多少口子人呢，一半的日子要指靠着冬捕。一场冬捕在哪儿凿开冰洞，就像打井找水眼一样重要。他记得，冬捕前的很多天，嗜酒的师傅从来滴酒不沾，直等到选定冰眼，凿出湖水的那一刻，师傅才拿出酒壶，狠狠地灌起来，他抓着酒壶的手，都在剧烈地颤抖。

这一刻，把头的手也在颤抖。

冰面上是有山丘和低谷的。把头辨识着那些矮小的山丘，一脉水波拱起一座山丘，山丘下将喷发鱼的讯息。从前他拿不准水眼的位置时，师傅总是说："你一定得信自己，一半经验，一半信，才能找到鱼！"把头终于选定了一处冰层，坚定地砸下鱼铲，在冰花绽放里，叩问大湖的安静，他钻木取火般凿开一眼泉，黑色的湖水涌出，像新鲜的血。

凿出的冰洞一字排开，四匹马拉着绞盘，拖动大网向湖中布阵。水冻成透明的玉，数尺之下能看见网在游。把头跟着网，像追着一只大鸟，大鸟张开翅膀，自由舒放，仿佛要揽过整个大湖。网入大湖纵横成田，鱼像秧苗布立其间，每个网眼只有四寸大，拦住大湖也放过大湖。

人、马匹、狗在冰上踢踏，纷乱着破晓的早晨。几十号人在冰封的大湖上耕耘，索取在夏秋肥美起来的大鱼。太阳照在人头顶的时候，该起网了，鱼带着热气，被网裹挟着出水。把头抱着第一条出水的鱼，在镜头面前笑着。人们欢呼雀跃，将把头抬起，抛向空中。但把头知道，更多的人在翘首等待传说中的大鱼。

把头拎着一瓶烧酒钻进帐篷，像师傅那样，两手颤抖着拧开酒瓶，狠狠地灌了下去。刚才在镜头前的笑容渐渐褪去，他没有把握捕到那条大鱼。

外面的锣鼓声、人声、歌舞声，一浪盖过一浪。把头知道，那些热闹不是自己的。他寂寞地坐在师傅坐过的位置，咧开嘴，用牙齿又咬开一瓶酒的盖子。

他想起有一次，同样没有像人们盼望的那样，捕到大鱼。那时把头还年轻,有些垂头丧气的,师傅递过来的酒他也没心思喝。

师傅独自喝了几口,突然给他讲起了从前的事:"十六岁那年,听人说黑龙江有大鱼,我们就从白洋淀往那儿奔。没想到半道上,火车让洪水拦下了,我们就在查干湖下了车。谁承想,一下车就在这儿停了一辈子!人都说一场洪水把我拦下了,其实是大湖把我拦下了。"

把头叹了口气:"人人都稀罕大鱼,你捕了一辈子鱼,可谁知道大鱼在哪儿呢!"

"你记着,人,活不过湖!大鱼,一直都在湖里!"

那一刻,两人立在查干的湖心,像大鱼游弋在无边的湖水。

大眼睛的蚕豆花

— 蒋静波 —

蚕豆花开的时候，妹妹长得更加白胖了。

妈妈生下妹妹后，有一段时间，将我托给在镇上供销社饮食店上班的奶奶照管。奶奶做点心、卖点心时，我爬上椅子，靠着柜台，看柜台外稀稀落落的顾客用几分钱换竹筹，再用竹筹换点心；或站在店堂内，看街上人来人往。

我家到镇上有五里路，要经过两条河、一座桥、两个村，还有一条村路和一段公路。村路是泥路，雨后有好几天的泥泞，时有蛇出没；公路是沙石路，汽车开过扬起一阵灰沙，奶奶说公路上撞死过人和狗。对我来说，从家里到镇上远得像在天边，路上处处藏着未知的危险，从不敢一人走过。

那天，妈妈往灶膛里放一段柴根，灶锅里煮着咸菜蚕豆，她吩咐我坐在灶膛前的小凳子上,一边看管柴火,一边照管睡在摇篮里的妹妹,自己上楼,"哒哒哒"地踏缝纫机去了。

我双手捧着火钳,伸进灶膛,东拨拨西拨拨,一膛红黄色的旺火反被我拨灭了,黑烟熏得我流泪。我学着妈妈的样,用火管对着柴根吹,吹得烟灰乱飞。我绕到灶前,顺着凳子爬上灶头。在灶头打瞌睡的猫,"喵"的一声,逃走了。我掀开锅盖,吃一粒蚕豆,有些生硬。

"咿咿咿——"妹妹轻轻地哭了。楼上的妈妈说:"你给把把尿吧。"

我去抱胖妹妹,第一次抱不动,第二次费力地抱了起来。我回到灶火间里,将妹妹放在腿上,正想去把尿,妹妹腿一蹬,我俩同时跌倒在地。我的手撑着地,人压在她身上,她先大哭,后来闭着眼,张着嘴巴,很长时间没有发出声音。

我看着自己摔出血痕的手,想,妈妈一定会下来抱我,哄我,像以前一样会亲着我的手,拿出小糖哄我。谁知妈妈将地板蹬得"噔噔"响,咆哮道:"你怎样在弄妹妹?看我下来打死你!"

妹妹摔了,我不是有意的。自从有了妹妹,她很少抱我了,也不疼我了。想起以前每天晚上睡觉时,妈妈总是拉着我的手,与我一起玩"解树"的游戏,我们边摇着身子,边念着:

大木匠解大树,

小木匠解朵柱,

解出一碗碎米珠,

爹一碗,娘一碗,

癞头娘子舔粥碗。

最后我总是倒在床上，妈妈抱着我说"癞头娘子睡觉啦"，才闭上眼睛。有了妹妹，妈妈再也没有与我"解树"，没有叫我"癞头娘子"，现在她还要下来打死我。我的眼泪掉了下来。

看看地上的妹妹，我想把她放回摇篮，却怎么也抱不动，我突然害怕她会很快死去。

逃！我马上拎一只小杭州篮，盛一只瓦罐，爬上灶头，铲了半罐蚕豆。妈妈下楼重重的脚步声越来越近，我飞快推开矮门，踢走门前的鸡，沿着河岸，穿过石桥，飞奔而去。

"阿波，回来——"隔着河，妈妈在声声呼我，我没有回头。

我的鞋子沾满了一大坨泥巴，沉得走不得路，幸亏已到了后胡村的河边，我到埠头挖去泥巴。河里的小鱼游来游去，多么自在。要是在往常，我准会拿淘米箩去舀。一只只红蜻蜓在河中低飞，或在岸边芦苇上停一停。我也没有心思跟它们玩。我知道姑妈的家就在这个村，但我不想停留。

我贴着公路的边沿上，汽车来了就闭上眼睛。田野上成片的蚕豆花，厚厚的绿叶间，开着紫花，每一朵紫花上的两只大眼睛，水汪汪地看着你。

不知走了多久，头发蓬乱、双眼红肿的我终于站到了奶奶的柜台前。奶奶一脸吃惊地奔出来，一把抱起我，问我出了什么事。我终于放声大哭，泪水湿透了她的衣襟。

奶奶把我放在高脚凳上，用柔软的毛巾给我洗个热水脸，替我擦去鼻涕眼泪，涂上凡士林，又梳好辫子，脱下我的鞋子，说声"看你这双'鹅鸭脚'（奶奶将沾满泥巴的脚称为"鹅鸭脚"）哦"就去擦洗。

店里的公公婆婆孅孅伯伯都夸我本事大,有孝心,带蚕豆来给奶奶吃。

奶奶端来一碗馄饨,我一口气吃了下去,然后长长地叹了一口气。奶奶和店里的人都笑了。奶奶将蚕豆重新煮了,和店里人一起吃。

没多会儿,爹爹来了,也是一双"鹅鸭脚"。我忙躲到奶奶身后。奶奶拉过我,说:"别怕,他大还是我大!"一向严肃的爹爹蹲下来,笑着伸出双手,我怯怯地走了过去。他说:"我从来不知道你有这么大本事,以后叫妹妹向你学习。"

"她没死吗?"

"怎么会死?"

我满是委屈,又哭了起来。

奶奶在瓦罐里盛满了生馄饨,用纸包了好多油条、大饼,对爹爹说:"这只属于阿波一个人,让她去分。"

爹爹说:"你长大了,认路了,就做开路先锋,领我回家吧。"

一路上,看到汽车,我不再闭上眼睛。经过后胡村,我来到姑妈家,拿出两根油条两只大饼,给表哥表姐。到了泥路,爹爹抱起我,我看着他的"鹅鸭脚"越变越大。

妈妈抱着妹妹,站在泥路的尽头的石桥上。"姐姐来了,快快叫。"妈妈对妹妹说。又白又胖的妹妹,额上、鼻上涂着紫药水,像一朵盛开的蚕豆花,她在妈妈的怀里蹬着跃着咯咯笑着,胖胖的双手朝我挥舞。妈妈蹲下来,说"癞头娘子回来了",一只手搂住了我,我也搂住了妹妹,妹妹的口水流到了我的脸上,湿湿的,暖暖的。

路边的蚕豆花,睁着一只只乌溜溜的大眼睛,笑眯眯地看着这一切。

杜鹃花开

– 孟凡勇 –

一树的杜鹃花开了。十八岁的杜鹃第一次踏进水根家就被杜鹃花吸引住。那棵杜鹃花是水根以前放羊的时候在山上挖的，花茎细，根须嫩黄，足有两拃长。水根把杜鹃花种在堂屋门边，施肥浇水，呵护备至。水根和杜鹃花一起成长，他成了精壮的小伙儿，杜鹃花分生了许多花枝，在花季时能占满半边墙，花香从院子里传到大街上。邻居家的孩子想要花，水根不给，说花好好开着才好看，摘掉了就坏掉了。

"这花是你种的？"杜鹃在花旁问水根。

水根点头，说："小时候的事，记不清有几年了。"

父辈们在堂屋里说说笑笑，媒人默默瞧瞧屋外，见水根和杜鹃在花前有说有聊，遂点点头，朝男女两方的家人道："我看他们俩能成，瞧，不用我这个大姨插嘴呢。"

水根和杜鹃听见屋里传出笑声，便也明白了，双双红了脸。

成亲的那天，水根剪了一朵杜鹃花别在杜鹃的头发上，"呵呵"憨笑，说："杜鹃好看！"引得大家哈哈大笑。杜鹃呢？她不多话，只在迈进堂屋的那刻朝身旁开得鲜红的杜鹃花说："你可以轻松了，以后我帮你瞧着他，山花野花都不叫他看！"

水根和杜鹃的日子过得平静而幸福，水根每天上午到田里劳作，杜鹃在半晌午时给他送壶茶，告诉他中午吃什么——杜鹃说中午有烙饼吃，水根回家后发现是手擀面；杜鹃说中午蒸馒头吃，水根回家吃的是荠菜饺子。水根说杜鹃像个孩子，杜鹃说水根是头憨牛。下午，水根赶着羊群上山放羊，杜鹃在家做家务，思考着下午的饭怎么做才能花样不重复。等到水根领着山羊大军回家时已日近西山，杜鹃早早地在杜鹃花旁摆好了小木桌和小木凳，酒菜齐全，热气腾腾，水根坐下就能吃。

杜鹃花开到最旺的时候正是它萎谢的开始。每当这时，杜鹃必定找来剪刀，让水根大开家门，呼喊在大街上玩耍的孩子们进院。杜鹃把一朵朵饱满的杜鹃花带茎剪下，端详片刻后递给孩子，嘱咐说："回去插在瓶子里加水养着吧，能香一阵子。"

水根在一旁只看不说话，他觉得杜鹃向孩子们分享杜鹃花时的样子很美。他在那一刻才知道，原来花最美的时候不一定是在茎上开放的时候。

杜鹃花因为杜鹃的呵护和细致裁剪而茁壮生长，它的主干长到小擀面杖粗时，水根和杜鹃都长出了白发和皱纹，羊群也卖了好几拨。他们俩平静地生活着，偶尔与儿女团聚，每年花季一定与孩子们分享杜鹃花。

寒冬时节分外冷，杜鹃给杜鹃树的主干上围了一层草毡，自己却受了凉生了病。水根嘴上埋怨着"傻老婆子"，心里却疼得很，因为医生说杜鹃病得很重。

皑皑白雪混着刺骨寒风似乎要把大地上的一切生命卷走。杜鹃被带走了，安静离去，水根第二天早上才发现。

雪过风停暖春来。水根的羊聚集着趴在院子的墙根下嚼着干草料晒太阳。水根呢？他提了个马扎挨着杜鹃树坐。他那双浑浊的眼睛盯着枯褐色的杜鹃枝干看了又看，怎么也瞧不出这杜鹃树有发芽的迹象。换作以前的早四月，杜鹃早就发了芽包。

水根病倒了。什么病？大夫也瞧不出来，只说水根老得太快了，去年，他们老两口到医院查体时的精神面貌比现在好，可见人不是慢慢变老的，是"一下子"的工夫就变老了。

家里的年轻人伺候着一天天消瘦下去的水根，心疼却又无可奈何。水根每天都问："杜鹃开了吗？"见儿子摇头，便只叹气。

一日，水根的儿子跑进屋激动地说："爹，冒，冒芽了！"

水根眼睛一亮，用力坐起身让儿子扶他去看。果真，粗壮的杜鹃树皮色微微泛绿，分枝上冒出了许多芽包。水根看了又看，见杜鹃树的细长分枝少了很多，只有粗壮的主干没短，遂问："怎么枝子这么少？"

儿子笑答："我咨询了从事园林工作的朋友，他说给杜鹃树修剪掉分枝可以减轻它的生长压力，能缓过来！"

水根一听，连连点头，眉开眼笑，俯身端详着杜鹃树，说："我就知道你会醒。"

从那天起，水根的气色好了，杜鹃树长满绿叶的时候，水根能自己在院子里溜达了；杜鹃花开的时候，水根能赶着羊群出去放羊了，好像杜鹃从未离开过。杜鹃花开到最旺时，水根找来剪刀，让儿子开院门招呼孩子们进院。

"好好好，都有，都有。"水根高兴地给孩子们分剪杜鹃花。水根的儿子在一旁看着，只有他知道那棵杜鹃花的秘密，那是没有挺过寒冬的杜鹃偷偷给儿子的嘱托。

日近西山，水根坐在杜鹃树旁，端详着最后一朵盛开的杜鹃花自言自语道："杜鹃啊杜鹃，你的心意我明白，我都明白。"

墩子不是好鸟

– 张建春 –

林子一大什么样的鸟都有,坏鸟少不了。坏鸟的标准是什么?说不好。至少偷吃粮食、掠夺果子、啄人眼睛、在人头顶拉屎的鸟,不是好鸟。

墩子是小城公认的坏鸟。墩子不是鸟,是人,人也不是好鸟。称人为鸟不是好的称呼,有着贬低、污蔑之意。《水浒》中李逵反对招安,就是提着双大板斧,抢在高处,大声疾呼:"招安,招安,招甚鸟安。"一个鸟字,咬切得悲怆,倒也是到位、解气。

墩子不是只好鸟之气,自小就表现出来,上房揭瓦,掏鸟窝捣蜂巢,打猫狗捏虫子,大凡淘气男孩的事,他都干尽了。鸟们虫们躲他,猫狗见他溜墙根,甚至比他大的孩子,见他也怯上三分。

不是好鸟的墩子嘴贱,什么都敢吃,生瓜李枣不说,就连茄子、辣椒生的也敢塞进嘴里，蜈蚣蚂蚱蛤蟆蛇都吃，生把火烤烤，一样吃得没渣。

这些都可理解，饿得，饥不择食。

墩子十来岁时做过一件事，扬了大名，不过是臭烘烘的名。

小城太小，跨几步就进野地，如墩子家所住的骑马巷，一头就插在荒地里。邻家二星的父母勤快，开了点小荒，开春时种些南瓜、冬瓜。南瓜长不安分，拳头大时，墩子就寻摸着摘了吃，一季下来，剩不下一两个。冬瓜生吃不得，卧了不少个，到秋天，收获总是沉甸甸的。

事情就这般来了，到吃冬瓜的日子，硕大的冬瓜剖开，总有臭烘烘的味。生臭熟香，加了油盐酱醋，烧熟的冬瓜仍臭。一个是这样，两个还是这样，一连串都如此。

不用说，是墩子干的。

大星、二星上门讨说法，墩子坏坏地笑，认这账。

开一仗是免不了的，尽管大星、二星联手，还是吃了墩子的亏。

墩子结实、矮粗，有一把子蛮力气。

大星兄弟俩都能，尤其是二星，书读得好；二星和墩子是同学，成绩不知比墩子好多少倍。

又出了事。夏天热，大星刚进门的媳妇在家洗澡，二星在巷子吹凉风，猛地惊叫，大声说："墩子扒墙头，偷看。"

大星疯了样扑向墩子，一阵厮打，连带着骑马巷的人都冲了出来。上房揭瓦积的气，一下爆发了出来。众人动手，墩子鼻青脸肿，只有招架之功。

倒是二星躲在一边，冷冷地笑。

事后，有人问墩子："真看了？"墩子大言不惭："看了，黑乎乎的，看不清。"

墩子是坏鸟的名声砸实了，偷看新媳妇洗澡，还有比这更坏的吗？

这些天，墩子在小城低着头，就差把头插进裤裆里了，但也仅是短短数日。时间换空间，不久坏鸟的翅膀又四处飞了。

不过，墩子坏鸟的名声，为一件事，差点失去了。

骑马巷的尽头，有一口大塘，叫胡大塘，一到夏天孩子们就像下饺子样扑通下去，二星也是其中之一。玩着玩着，二星手脚抽筋，不管不问地向水底沉。恰好墩子在边上，伸手拉，又被二星拽向水的深处，墩子的蛮劲上来了，沉下水底就把二星向水上顶。

二星得救了，墩子再没上得来。

骑马巷的人为墩子送葬，哭和笑的人都有。到墩子的坟头在小城边的西凉城立起时，二星却长跪不起，哭得呼天抢地，嘴中不停念叨："扒墙头是假的，假的。"

假的？差不多。天那么黑，难怪黑乎乎的。小城人猛地醒悟，哭声突然大了起来。

墩子还是坏鸟吗？小城人不提了，一群群鸟飞过，"苦哇、苦哇"地叫。

得救后的二星更加发奋，读书、上大学、分配工作，没有几年，竟做了省城一个厅局的处长。

二星不忘墩子，年年祭日为墩子上坟。上坟一个人去，一待半天,老说同样的话:"怎么就不说出来呢?还黑乎乎的,乱说。"

风硬硬地吹,二星还是有泪干不掉。

二星官运畅,几年后又升了厅长。升厅长的二星回骑马巷少了,但一年一趟还是保证的,主要看墩子。拍马屁的人多,干脆运了沙石,把墩子的坟重修了,就差追认墩子为烈士。

如此,谁还去说墩子不是只好鸟?

只是好景不长。二星栽了,贪污腐败罪名一大堆。据说,从骑马巷他的旧宅里,翻出来很多百元大钞。

判刑少不了,二星彻彻底底栽了。

墩子不是好鸟的名声又起,如若那年不把二星从水底顶起,哪来的大贪官,丢尽了小城骑马巷人的脸。

有人亲耳听到,二星在逮捕前,跪在墩子的坟前哭诉,说:"墩子,你真不是好鸟,怎想起来救我……"

"招安,招安,招甚鸟安。"一段时间,小城人说二星,讲墩子,开始总要念叨几句招安的事。

墩子不是好鸟,二星又是好鸟吗?鸟群从小城的天空飞过,抬头看鸟,一粒鸟粪落下,正打糊住了想象的眼。

风过中山

- 刘兰琴 -

犹记得,那个隆冬寒夜。

我血淋淋的头,被挂在春秋战国时期中山国外的城墙上。

风咆哮着,吹乱了我的发髻。我是在彪悍的刽子手举起屠刀的一刹那,迷茫得失去了知觉的。

当我醒来时,得知可怜的妻,因伤心过度,竟纵身一跳,画出一道美丽弧线,凝成了井中一轮弯弯的月。

于是我努力地想啊想,到底是谁砍了我的头?

中山国,是我现在生活的国家。它虽是多国夹缝中一席弹丸之地,但小米粥加混合土夯就的高大城墙固若金汤,男孩们从小习武强身,百姓们安居乐业。

四周各国对中山国垂涎骚扰,尤其魏国窥探已久。

奔着好男儿志在四方的教导，我终于在中山国谋到一席用武之地，成为一员英勇骁战的副将。两国边境常有摩擦，去年的一次交战中，我无意中射杀了魏相国翟璜之子翟靖，我父亲乐羊偏偏又是翟璜众多门客中"食有鱼，出有车"的高级门客，我不确定自己这次是否会闯下什么大祸。

我的灵魂飞回了久别的故乡魏国。

我看到，大梁城里，车水马龙。魏相国翟璜府上，门庭若市。雕龙碧瓦的厅堂上，我那文武双全、剑眉黑脸的父亲乐羊，正在洗耳恭听主君授命。翟璜捋一捋微翘的胡子威严地说道："爱士啊，我深知你为人光明磊落，故在大王魏文侯面前，以全家人的性命做担保，极力推荐你带兵去攻打中山国。你应一举拿下，莫负君意啊！"

父亲激动得千恩万谢："主君放心，此去成就伟业，保家卫国，绝无二心，定凯旋！"望着父亲匆匆退下的背影，翟璜的眼角闪过一丝狡黠的笑意。

我回想整个过程。

八月秋高风怒号。父亲乐羊带领几十万魏国大军，浩浩荡荡兵临中山国城下。

两国交战数十个回合，总是不分胜负。

一日，父亲乐羊突然传令三军："就地休整三个月！"魏军把中山国里三层外三层团团围困起来，既不进攻，也不撤退。

中山王武公姬窟慌了神，在全国招贤纳士寻求退敌良策。

魏国王魏文侯魏斯慌了神，飞马一个接着一个紧急催战。

仨月来，战局僵持着。

夜深了，我辗转无眠。一边是我敬爱的父亲，一边是供养我的土地。"梦里挑灯弄剑，弓如霹雳弦惊，金戈铁马战不休，千古兴亡英雄误。"剑如蛟龙上下翻飞中，忽然我的脑子里蹦出一个奇怪想法：我能否亲自去劝说父亲退兵？这想法一闪，我惊出一身冷汗。

五更时，我竟心血来潮去大殿上奏见中山王姬窟，恰巧遇见大夫公孙焦正在大王耳边嘀嘀咕咕。在两个人仰天大笑的哈哈声中，我猜到了，我们的想法不谋而合。大王慈祥地微笑着问话："爱卿啊，你可愿屈身担此重任？"我稀里糊涂急忙回话："臣愿意。"没等我话音落地，几个卫士飞身上前把我摁在地上。

我被五花大绑着押在城墙上，身边有几十个士兵冲着城墙根下乌拉喊话："乐羊，赶紧退兵，瞧瞧这是谁？我们抓住你儿子啦。"

"乐羊，限你今日赶紧退兵，再不退兵就把你儿子杀了。"

一整天的喊叫声，并没有减弱战火，魏军反而进攻得更加猛烈了。身为一员副将，不去上战场奋勇杀敌，却被当成了用亲情要挟对方的靶子，我心如刀绞。我不能死，爱妻还倚门而望呢。可我的小命不容分说，已成了他们恼羞成怒下的牺牲品。

天蒙蒙亮时，两个侍卫，把我的头从城墙上取下来，放在一个托盘上，用一块红粗布盖好，然后小心翼翼地放进一个木匣子里。随即我的身体也被瓜分，统统放进一个大铁锅里熬，熬制成了一锅美味的肉羹。

两个信使一前一后往军旗猎猎的魏国军帐走去，前边的那个双手托着木匣子，木匣子高高举过他猥琐的头顶；后边的那个双手举着一个盛满肉羹的鼎。这一趟，十有八九有去无回。于是他俩的脚步迈得战战兢兢，磨磨蹭蹭。

我马上就要见到父亲了，一阵窃喜。

"报——中山国信使前来献宝。"传令使高嗓门吆喝。

"好，把宝贝呈上来！"父亲乐羊的护卫厉声传令。

"等等！"只见身为大将军的父亲忽地从座椅上站起身，他右手掌向空中猛地往外推出去，示意大家别动。"父亲，救救我！"我伤心地大声喊着，可是父亲没有任何动静，他仿佛根本就听不见我的声音。我已经有好多年没回家探亲了，我对妻子承诺说一定带她回一趟魏国，却终未实现。此刻父亲两眼怒目紧盯着信使手里的木匣子和鼎，慢慢走下台阶，一步步走过来。他的手颤抖着打开木匣子掀开了盖在我头顶上的红布，我努力试着睁开眼睛，想与敬爱的父亲凝视一会儿，可是怎么也睁不开。父亲的手在我头上来来回回摸索着，只听他沉沉地迸出一句："是吾子矣！"已泪流满面。

"将军，这是我中山王献给你的肉羹，请趁热吃。"一个吓得屁滚尿流的信使小声说。

"咚"的一声，父亲突然双膝跪地，慢慢从鼎里盛出肉羹，连饮三杯。随我的骨肉进入父亲肠胃的那一刻起，我感到无比愉悦，无比轻松，我的血肉终于又回到了父亲的身上，与他成为坚不可摧的一体。

我看到父亲的眼泪变成了簌簌淌血的小溪，那颗红色的心，从尖端中间裂开,变成无数粒花瓣,纷纷落下来,碎了一地。他悲怆心语:"舒儿啊,莫怪爹爹心狠,臣节不可屈!"

"父亲啊,儿不怪您。如果孩儿的头,能换来百姓的安宁,能换来燕赵大地上您的千古英名,我乐舒忠孝两全了。"

吃罢,父亲"咣"地一下摔碎空杯,冲着两个信使大吼一声:"君臣之义,不得以子为私!快滚。"

当日傍晚,魏军势不可挡,中山国瞬间破城。

赶 戏

– 白龙涛 –

腊八这天,大掌柜任德修赶戏回来了,他直接去了玉池宫。

任老爷是个戏迷,尤迷天兴戏班田茂的戏。这田茂,扮相轩昂,行腔清越,人称"活唐王"。唐王演多了,田茂就戏里戏外都端起了唐王的架儿,昂首方步,睥睨众生,连任老爷都难得他一个正眼儿。任老爷却不怪:唐王嘛,就该是这个派儿!

田茂登台,任老爷必捧场,外地演出,就套上马车去赶戏。

任老爷钱多朋广,走哪儿食宿到哪儿,顺便到各地分号、煤场转转,盘点生意,厮会老友,倒也逍遥快活。今年冬天,任老爷蹿腾着赶了六州十八县,却因缺了田茂的唐王戏,耳朵里寡淡得紧。

前年,田茂因与东盛洋行老板的三姨太暧昧,腿被打断,遭戏班抛弃。任老爷收留了他,还在北大街盘了一处住所,娶了妻室。

田茂怎能不感念任老爷的恩情，铆足了劲儿，打算腿好了给任老爷唱一辈子的戏哩。

腿愈，田茂就迫不及待扮上了，唱了一出拿手戏《打金枝》。田茂腿虽半残，嗓音依然悠扬婉转，如珠走盘。但，任老爷总觉得哪儿味不对。最后，田茂抖了一个花腰，转身甩袖，立身不稳，一屁股旋坐地上，又慌忙翻身，诺诺磕头。任老爷看了一眼似抽了筋骨蜷缩在地的田茂，皱眉，摆手让他退下了。

田茂成了玉池宫的堂倌，半年后，升任大堂管事。

玉池宫，是任老爷的产业之一，虞城最豪华的浴楼。楼高三层，一楼设大池和木床，二楼设雅座和雅间，三楼设特座和高级厢房。甫一开张，即名震豫东，许多高官巨贾、名绅红伶都慕名而来。就连英、法、比利时等国不少人士也常光临，浴后纷纷交口称赞。

任老爷进了玉池宫。以往，田茂早就躬身相迎了，今儿个却未见他的身影。环顾四周，"玉池宫"三个馆阁体大字上了新漆，呈半月阳嵌在门脸上方；楼梯、走廊、门窗帘均用淡青色绸缎，墙壁及门窗均新刷白洋漆；地面为新铺彩色镶铜色水磨石，四边为蓝色，中为槟榔池花，群蝶花间翩翩起舞；两壁新挂有古铜色木制西洋画两幅，东为日出之景，西为落日之色，提醒浴客时间之意。

任老爷捋须颔首。赶戏之前，他把玉池宫交给五姨太和田茂管置，看来两人用了心。

背手上了三楼。三楼最里一间厢房是他和五姨太"鸳鸯戏水"的地儿，设置更为奢华。有美人榻一张，上铺红缎子缎边狼皮褥子，榻头置一褪光漆蛋圆形茶几，上置景德镇产细瓷茶具一套，内置西洋大瓷浴盆，内盆边靠墙设有轨钢精电光活动皂盆，台面上放有香皂、芝兰香水、白美人香水等。厢房里，传来德国西门子木叶电暖机的响声，任老爷心里瞬时暖意烘烘——今儿个，得好好让五姨太伺候着泡泡这一身尘缁。

正欲推门，听到里面有人言语。任老爷凑近门缝往里一瞅，心里钹铙弦梆胡琴笛瑟锣鼓齐响一通。但见田茂和五姨太着翻领真丝睡衣躬在美人榻里。丫头跪地，伺候田茂吸上"炮台烟"，从红木笼屉里端来双荷包蛋清汤鸡丝面一碗、八宝素包子和羊肉包子各两个，又端来五姨太爱吃的蜜饯红果、蜜糖莲子、糖麦冬、麒麟园空沙饼四盘点心。五姨太捏起一块空沙饼，磕掉红豆沙馅，将饼皮放进嘴里细嚼。田茂吃了面，丫头凑身松骨采耳，一时哈欠连连，魂魄舒坦。五姨太搭上东洋留声机，《打金枝》鼓点便响起来。

田茂忽地起身，瘸腿点着步子跳下美人榻，戴上任老爷的海龙皮帽，披上太平貂皮大氅，蹬上双脸虎头鞋。一瞬间，光芒四射，王者雍容之气现于眉宇之间。只见他胯一甩，眼一张，下颌一翘，嘴里便有抑扬脆亮的声音飘了出来——

驸马儿跪在了金銮殿里

听父王与我的儿加封官职

头上封你双啊双展翅

封儿的官职再提三级

天子宝剑赐予给你

代管满朝文武职

你的父汾阳王他欺压了你

封儿个并肩王不分高低

……

唱到最后,田茂连着抖了三个花腰,旋身甩袖,掸须舞翅,稳稳当当,如唐王现世。

任老爷看得入迷,周身通泰,禁不住拍手叫了一声好,推门站到了田茂面前。田茂和五姨太扑通跪地,身子如冷风吹过,瑟瑟颤抖。

任老爷看了一眼蜷缩在地的田茂,兴致全无,说道:"刚才不唱得挺好吗?"

田茂呜呜哭道:"老爷——"

任老爷说道:"你这个田茂,唱戏,要分清戏里戏外。戏里,你就是万人之上的唐王,瞅瞅你这个样儿,哪有半点的王气?真枉我赶了你那么多年的戏!"说完,就转身下楼了。

三天后,下了场大雪,任老爷让马夫套上马车,把田茂送到了永城煤场。有人问起田茂。任老爷就抖了一个花腰,学了唐王的念白道:"这田茂——瘸了一条腿,花腰仍抖得如此利索,这么大的腰劲儿,不钻煤洞子岂不是亏了——"

狗油灯

– 张大愚 –

父亲在世的时候，不止一次告诉过他：这世界上其实根本就没有"人"，我们所看到的"人"，都是某一种动物的化身。比如，穿蝙蝠衫的女子，她的真身可能是一只河蚌；天生的罗锅儿，他的真身应该是一只虾公；带着颤音唱歌的小伙儿，他的真身或许就是一只绵羊……每种动物都伪装成"人"的样子来到这个世界上，完成自己的任务或使命，但彼此看不清对方的真面目。当然，自己也不能看到自己的真面目。

父亲还说，如果能找到一只白狗——一只通身上下没有半根杂毛的白狗——把它杀了取油，用狗油点灯，再用狗油灯去照亮"人"的头颅，就会看到那个"人"的真面目。

他相信这话的真实性。印象中，父亲是一位伟大的预言家，他所说的每一件事情都完全应验了。可惜的是，父亲命薄，一辈子也没有找到那只纯白的狗。他是带着莫大的遗憾与不甘离开这个世界的。

他比父亲幸运多了。

那个月光如水的夜晚，一只浑身雪白的狗闯进了他的世界。它无声无息地走进院子，大模大样地在他面前蹲下来。他先是吃了一惊，继而就释然了：这是上天的安排或者就是父亲的福佑。父亲用死后才能拥有的超能力给儿子创造出一个机会，让儿子代替自己完成生前没有实现的夙愿。是的，一定是，他想。他对着天空点点头。

月光下，他开始磨那把父亲留下的短刀。白狗就静静地蹲在对面看着他，不言也不语，神态安详。他把刀举起来，猛地刺向白狗。白狗似乎笑了一下，表情阴森诡异。他突然有些恐惧，短刀更深更猛地刺进白狗的胸口。滚烫的鲜血箭一样射出来，喷溅到他的脸上。他看见白狗保持着微笑慢慢倒下去……

夜更深了，深得看不见底。他举着做好的狗油灯，小心翼翼地走进卧室。内心有些害怕也有些期许。妻子和儿子早就睡熟了，呼吸均匀而甜美。他闭着眼睛，哆哆嗦嗦地把狗油灯凑到他们的头顶，深吸一口气，睁开眼睛。他看见床上躺着的不再是妻子和儿子，而是一头壮硕的狮子和一只温驯的小乌龟相拥而眠。他惊诧得差点儿喊出声来，他怎么也想不到一向柔顺乖巧的妻子竟是一头凶悍威猛的狮子，而平时上蹿下跳活泼好动的儿子却是一只安静怯弱的小乌龟！那自己的真身又是什么呢？

他站到了穿衣镜跟前，犹豫了一小会儿（也可能是很久很久），把狗油灯对准了自己的头顶。镜子亮了，里面呈现的不再是自己的形象，而是一只浑身雪白的白狗！它目光闪烁，笑容诡异，胸口汩汩地淌着鲜血……

他"嗷"的一声叫出声来，疯狂地去踹镜子。镜子碎了，狗油灯也跌落到地上。屋里漆黑如墨，无边的恐惧让他喘不过气来。他飞一般地往外逃走，却被脚下一个软绵绵的东西绊倒了。明月高悬，照亮了每一个角落。他看清了绊倒自己的是一个人，准确地说是一位死者。死者的胸口插着一把锋利的短刀，血流如注，空气中弥散着浓重的血腥味儿。他大着胆子朝死人的脸上望去——天哪，那个人竟然是他自己！

他感觉内心那根最坚强的支柱轰然倒塌，大脑一片空白。他想凄惨地号叫一声，嘴里却发出一连串"汪汪"的声音。他突然看见了父亲。父亲在不远处向他招手，一副心事重重的样子。他朝着父亲狂奔过去，跑着跑着就把腰弯下了，两只手抓在地上，印出一朵朵的梅花。他越跑越快，月光洒落到他的身上，全身雪白的毛根根直竖起来。他听到身后妻子与儿子哭号的声音……

……他醒来了，浑身颤抖冷汗淋漓。妻子和儿子睡得正沉。他庆幸这只是个梦，长出了一口气，站起身来，走出院子。月光如洗，一只雪白的白狗正向他慢慢走过来。他张大了嘴巴，不敢相信自己的眼睛。白狗仿佛不在意他的感觉，在离他不远处停下来，蹲在那里。神态安详，不言也不语，就那么看着他。

挂在故乡的钥匙

— 欧阳明 —

吃过早饭,老栓取下挂在床头墙上的那串钥匙,就出门了。

钥匙总数36把,老栓记得清清楚楚。钥匙是湾里26户人家委托给他的。

湾里一共27户人家,现在家里还住着人的,就老栓一家了。说是一家,其实就老栓一个人。老伴两年前患肝癌走了。

老伴走后,儿子和女儿劝老栓进城去一起住。老栓想去。湾里连个说话的人都没有,太闷了。但他不能走,那串钥匙拴住了他。

老栓觉得,做人,得讲信用,答应了别人的事,哪怕是磨心眼儿,也得钻过去。就对儿子说,等哪天大家把钥匙都拿回去了,我就来。

26户人家,最初是年轻人去外面打工,后来挣了钱,在城里买了房,就把家里的老人和孩子接走了,仅仅是每年清明和春节才回来。26户的房子都是砖房，有的才建成几年，少的花了七八万，多的花了几百万。人走了，房子却搬不走，里面的家具，样式老旧，搬进城也没地方放。送人吧，没人要，烧了又太可惜，毕竟是钱买的哩。最好是留在老家，请个人看着。请谁呢？只有老栓。那时老栓老伴还在，都不想进城，说城里喝口水都要钱，空气也没乡下好。

最初给老栓钥匙的不多，就几户人家。后来越来越多，不得不用一根长长的铁丝串起来。

每天，老栓都要把那些房子巡查一遍。

大家觉得给老栓添了麻烦，说每年给他点钱。他不收，说，钱，我不缺。

老栓说的是实话。儿女给他的钱，都不知道干啥用。

你这样我们过意不去啊！大家说。

一点小事，别放在心上，放心吧，房子我会给你们看好的！

昨晚下了点雨，路很湿滑，老栓走得左摇右晃的。他从邻居老杨头家开始查看。先看大门上的锁有没有动过的痕迹，然后再开门进去，每间房每间房地看掉没掉什么东西。

一连看了25户，都好好的，老栓心里踏实多了。但还不敢彻底放心，还有最后一家。

最后一家的房子三楼一底，有车库、花园，比城里很多别墅还豪华气派。

房子是江娃子的。为了回家方便，江娃子花两百多万，把进村的路修成了水泥路，从此天晴落雨，都能过车了。江家最值钱的还不是房子,是房子里的那些家具,据说全是红木的,一把椅子就十几万。每次查看,老栓都丝毫不敢大意。

江娃子从小调皮扯淡,经常惹是生非,大家都骂他没家教。江娃子八岁那年,和生产队长儿子打架,输了,居然一把火把队长家的房子烧去一大半,把爹活活气死了。小学结束,他便出去了,从此不知是死是活。三十年后,他回来了,屁股后面跟了一大群人,里面居然还有本县的县长,还江总江总地叫他。

江娃子家除了院门和大门,屋里每间房也装了门,共十道,全是防盗的,都得用钥匙开,每次查看都得花上半个多小时。

老栓每把锁每把锁看了,无异样,再每间屋每间屋看了,也无异样,心才彻底安稳。

从江娃子家里出来,已近中午。老栓开始回家,手上的钥匙,一路上发出哗哗的响声,仿佛在和他说话。

以前,出去的人清明和春节都会回来,近几年,不知什么原因,有些不回来了,连过年都不回来。有几把钥匙,几年都没拿去用过了。怕钥匙生锈,老栓每年都要用猪油擦一次。

江娃子自从修了房子后,年年清明和春节都要回来。每次回来,天天都要请老栓过去吃饭,每顿都安排他坐上位。老栓先是推辞。江娃子不依,说,您年纪最大,辈分最高,您不坐谁敢坐呀?

都说从小偷油长大偷牛,人,从小就能看到大。可老栓做梦都没想到,江娃子居然会比自己上过大学的儿女还有出息。老栓觉得自己的确是看走眼了。

转眼就到了四月。一天,老栓查看完房子,前脚刚进院坝,后面就来辆小车。

从车上下来的，居然是江娃子。

栓叔，我来拿钥匙。江娃子说。

你怎么回来了？还不到清明呀！老栓有些奇怪。

回来办点事。

江娃子回了趟家就走了。走时居然没把钥匙送回来。老栓很纳闷。

两天后，江娃子又回来了。

见面，老栓就问他，你是不放心我给你看屋子了么？

江娃子呵呵一笑，说，栓叔，您误会了，我这次回来，就不走了。

为啥？老栓很惊讶。

春节吃饭时，您不是说，湾里的那些地都撂荒了，太可惜，要是有人来承包就好了吗？我这次回来，就是要搞个农业开发公司，把地全租下来，让大家回来一起挣钱。

真的？

现在国家不是要振兴乡村么，这两天，我找了县长，说国家有政策支持。

你娃做了件好事啊！老栓笑着跷起了大拇指。

老栓说完，抬头朝田野望去。他仿佛看见漫山遍野的杂草，一下子变成了绿油油的庄稼。再低头看着手中的那串钥匙，嘀咕道，你们啦，很快就会物归原主了，我也可以进城陪孙子啦！

黑羊白汤

– 赵文辉 –

一个清冷的冬夜,我和老婆骑着电动车,在这个江湖气十足的豫北小县城穿行。我们的饺子馆转让五年了,我很想念它,也时不时地下下馆子,找找那种感觉。老婆鬓角已见醒目的斑白,我也成了一个双下巴的蓝围裙大叔——如今我们在家包饺子,去小吃店推销,还上了美团外卖。

一家"黑羊白汤"的吸塑发光招牌吸引了我,进门时老婆像往常一样提醒我:"一人一碗羊肉汤,不准点菜。"她知道我爱面子,像很多下馆子的人一样,总觉得单吃一碗烩面不是那回事儿。

这是一家民院改造的饭馆,主营烧烤、烩面、羊肉汤。院子里黑乎乎一片,楼梯、烧烤炉集满了黑烟,给我印象最深的是地面的油腻粘住我鞋底两次。生意却不孬,满满一屋子人。厨房是明档,一口直径近一米的大铁锅里咕嘟咕嘟冒着热气，一套全羊骨架在锅里起伏，时隐时现。好汤！我情不自禁在心里叫了一声。有一桌客人刚走，我们坐下来。服务员边摆小件餐具，边问我们吃什么。老婆报了一碗羊肉汤、一碗杂碎汤，又对我说咱俩可以换着吃。

一瞬间工夫，羊肉汤和杂碎汤端了上来，浓香的白汤上漂了一层翠绿的香菜末，一眼就能看出是纯骨头熬的，没有借助三花淡奶增白。我挖了一勺羊油炒制的辣椒面儿撒进去，很干的那种，见了热汤便融化开了，红灿灿一层。口水都快出来了，我迫不及待盛了一勺。热汤正要进口，猛听得啪一声响，接着一声严厉的喊叫："服务员！"

我手中的勺子一哆嗦。

扭头一看，邻桌坐了四个和我年龄差不多的中年人——那种在城内三关混油了的生意人：有俩小钱儿，到哪儿嗓门都贼大贼大。给我们点菜的那个服务员笑吟吟走过去，问他们有啥需要。一个"地包天"指着桌上一盘湘味小炒肉，责怪五花肉过油了，不是生炒的，他一口就吃出来了；另外酸辣土豆丝是用刨菜器刨的，没有刀切的味道好。"地包天"一副内行得意的样子，服务员连连道歉，说下回一定注意。另外仨人黑着脸不说话，一人嘴角叼了一根香烟，像是要跟人打架一样。我心里突然七上八下起来。凭我的经验，一碰见这样的客人，麻烦就到不了头。

后来他们点了主食，一人一只手工馒头，还吩咐服务员送一碟小米椒，切成细圈，再倒点生抽。我咧了一下嘴，今年的小米椒跟去年的香菜差不多，死贵死贵，18元一斤了。果然，服务员迟疑了一下，说需要请示老板。"地包天"马上变了脸，手中的酒杯狠狠一蹾。柜台里的老板娘看出他们不好惹，忙起身吩咐服务员："快去厨房端吧。"

对这一碗靓汤的兴致全没了，我额头瞬间挂满了汗珠，老婆也全身绷紧。我在心里提醒自己，又不是自家开的饭店。但我还是管不住眼睛，留心着那边的动静。

馒头端上来，只一会儿一碟小米椒就完了，他们要求再送一碟。老板娘犹豫片刻，还是答应了。第二碟小米椒上来，其中一个人突然一拍桌子，我心里猛然一咯噔。当年在我们饺子馆，不少客人招呼我的方式就是这样。他一脸怒气，举着手里的手工馒头叫老板娘看，说他们饭馆竟敢拿发霉的馒头来坑人。老板娘赶紧从吧台里出来，说她愿拿小店13年的声誉保证，手工馒头都是今天下午新蒸的。"地包天"冷笑一声，问这些黑点如何解释？老板娘答不上来，喃喃道，真是新蒸的呀。那四个人很不好惹，扬言要给食监所打电话。服务员从厨房端出一个不锈钢蒸格让他们看，里面的馒头还冒着热气。他们依然不依不饶，又是拍照又是录视频，扬言要发朋友圈。"其实是发酵粉没揉开，我们在家蒸馒头，也遇见过这种情况。"屋角就餐的一对老夫妻替他们解了围，这对白发苍苍的老夫妻轻声慢语，却不容质疑。我进来这么长时间，愣没注意到这对老夫妻。最后"地包天"他们很不情愿地安静下来。

我和老婆额头沁满了汗珠，只想赶快喝完汤走人，按我平时的习惯是要加一次汤的。这时那四个人先去结账，问多少钱，老板娘告诉他们276元。"地包天"以命令的口吻说："把零头免了！"

老板娘点点头："好吧，给 270 元吧。""地包天"差点儿跳起来："你打发叫花子吧！"看来他心目中的零头和老板娘的零头完全不是一回事。他们沉默了一会儿，见老板娘没有表态，就把账结了。"地包天"扫完微信问老板娘要发票，老板娘给他们撕过，笑着说："慢走，欢迎下次光临！"她的笑容马上凝固了，只见"地包天"把发票一点点撕碎，像电影里的慢镜头一样，又一片一片扔到了吧台上。我的心颤了一下，老婆比我还紧张。我再次提醒自己，这不是我们开的饭店。我想起开饺子馆那些年，我们一直小心翼翼，还是不能让客人满意。他们走后台布上会留下几个烟头烙的窟窿，还有的临走撂下一句"再不会来第二回了"，吓得我们追到车跟前苦苦哀求却不告诉我们原因。

"地包天"他们走后，我喝完最后一口汤，又抽了一张餐巾纸，打算去结账。我站起身的时候，听见有一桌客人喊道："服务员，开水！"

"嗯，来了。"我怎么都没想到，老婆居然脆生生地答应了一声，接着，她的腿像装了弹簧一样跳起来，拎起我们桌上那壶开水飞奔而去。"黑羊白汤"那个慢了半拍的服务员和我一样瞪大了眼睛。

换 防

-蒋玉良-

黄昏,班长带着我们终于到了海拔五千三百多米的赛图拉山口。

突然一声大喝:"站住!"

山口上出现了一群人,端着枪指向我们。

班长问:"你们是什么人?"

对方不答,一个领头模样的人反问:"你们是什么人?"

班长说:"我们是奉命到此的边防部队。"

盯着我们的眼睛一亮,瞬间又暗了下去。

那人疑惑地说:"你们不像我们的人。"

确实不像。这些人个个面黑肌瘦,衣服破烂不堪,如果不是端着枪,分明就是一群乞丐。

班长问："你们是什么人？"

那人说："我们是国民政府派驻此地的边防军人，我是排长。"

班长说："此地由我们驻防，你们走吧！"

那人激动起来："四年前我们三十多人来到这里，如今只剩下了十七人。兄弟们卧冰爬雪，攀岩越谷，每天要做的就是让自己活着，最盼的就是能够回去。可是没有上级的命令，我们不能走。"

班长轻声说："国民政府已被推翻，现在是新中国了。你们已经完成使命，现在由我们换防，好吗？"

那人愣了好一会儿，低下头说："你们是胜利者，我们确实该走了……其实我们在这里也没做过什么，至今还没有遇到对方军人。"

班长说："你们已经做得非常好了。我们自己的国土，若自己不去占领，早晚会被别人占领。你们已牢牢地守住了这片国土的主权。"

那人有些欣慰："不过最近边境有些异常，不时有对方的人出现，你们会守住吗？"

他们走了。班长向着夜幕中远去的背影举起了右手，坚定地说："一定会的！"

不约而同地，我们也都举起了右手，大声说道："一定会的！"

将军的眼泪

– 马新亭 –

小时候,爷爷是我的骄傲。爷爷不但是一名将军,还是一名参加过二万五千里长征的老红军。每逢"七一"或"八一",都会有学校请爷爷去做报告,爷爷几乎是有求必应。临出门前,爷爷总要换上他那身有点破旧的军装,胸前挂满有点褪色的大大小小的军功章。爷爷腿脚不灵便,每次他都攥着我的手和他一块去。

到了学校,学生先给他戴上鲜艳的红领巾,再把他搀扶到学校礼堂的主席台上。他坐在一张桌子后面,面对主席台下黑压压的学生,声情并茂慷慨激昂地讲起来,讲述那些发生在革命年代,他和他的战友冒着敌人的炮火冲锋陷阵的感人故事。讲到动情处,台下的学生,有的脸上挂满了泪花,有的悄悄抹眼泪。爷爷讲到最后,总是叮咛学生们,要珍惜今天来之不易的幸福生活,不忘抛头颅洒热血的先烈们；鼓励孩子们好好学习，天天向上。

爷爷有一个怪毛病，在学校礼堂的主席台上，无论讲战斗多么惨烈，环境多么残酷，从没见他掉一滴眼泪。可是等他回到家，就哭。有时泪如雨下，有时蒙头痛哭。

有一年，爷爷病了。学校又派人请爷爷去学校做报告，家人担心爷爷身体不好，不让爷爷去。爷爷从床上爬起来说，我身体没事，小毛病，讲一年少一年了，我去。爷爷照例穿上破旧的军装，挂上大大小小的军功章，去了学校。

从学校回来后，爷爷刚坐到沙发上，又哭了起来。只是，这一次比任何一次哭得都狠。我忍不住走过去抱起爷爷一条胳膊说，爷爷，你咋每次回来都哭呢？爷爷这次忽然说，孙子，你想知道我为啥哭吗？我点点头说，想。爷爷抹把眼泪扭头看着我说，可不许说出去。我狠狠地点点头说，行。

爷爷又抹一把眼泪说，这件事发生在爬雪山过草地后不久，我们的部队遭遇到一股围追堵截的敌军，战斗打得异常惨烈。我们团负责阻击敌人，掩护大部队前进。打到最后，全团只剩下我和团长了。不知道大部队走到了哪里，敌军的援军正往这里赶。团长受了重伤，没法走路，我只能背着他行军。团长说，敌军越来越近了，放下我，你走吧，别让我拖累了你。我说，不丢弃伤病员是红军的传统和纪律，我怎么能扔下你不管呢？团长说，多活一个人就是为革命多保存一粒火种。还没说完，团长昏了过去。这时，在公路远处出现了一个赶脚的，走近后，看见一个中年男人，背着褡裢，牵着一头毛驴，毛驴背上驮着两袋子东西。我跑上去抓住了缰绳。那个人也紧紧攥着缰绳，不肯放手。僵持了一会儿，我说，放手，放手。那个人哭着说，这头驴是我家的命根子，没了这头驴全家就没法活了！我犹豫片刻，看了一眼躺在地上的团长，用黑洞洞的枪口对准那人说，再不松手，我可要开枪啦！那人放开手一溜烟似的跑了。我在后面喊道，老乡，你家住哪里？我们以后会还你毛驴的！那人已跑得没影了。我把团长抱起来，放到驴背上，牵着毛驴去追赶大部队……要没有那头毛驴，我和团长要么被俘，要么被打死。后来团长当上了将军，再后来我也当上了将军。

我插话问道，你们以后没再去找找那人吗？

爷爷叹口气说，全国解放后，我和团长都去找过，找了很多次也没有找到那人。这也就成了我一辈子的心事，一想起来我就忍不住要哭，忍不住掉泪。我老是想，那个被我抢了毛驴的老乡，后来怎么样了？他全家怎么生活？都活过来了吗？他去了哪里？

没想到那竟是爷爷，也是将军，最后一次哭。几月后，爷爷去世了，临死时，爷爷沟壑纵横的脸上布满老泪。

惊 马

– 陈士英 –

金家三代单传，直到有了小孙子，金老汉才挺直了腰板，给孙子取名"金豆"。

金豆长得虎头虎脑又聪明伶俐。三个孙女都说，爷爷每叫一声金豆眼睛里都闪闪发光，好像真的捡了颗金豆子一样。

这天，五岁的金豆和小伙伴们在街上追来赶去，玩得起劲。只听见前方传来一阵"踏踏"的马蹄声，一匹黑色的高头大马仰着脖子双眼翻瞪，倒竖的棕毛伴着雄浑的嘶鸣声向这边狂奔过来！

当孩子们意识到危险来临时，竟一个个惊恐得像木棍似的立在那儿不知所措。眼看着一场悲剧即将发生。

"不好，是马惊了！"有人惊讶地喊着。

"孩子们，靠边站，快点贴着墙根站！"

尖叫声、哭喊声瞬间编织成了这惊心动魄的场面,反应过来的孩子赶紧贴到了墙根,金豆年龄小,不及小伙伴们跑得快,竟一个趔趄摔趴在地上!

闻讯跑来的金老汉被眼前的一幕吓得腿下一软,几近晕厥:惊马四蹄高抬从金豆身上飞踏而过!

金老汉醒来时看到屋子里挤满了庄乡邻居,大家都在议论着惊马的事。有人说:"这匹马是东胡同北柱家的,北柱追了大半个村子才追上了这匹惊马。"还有人说:"这金豆真是命大,一只马蹄落在脑袋边,另一只刚好落在劈开的双腿间,土路上硬生生踩踏出了铁掌坑!"金老汉顾不得听这些,他大声唤着金豆,金豆笑嘻嘻地跑过来喊了声"爷爷……"金老汉看着毫发未损的孙子,喜极而泣!

天刚擦黑,有踟蹰的脚步声走进院里。借着门灯看清楚了是一个十来岁体形消瘦的孩子,金老汉认得,这孩子正是北柱家的大儿子。

"爷爷,今天这匹惊马是我家的……我爹说,这两只鸡是给爷爷和金豆弟弟补身体的……"

没等金老汉开口,这孩子把手里拎着的尼龙袋往前一放,一溜烟似的跑了出去。

"这鸡怎么办,送回去吧?"老伴小声询问。

"先不送了。"金老汉心想,这事虽说是有惊无险,但北柱也不会只打发一个孩子来说事,他总会亲自登门致歉的,到时再让他把鸡拎走也不迟。

从这天以后消息像春天的花朵一样开满了整个村庄。见到金老汉的人无一例外地表达着对祖孙俩的关心,也有人故意压低了声音询问北柱家有没有亲自登门看望。金老汉咧嘴一笑:"都来过了,来过了。只要我小孙子没啥事,以后这事就过去不提啦。"

金老汉虽然嘴上这么说,但他心里却不是这么想的。自己在村子里也算得上是清家明理的主儿,村里的红白大事都能独当一面。日子虽说紧巴点但这两只鸡我压根就没打算留下,逢外人还得给你说着瞎话充着情面。已经两天了,你北柱别说登门看望了,竟连照面都不打一下。金老汉越想越恼怒。

晚饭时他喝了一茶碗白酒,撂下碗筷,卷起一撮老烟丝狠劲儿抽了两口,出门向北柱家走去。他要亲自去看看,不,是亲自去质问北柱,你眼里还有没有我这个老叔?

金老汉摸黑拐过两条街,在一堵颓倾的石墙外停了下来。透过石墙的缺口,他看见小院里里外外只亮着一盏门灯,冲着门口的摆设简陋又寒碜,两个小点的孩子一人拿一个煮红薯倚坐在门前栅栏上吃得正香。

金老汉刚想抬步进院,却看见北柱正被妻子儿子扶着佝偻着腰身向屋外走来。

他本能地向暗处躲了躲。

一会儿西边马圈里的灯亮了,北柱三口进了马圈。北柱向马槽里加了几瓢水,伸手理了理马棕毛,叹了口气说:"老伙计,都是我错了。我要是不偷偷卖了小马驹你也不会急得脱缰跑出去,小马驹我给你要回来了,以后别人给多少钱我也不卖它了。"原来这是一匹母马。母马纹丝不动瞪着深泉般的大眼睛看着北柱,金老汉这才看清楚，母马身边站着一匹同样黑色的小马驹。"那天你跑出去可吓坏了那些孩子们，差点要了金老叔家孩子的命。幸亏金老叔是个体面人，人家没找上门来打闹，咱已经很知足了。明早你们扶我去金老叔家看看，记得带上刚赊来的两斤挂面……"北柱继续对着马叙说着，"我这腰被你踢得没法干活了，这几天就让我儿子北山替我出车拉沙土，你可别难为孩子，他才十三岁呢。老伙计啊，这个家就指着你出力了……"北柱边说边后退一步弯下腰向着马鞠了一躬！

站在黑暗里的金老汉不由得惊了一下。马儿通人性似的，眼睛泪汪汪的，鼻子哼哼地打着颤音。金老汉听到了北柱媳妇轻轻的啜泣声……

金老汉觉得有风吹过，后背冷飕飕的。他的心里隐隐泛起酸涩却又有一股热流在汹涌澎湃着。

他一路小跑着回到家。

老屋摇曳的灯光下，一对老夫妻悉数数着手里的东西:两只鸡、一条腊肉、十几只鸡蛋、两斤挂面。金老汉怀里还揣上了一瓶泡了草参药材的白酒，他说这酒专治腰腿疼。

金老汉说一不二的犟脾气上来了两头耕牛都拉不回来。老伴笑着打趣他:"送鸡还搭上这些，咱过年的东西你当真都送人呀？"

"当真送！"他边弯腰往袋子里装东西边说。

"把家里的麦糠也带上。"

"带麦糠干啥？"老伴一脸懵相。

金老汉敞开大嗓门说道:"喂马！"

卷 发

- 伍月凤 -

小王学理发时不到二十岁。

上山下乡那会儿,知青小王不会干农活,在一次劳动中,不小心被石头砸断了几根脚趾。伤好后,队长把他带到村里唯一的剃头匠刘师傅家里拜师学艺,让他学成后为村里人服务。

小王聪明,学得又认真,三五个月就青出于蓝了。于是,他和师父划分了服务范围。

一把剃刀、一把剪刀、一件剃头围脖,小王开了张。他嘴巴甜,能说会道,让他理完发,乡亲们心里比头上还舒坦。

其他村的人也明里暗里来找小王理发。小王年轻,手脚麻利,干活儿快,来者不拒。那些人过意不去,便常常塞几个鸡蛋、几条小鱼当理发费用。

小王的伙食得到改善，人健壮起来，帅气起来，围着他转的年轻姑娘也多了起来。

"教会徒弟，饿死师父"。刘师傅服务的人少，生产队给的工分就少了。刘师傅老脸挂不住，又不好明说，只能背地里叹气。

刘师傅的闺女小凤看在眼里气在心里，不知从哪里找来一张照片，往小王手里一塞，把胸前又粗又黑的大麻花辫往后一甩，恶狠狠地说，你给我做这个发型，做不出，哪儿凉快哪儿待着去。

小王看一眼照片，照片中的女人穿着旗袍，刘海儿卷成好看的弧度，大波浪随意地披在肩上。小王又看一眼小凤的蓝布褂子，说，别卷了，你的麻花辫真的挺好看。

小凤白他一眼，关你屁事，不会就明说！

这发型不适合你，这是小媳妇才做的发型。小王只好说了实话。

你！十八岁的小凤瞬间红了脸，一跺脚，又丢下一个白眼，跑了。

小王的目光被小凤背后晃荡的麻花辫牵出老远，好久也收不回来。

不久，农村包产到户。小王在村部拾掇出一间房，开起理发店。

开店第一天，小王就把刘师傅接来，说自己一个人忙不过来。可刘师傅每天只给两三个老人剃个光头，其他的事，还是小王做。月底，小王仍然给刘师傅开几块钱工钱。来店里理发的乡亲们，都竖起拇指，夸小王厚道。

小王回了几趟城，店里的理发家什丰富起来，大波浪卷发也开始在乡村小媳妇们的头上荡漾成一道美丽的风景。

小凤每天来给父亲和小王做饭，做完了，自己不吃，只呆坐着发愣。这天，小王正给一个小媳妇做卷发，又来一个急着剪头发的人。

小凤，帮个忙。小王看向小凤，眼里写满求助。

我？我不会。正发愣的小凤这下发了慌。

卷发简单，我教你。小王说完，拿起一个卷发圈，将一缕头发缠绕进去，然后用一根橡皮筋固定，又挤几滴药水。

小凤站在旁边，看小王示范了几个，似乎也不难。小凤上手一试，竟也像模像样。

从此，小王又多了个帮手。

半年后，小凤给一个小媳妇做完卷发，对小王说，我也想做卷发。

小王刚说，小媳妇才做卷发，话没说完，小凤"咔嚓"一声，剪掉了胸前长长的麻花辫。

小王抓起麻花辫，一脸的惋惜。小凤看着他，"扑哧"一声笑了，说，真是个傻瓜！

小王回过神，"嘿嘿"傻乐了半天，忙动手帮小凤做卷发。

结婚那天，小凤披着大波浪的卷发，再戴上一朵大红花，鹅蛋脸娇艳如花。站在她身边的小王，也同样笑成了一朵花。

村里其他做卷发的小媳妇不满意了，都说小王偏心，给小凤做的卷发十里八乡最好看。

小王只管咧着嘴笑，也不争辩，心里却惦记着，珍藏在樟木箱子里的麻花辫，又得抽空洗洗、晒晒了。

看 菜

- 白金科 -

徒弟是半道上捡的。木匠在早起上工的路上,碰见了这个十三四岁的孩子。孩子衣衫褴褛,正站在雪地里瑟瑟发抖,一副茫然不知所措的样子。木匠停下来细问,原来这孩子是无家可归的。木匠于心不忍,说,跟着我吧,做我徒弟。孩子"扑通"跪在雪地里,磕了个头,就跟他来了。

木匠是这一带方圆几十里有名的木匠,活儿做得扎实精致。木匠尤其善雕刻,在家具上雕刻一些吉祥的图案,无论是飞禽走兽还是花鸟虫鱼,总能做到栩栩如生,方圆几十里的人家都喜欢找木匠做活儿。

木匠现在在榆树沟一户姓殷的人家做活儿。殷家只有母女俩,闺女叫梅,十八岁了,母亲为她招了个上门女婿,需要做些家具,好成亲过日子，就请了木匠。

教会一个徒弟是需要时日的，这要看徒弟的天资和领悟能力，还要看他的上进心。木匠有了徒弟，便带来上工，安排做一些边边角角的活儿，顺便看看徒弟的天资。木匠知道，学艺这事急不得，一招一式都得慢慢来。

但有些事说晚了就容易出岔子，比如说这吃饭上的事，木匠一个说不及，就出岔子了。

手艺人上门做活儿，不住宿的，主家要管两顿饭。木匠的家离着榆树沟十里挂零，一早一晚打来回就行，用不着住宿，再说了，殷家只有母女俩，住下也不合适。通常，上工第一天，午饭和晚饭都会上四个菜，这叫开工饭，再往后，午饭就只有两个菜了，但晚饭会保持四个菜。这几乎是一条不成文的规矩。

有的菜是可看不可吃的，手艺人管这叫"看菜"，比如说这鱼。几乎所有的主家会在晚饭时上一条咸鱼，这条咸鱼手艺人是不会动筷子的。如若保存得当，咸鱼好些日子也坏不了，让主家完整地撤下去，明晚上再端上来，好凑齐四个菜。日月艰难，大家都懂的。

殷家没有男人，也就没人陪木匠吃饭。前些天都是木匠一人一桌，今天木匠有了徒弟，那就师徒俩一块用饭了。

木匠好酒。先呷上一口酒，微闭双目细细品着，等到睁开眼来，要去夹菜的时候，才发现徒弟已经破了鱼身了。

木匠赶紧制止，赶紧给徒弟说一些饭桌上的规矩，徒弟羞愧难当，只是于事无补了。

盘子里是一条白鳞鱼，大约有三两重，金黄色的鱼身，缀以白色的鳞片，煞是好看。现在，朝上的这面的中间部位已经被徒弟夹走了一块鱼肉，有了一个不大的豁口，已经不是一条完整的鱼了。这样的话，这条鱼就成了剩菜，以后主家就不好意思再端上桌了。

徒弟自然不敢再去动那鱼。

吃完了饭，木匠用筷子夹起那条鱼，翻个个儿，在盘子里摆好。

师徒俩走后，殷家母女开始收拾碗筷。细心的母亲一眼就看出了那条鱼的端倪。母亲知道这是木匠在体谅她们母女，告诉她这条鱼不需换，以后再端上桌就是。

于是，这条鱼又被来来回回地端了十多天。

殷家的活儿做完了。这天晚上，师徒俩在殷家吃收工饭。拿起筷子，木匠对徒弟说，孩子，今天晚上，别的菜都别动，咱爷俩只吃鱼，把这条鱼吃完。

吃完饭，师徒俩要走了，殷家母女送至院门口。在院门口，木匠扔下一句话：一个小玩意儿，留着耍。

母女俩面面相觑。

等到去师徒俩吃饭的屋里收拾碗筷的时候，方才明白了木匠的话——饭桌上四个菜原封未动，完完整整地摆在那儿。

日月如梭。一转眼，梅的儿子也十八岁了。梅要为儿子娶媳妇，要做家具。这时候木匠已经老了，做不动了。木匠的徒弟不成才，只能做一些粗枝大叶的活儿，梅便请了一个新木匠。

新木匠是个年轻的后生，自幼就去城里了，在城里学的徒，那是见过大世面、见过洋玩意的。上工第一天，后生看了梅用的家具，脸上有些不屑，就拿了许多早画好的新样子给梅看。梅就说，咱庄户人家，结实耐用就行。后生就有些郁闷。

吃午饭了。这第一顿饭是开工饭，按规矩上了四个菜，梅的男人陪着后生，入了席。

一开吃，后生就看上那条咸鱼了。盘子里摆着一条白鳞鱼，大约有三两重，金黄色的鱼身，缀以白色的鳞片，煞是喜人。后生可不懂"看菜"这一说，他的师傅就没教过他。他一伸筷子便去夹那鱼。

却是怎么也夹不动。

梅的男人脸上露出许多尴尬来。

后生明白了，这是一条木头鱼，是人工雕刻的。

后生的脸腾地红了。

自此，后生少了话语，活儿却是做得格外用心了。

林如风

— 王平平 —

湖城不仅有湖，还有河。湖坐落在城的南方，河穿过了城的心脏。一湖一河，就孕育了湖城灵气。湖城有灵气，自然出了不少名人，有明星有诗人，还有书画家。其中有一个姓林名云字如风的，脾气禀性古怪，虽身处闹市，却极少与人往来。见他的人很难，求他的字画更难。

林如风的书画堪称大家风范，书法飘逸洒脱似得二王真传，画中又极爱画兰竹。偶尔也会题上几句诗，他很少采用古人的诗，都是信手拈来，随口吟诵。所以，在书画界就有人称之为"现代苏轼"。

林如风不白白送人字画，就是市长也得到红星阁花钱买，所以湖城有的人就临摹他的作品，竟能以假乱真，只是印章不敢作假。

这日，在朋友的酒桌上，林如风恰遇教育局局长李春明。林如风本来是不想参加酒场，但是经不住朋友在一边说，你家孩子上学的事可就要仰仗人家局长了。林如风一想，孩子的事不是小事，只好硬着头皮去了。

李春明素喜林如风的字画，见了本人更是欣喜不已。一连倒了几杯酒，林如风觉得有求于人家，也不好推辞，便贪了几杯。

席间，李春明拍着胸脯说："老弟，你的事包在我身上，想上哪个学校一句话。"

林如风忙拱手一笑："李局长费心了！"朋友连忙跟上了一句："如风的字画可是湖城一绝。"

林如风摇头说："过奖了，都是谣传。"

李春明醉眼蒙眬地拉过他的手来左瞧瞧右瞧瞧："清瘦如竹，细长如钩，真妙手啊！此生能得佳作，也是三生有幸。"

林如风不禁谦虚起来："只要李局长喜欢，字好说。回头我给您送到府上。"

酒醒过后，林如风就有些后悔，不由得拍了几下脑袋。

林如风作画与一般人不同，要用最好的墨，最好的纸，最好的砚台，更需几十年的功力，方写出最好的字来。

那些墨块，发着暗青的光，颜色如乌云似黛玉，形如金刚刀。那纸，洁白如雪，绵软柔韧，似一张玉帛。那砚台，更是精心雕琢，远看如山峰，近看如水痕，光滑细腻。再看那墙壁上的字，单个看如危峰兀立，连起来又如行云流水。

林如风发现有一家画廊，出售林如风的字。他赶去看，一眼就看出，是有人在临摹他的笔法。嘴上不说，心里却不悦。但他看了一眼标价,对画廊里的老板说:"这些画,我都要了。以后不准再卖他的画了。"老板摇头说:"您何必要花那个冤枉钱?""小画家肯定也有难处。"

林如风派人把画送到李春明局长的办公室,李春明局长一眼看去,正是苏轼最著名的一首词《念奴娇·赤壁怀古》:"大江东去,浪淘尽,千古风流人物。"只读了一句,便拍手叫绝:"好词,好字!"

后来李春明局长落马,有人提到这幅字画,林如风说:"我的字画不会白送人,那是一张假的。"有人找来看了,果然在落款处的印章上找到了印证,比真印章少了一点。

马 腿

– 王兴海 –

阵地已经守了三天了。敌人已经气急败坏,将炮火集中在这里,这里一时变成暴雨之前的电闪雷鸣。一批批战士上去立刻消失,被敌人连续的炮火轰得到处是人的残体。

指导员对连长说,在敌人火力正强的时候,我们不要做无意义的伤亡吧?

连长接受了指导员的意见,命令战士后退等待时机。

指导员说,我们不要集中在一起,要分散开,以免遇上炮火造成集中伤亡。

连长、指导员和战士小赵就一块后撤了。

战士们的干粮早已没有了,有的是吃掉了,有的是被敌人的炮火轰得没有了影子。饥饿的战士们没有一点力气。

刚才连长和指导员在战争的紧张时刻，身体硬挺着，不得不精神着。等到后撤，身体一下软下来，退到一个地方就躺下来一动也不愿动。

指导员说，这个地方不安全，还要往后撤。

连长说，撤不动了，看来我们要死在战场上了。

指导员说，不要悲观，只要有一线希望，我们就要振作精神，说不定什么时刻就可能出现转机。

敌人的炮火缓下来，由原来急促的攻击变成零星的炮声。

指导员说，敌人的炮击停下来了，时机说不定马上出现。等我们的炮兵过来，我们仍可重新登上阵地。

连长不再想这些，他捂着凹下去的肚子说，我们弄点什么吃呢？再这样下去，我们不被敌人打死，自己也会饿死的啊。

指导员说，是啊，我们连根草也找不到啊。

小赵好像突然发现了什么，指着一个地方说，连长，那边有个小屋子！

指导员顺着小赵指的方向看，说，好像是个马棚。

连长也看去，看了一会儿说，说不定能找到一点吃的。

三个人互相搀扶着疲惫地往像马棚的地方去。指导员说，注意，马棚离敌人的炮火不远，小心受到敌炮的打击。连长说，饥饿已经使我顾不得生命了啊。

马棚肯定受到过炮火的攻击，周围到处是烧黑的木头和石头，以及人的残体。小赵先进了马棚，看了看里面，对连长说，的确是马棚。

连长说，这马棚没有被敌人轰倒真是个奇迹。怎么在这里独独有一个马棚呢？马呢？

指导员分析说，说不定一位孤独的老人在这孤独的地方自己喂着一匹老马生活。炮火来了，可能老人与马走掉，也可能都死在炮火里。

小赵向四下看看，突然说，马的尸体！

连长也看到了，说，好了，我们饿不死啦！马上找到火，烤马肉吃！

三个人急急地往一个炮坑里走去，此时都忘了危险和饥饿。

连长说，想办法通知战友们相对集中一下，让他们尽快地吃到烤马肉。

三人凑近死马看，马的尸体除了少一根小腿外，几乎是全的。但是令他们失望的是，马的尸体已经腐烂，发出刺鼻的恶臭。三人像被抽了筋一样一起瘫软下来。

不远处，小赵发现有一个黑乎乎像根棍棒似的东西插在一个石头缝里，小赵说，是那只马腿！

连长和指导员一起望去，像是烧焦了的马腿，甚是兴奋。他们走过去，拔了一下马腿没拔动，就毫不犹豫地撕开烧焦了的马腿吃起来，吃得狼吞虎咽。

连长说，好啦，给其他战友留着吧，想法把马腿从石缝里拔出来。

小赵找来一根木棍，将木棍插进石缝里，把一块石头撬动，指导员用双手将马腿一下拔出来。三个人惊奇地发现，马腿下面露出的不是马蹄，而是一只人的大脚。

灭 毒

– 孙春平 –

今年春节,我去南方一个城市,原计划是与几位老友同过一个旅游春节。万没料到,因为疫情,武汉市紧急封城,一夜间,满世界都紧张起来。老友们决定,抓紧订票,且留遗憾,各回各家。宾馆客服说,飞机就别想了,只有选乘火车。我说,最好是下铺,我年纪大了,夜里好起夜,请多关照。客服很快答复说,总算订到一张软铺,但只有上铺。我犹豫有顷,客服催促,请快拿主意,有客人在等候这个铺位。

时间还算从容,我推开软卧包厢的时候,只有20号上铺有位年轻人仰靠在行李上看手机,他倒时髦,已戴上口罩了。我去跟列车员提出调换铺位的请求,列车员说,等19号下铺和20号下铺上车,你们自己私下商量吧。这两位旅客迟迟没有上车,那一刻,我已心存侥幸了，要是有人漏乘，我倒省事了。

但站台上预备开车铃声响起的时候，眼见一辆救护车急匆匆停在软席车厢门口，列车长和乘警帮忙将一担架抬送上车，一直送到20号下铺位置。担架后面跟着的是一位四十出头的妇女，略显发福了，脸上满是汗水，看样子像乡下人。细看病人，男性，六十来岁，谢顶的头上包着绷带，裸露的左小腿敷着药，上面还挂着医用胶管。女人安顿好病人，说，我先垫补垫补，饿惨了，我吃完再喂你。病人"嗯"了一声，眼睛却一直眯缝着，看不出表情。

女人泡好方便面，坐在19号下铺哧溜哧溜吃得那叫畅快，连汤水都喝得干干净净，看来真是饿得不轻。在我登铺的时候，她说，我应该喊您叔吧？要不您睡下边？我说，你得照顾病人，咋好意思和你换呢，谢谢啊。只是我下铺的时候，腿脚笨，别碰了你和病人就好。在说这些话的时候，20号上铺的年轻人仍在摆弄手机，现在的年轻人呀，手机就是魂儿，都这德行。

不敢喝水，满以为可以不起夜，可过了半夜，还是去了两趟卫生间。我回来时，见女人已坐在过道的边座上，临窗远望。大地已是一片雪白。

我问，你家人是什么病？

女人叹息，脑梗，人一下就废了。

我又问，你是他什么人？

大叔看呢？

应该有点亲戚吧？

不沾点亲，这钱谁愿挣？

他没儿女吗?

老太太先走了。儿子打架,伤了人,坐牢了。当爹的一股火,就这样了。医院开了药,回家养着吧。

上车时怎么来得那么晚?

不是闹疫情吗,又赶上过年,病人急着出院的多,手续好不容易办利索,奔车站的路上又堵车。

我又问,病人吃晚饭了吗?

女人说,怕他屎尿,就将就吧。

包厢里有了动静。20号上铺翻了个身,被子险些掉下来。女人忙起身,把被子往上掖了掖,对我说,不说了,别惊醒别人。

黎明时分,列车员来换铺牌,并提醒做好下车准备。原来病人在前方站下车,那个20号上铺也下车。列车已减速,列车长和乘警又赶来,准备帮助抬送病人。女人对20号上铺说,大兄弟,拜托帮把手,我手上带的东西多。

20号上铺没拒绝,他将双肩包背好,左手便抓牢了担架的把手。见他抓担架的前右方,我便抓担架的后左方。乘警说,老先生,后面我一个人就行。我说,多只蛤蟆二两力,我总比蛤蟆力气大点儿。几个人都笑,20号上铺也跟着笑。

列车进站,站台上很安静。担架放到光滑洁净的站台上时,有个中年汉子悄然靠前,从20号上铺肩头接过背包,似乎还说了句什么,然后转身离去。

但就在那一刻,让我万没料到的一幕陡然出现。一直卧床不动的病人突然豹子般腾身而起,一下就将接包人扑倒在地。20号上铺见状，拔腿欲跑，却被一直跟在他身后的女人抓住臂膀，一个漂亮的背飞，眨眼间他就被重重地摔在了站台上。说话间，只见人群中闪出几位便衣人，瞬即便将两人扭走了。

一切似梦，猝然反转，让人目瞪口呆。豹子般的病人站在我面前，用力地跟我握手，说，夏老师，一路委屈您了，但愿后会有期。我怔了，原来他不光身健如豹，还知我的姓氏和退休前的职务，看来，一切都不简单啊。

会擒拿的女人也跟我告别，笑着说，我知夏老师好写文章，如果写到今天，还是假语村言吧。我们缉毒警察的任务艰巨、复杂又漫长，而且风险极大，还请多支持。

我知道，这不是玩笑。缉毒工作极需隐秘，力求人赃俱获，且要顺蔓掘根，我把此篇小文中的具体时间、地点和车次尽皆隐去，也算是对缉毒的一点配合吧。

我说，真没想到，大过年的，又全国防疫，警察同志的工作还这么紧张。

女警察说，越是在这种时候，越不能让毒贩子们趁机作乱。

开车的预备铃声响了。女警察跟我说的最后一句话是，19号下铺是您的了，内勤同志已跟铁路部门打过招呼，祝夏老师吉顺安康。

命 运

-戴希-

西琴在池塘里生活得很自在,要不是那天瞥见一条肥美的蚯蚓在水中晃动,要不是那天它游过去张口就去咬那条蚯蚓……可是晚了,悲剧发生了。它的樱桃小嘴被一个凶残的鱼钩钩住,在一阵锥心的疼痛之后,鲜血流出。它想挣脱,可无济于事,只好认命,眼睁睁地被拖出水面摔到了岸上,又被垂钓者信手扔进深深的鱼篓里……

南大街菜市场,一位老太太左看右看,流露出满意之色,毫不犹豫买下西琴。

"老人家,求求您发发善心,放我回家吧。家有父母和兄弟姐妹,我舍不得它们,它们没有了我,恐怕都活不下去了。"西琴在菜篮子里哀求,可老太太听而不闻。看来死里求生是不可能了,西琴索性闭上眼睛任由命运的安排,油煎也好,炖汤也罢,怎么死都是死。

老太太急匆匆地来到池塘边,这池塘也正是西琴的家。老太太一边鞠躬一边祈祷,然后小心而迅速地把西琴放入水中。西琴想,我的运气真好!它一个猛子扎进水中,很快又腾空一跃浮出水面,向救命恩人深深地鞠了一躬。游走后又回头,看到救命恩人还在水边祈祷,救命恩人慈眉善目的模样永远定格在它心灵的深处。西琴绝处逢生,回到家里,一家子喜极而泣,但全家老小既庆幸又心有余悸。"教训深刻啊!"西琴的父亲长叹。西琴的母亲沉思道:"咱们可不能好了伤疤忘了疼,一定要火速提醒沾亲带故的觅食时千万千万要力戒贪心,认真分辨食物与诱饵,高度警惕那不易察觉的细牢的丝线和丝线下隐藏的残忍。"

西琴的亲身经历和深刻教训一传十十传百,很快整个池塘里的鱼们都长了见识,个个变得精明了。从此诱饵再鲜再香,鱼儿也只是驻足远观,看看表演,绝不咬钩,充其量轻轻地触碰一下诱饵立即潜水,以此调戏那些盯着浮标的垂钓者。

高兴而来,空手而归。垂钓者不爽,池塘里的鱼类却很得意,还有些鱼儿甚至在挑衅。它们觉得和垂钓者玩玩这种有惊无险的游戏也是一大快事。殊不知,垂钓者是为了享受乐趣而来,钓得多少鱼倒在其次。没有收获的日子多了起来,垂钓者就没有了耐心,更没了面子。他们恼怒,甚至大骂池塘里的鱼儿个个成了精,要想办法收拾它们。

这天,垂钓者拿一张渔网在池塘里撒,渔网拖起,被网住的鱼比被钓住的鱼不知要多出多少倍。鱼儿们心中生出空前的惶恐。

这种绞杀几乎天天发生，危险无时无处不在，怎么办？它们绞尽脑汁就是想不出锦囊妙计。池塘里的鱼儿们还没有想出对付网捕办法的时候，又有人用电来电击鱼了，这是要让我们断子绝孙啊。西琴看到今天这种局面，后悔自己侥幸逃脱，后悔自己死而复生，后悔自己教育同类。西琴在悲观绝望之下，选择了自杀，接着西琴的父母兄弟姐妹一个个自杀。池塘里的鱼儿们也都无可奈何地纷纷自杀，水面上到处漂浮着鱼的尸体，散发出刺鼻的腥臭味儿。这下岸边的捕捞者个个目瞪口呆……

"也许垂钓者是在警示我们，如果垂钓不能如愿以偿，他们就改用网捕电击来捕获我们！"会上一条中年鲫鱼这样猜测垂钓者。会议主持者，一条老鲫鱼当即建议："只要他们再来垂钓，我们还得上钩。""可上钩就等于送死！"有一条年轻鲫鱼哀叹。"也不一定！万一遇上行善者放生呢？西琴不是回来了吗？""西琴那是运气好，不是每条鱼都有西琴那样好的运气。""即便如此，这样也可让他们不再撒网或电击我们，每天上钩一两次，才能减少死亡。"

鱼儿们在会上积极发言，献计献策。最后鱼首领皱皱眉头说："道理是这样。可让谁自愿上钩？这是其一。其二，我们要尽快找到绝对安全的好办法。"

一条老鲫鱼站起来大义凛然地说："要不这样吧，不如让我们这些老鲫鱼先上钩吧，越老的越要先上，爱护年幼鲫鱼是我们的责任，我们老了，离坟墓更近一些。"鱼首领面露难色地说："这……这……这……"老鲫鱼坚持己见，说："只能这样，为了整个鱼类的繁衍生息。""好吧！"

鱼首领沉默良久，说："这终归不是确保我们安全的最好办法。大家再好好想想，能否找到让我们不受侵害的锦囊妙计。"鱼儿们绞尽脑汁，群策群力，办法终于有了。

果不其然，网捕几天之后，垂钓者又开始尝试垂钓。鱼类又开始咬钩。鱼儿一上钩，垂钓者便不再撒网和电击了。终有一日，无论网捕还是电击，垂钓者再也见不到鱼儿的踪影。垂钓者纳闷，池塘里怎么没有鱼儿了呢？

自从那次开完会后，鱼儿们万众一心，众志成城，筚路蓝缕，前赴后继，硬是在水底开凿狠挖，于池塘深处建起新的家园。它们组建了侦察兵，昼夜侦察不敢大意，发现危险情况立即报警，有警报立马潜入地下城池，待警报解除又回归池塘。它们牺牲了整整一代老鱼，终于过上了太平的日子。

尽管是池塘，但地块好。它们万万没有料到，太平的日子没过多久，池塘就被人填平，建起了一座高楼。开发商哪管池塘里鱼儿们的命运？他们大肆宣传他们的楼市，激起人们的抢购风潮。若干年后，鱼儿们都成了化石……

闹 人

— 刘正权 —

秦嫂把汤匙吹了吹,说,喂药得这么喂,喂水呢,才能你那么喂!

陈海木不服气,都是往喉咙里灌的东西,哪那么多穷讲究。

秦嫂看出他心里的不服,把药碗晃悠一下,免得有沉渣,眉眼上纹丝不动,别小看对病人的陪护,讲究多着呢。

大实话,整个医院陪护中,秦嫂的讲究要几富裕有几富裕。

故意闹腾人不是?

陈海木脸上有了颜色,我自己的娘,当我不晓得怎么伺候?

话是这么说,娘之前躺在床上,压根没吃他喂的一口药,那张脸,义无反顾朝着墙壁,要不是秦嫂过来,呵呵。

娘向来对他是无条件顺从的啊。

才一晚上,就变了个人。肯定是秦嫂背后闹腾了的,都说医院陪护鬼气大，还真是。

陈海木碰了软钉子，但他不怕，血浓于水呢，你秦嫂怎么都是外人。

秦嫂倒是很不见外，说，就这么喂，你娘准保把药喝得一滴不剩。

你呢？陈海木一怔，一句话差点脱口而出，我出钱雇你，你倒安排上我了。

我隔壁病房还有点事没交代完！秦嫂很理直气壮地出了病房。

陈海木找不到合适理由反驳，本来，秦嫂在隔壁病房照顾的那个半岁的孩子今天才出院，是他昨晚强求秦嫂照顾娘的。

秦嫂这是跟他玩仁至义尽呢。

陈海木很想看看秦嫂如何的仁至义尽法，没准是去收人家不方便带走的营养品吧。

在医院，很多亲朋好友带来的营养品，完全派不上用场，病人饮食上得遵医嘱。

娘偏偏这会儿张大了嘴巴，等着他给喂药。

喂水要急，喂药要缓！秦嫂的话在耳边响起。

娘的病，需补水，急一点没问题，喂药，则得缓一点，让药物充分在体内挥发。缘于这个充分，娘把个药喝得像燕窝汤，居然品咂得出了声，津津有味了都。

陈海木很是不解，良药苦口，光闻一闻药味，他胃里都泛着酸水。

娘总算把药吃完了，是的，陈海木觉得用吃更符合娘的行为，连漱口水都吞进喉咙了。

当那是刷锅汤啊。

陈海木爹过世早,娘一人拉扯他长大的,因为穷,刷锅汤从没浪费过。

把习惯延续到吃药上,陈海木有点愠怒,娘真是天生的穷命。

请陪护,不就为让娘享受一把富贵人生。

陪护,对了,秦嫂呢?这个交代还真像模像样啊!陈海木看着因为药力发作睡眼蒙眬的娘,悄悄起身,到隔壁病房去见识秦嫂所谓的仁至义尽。

场景如出一辙,秦嫂把汤匙吹了吹,说,喂药得这么喂,喂水呢,才能你那么喂!

怎么喂?一个年轻爸爸用眼神询问秦嫂。

喂药要急,喂水要缓!秦嫂慢条斯理说出这八个字。

说反了吧,陈海木的话很突兀地响起,记得你跟我说的是喂水要急,喂药要缓的!

年轻人闻声转头,秦嫂不转头,孩子小,喂水缓慢可以让他干裂的喉咙得到滋润,哪个孩子病了不是哭得撕心裂肺口干舌燥的,喂药不一样,药苦,你要喂缓了,他咂摸出滋味会给吐出来,起码得糟蹋一半。

嗯嗯,喂急了,等他咂摸出苦味,药已经下了喉咙。年轻人点头附和称是。

就是这个理!秦嫂说,孩子名下,得耐烦,再闹人的孩子,都有顺毛摸的时候。

年轻人笑,他怎么闹人,都是我的命根子,能不耐烦?

秦嫂说,晓得就好,那我就交代到这儿了,有事你再问我。

年轻人有没有事问秦嫂,陈海木管不着,眼下他有事问秦嫂,我娘这把年纪,什么苦没吃过,干吗给她喂药要缓,娘嘴里得多苦。

傻孩子,秦嫂摇头,你娘是苦在嘴里,甜在心中。

啥意思?

啥意思你自个儿想想,要不是你娘病了,你一个月有几天在你娘跟前晃?

陈海木在脑子狠狠过滤了下,还真是,一个月他最多才在娘跟前晃悠一次,给娘送生活费的时候。

你娘不缺吃穿,她有一碗刷锅水都能活命的!秦嫂冲病房那个年轻人努努嘴,你也看见了,父母对儿女的爱,总认为是顺水顺流,顺理成章;儿女对父母的孝,却认为是倒流回流,感天动地。你觉得一个月一次就仁至义尽了?那是你娘呢。

果不其然,明明已经睡着的娘和护士的对话,从病房里传了出来,大妈,您真有福气,儿子给您请了陪护,还亲自给您喂药。

那是,我儿子啊,喂药可讲究了,一口一口吹了喂的。

一口一口,吹了喂的!陈海木眼里一涩,娘当年一口一口吹了稀饭往自己嘴里喂的情形,清晰再现在眼前。

他的脑海,一直缺这个片源的。

你是那个给我树苗的人吗

－刘国芳－

有人开车经过一个叫黄坊的村子，那人口渴了，下车找水喝。路边就有人家，门口坐了人，一个四十岁左右的女人。那人走到女人跟前，跟女人说："口渴了，想在你这儿喝点水，井水也可以。"

女人很热情，女人说："井水怎么行，我这儿有开水。"

女人说着，进去倒水给那人喝，但过了好一会儿，才把水端出来。把水递给那人时，女人说："刚好有亲戚送了我一袋茶叶，我泡了茶给你喝，也不知道好坏。"

那人倒是个惯好茶的人，端过茶喝了一口，便说："不错，挺好的茶。"

那人又说："谢谢！"

那人也不急，就在女人门口慢慢喝茶，喝过，还从车上拿来杯子装了一杯。走时，那人又说："谢谢啊。真的谢谢！"

女人说："不谢不谢！"

那人就上车了。但随即，那人又下车了，那人跟女人说："我车上装了很多柚子树苗，我给你两棵吧。"

女人说："不用了吧。"

那人说："我这树种好，栽出的柚子特别甜。"

说着，那人从车上拿了两棵树苗给女人，走的时候，那人说："你一定要栽啊，这柚子确实很好。"

女人说："谢谢！我一定栽。"

那人跟女人招招手，开车走了。

女人没有辜负那人，真的把树苗栽在自己的山坡上。

一年过去了。

两年过去了。

三年过去了。

第四年，树上结了柚子。柚子不大，女人不觉得那柚子会好吃到哪里去。但秋天的时候，柚子熟了，女人打了一个下来，尝了尝，女人眼睛都亮了，那柚子真的很好吃，水分多，又甜，而且甜中带一点点酸，很有柚子味，比超市买的柚子好吃多了。这是个好客的女人，她随后打了好多下来，送给村里人吃。村里人吃过，也都眼睛发亮，都问她："你哪里弄到这么好的种呀？"

女人说："一个开车往我门口过的人给的。"

有人说："那人是谁呢？"

女人说："我不知道。"

女人确实不知道那人是谁,但从这天开始,女人想知道那人是谁或者说女人想认出那个人来。那黄坊村是从抚州到金溪必须经过的地方,村里有很多古建筑,经常有人来玩。过路的人或者来玩的人有时候会坐在女人门口,女人这时候会拿柚子给人家吃,所有吃过柚子的人都说:"这柚子真好吃。"

又说:"是你们这里栽的吗?"

女人说:"是我栽的,树苗是一个开车往我门口过的人给的。"说过这话,女人又说,"你是那个给我树苗的人吗?"

人家摇头。

这两句话女人后来经常说,有人坐在女人门口,女人便拿柚子给人家吃,在人家说她柚子好时,女人总说:"是个开车往我门口过的人给的树苗。"

女人又说:"你是那个给我树苗的人吗?"

人家每次都摇头。

女人的柚子好吃,村里便有人来嫁接,开始是一户两户人家剪了树枝去嫁接,后来村里几乎所有的人家都互相剪枝嫁接。若干年过去,黄坊村的人都栽了柚子。秋天的时候,村前村后满山遍野都是柚子树,柚子熟了,到处是黄灿灿的一片,有人站在远处的山上往黄坊村看,像有一片霞光落在村里。柚子确实好吃,很多人慕名而来,这样,黄坊村就出名了,有人提到黄坊,就会说那里的柚子好吃。不仅金溪的人这样说,抚州的人也这样说。很多人都会开车来买,女人的家就在路边,有人买柚子,先把车停在女人门口,然后问:"哪儿有柚子卖?"

女人说:"我家就有。"

就有人坐在女人门口,女人还和以前一样,先破柚子给人家吃,吃过,有人说:"这柚子真好吃。"

又有人说:"你们村怎么栽得出这样好的柚子?"

女人说:"这是一个开车往我门口过的人给的树苗。"

就这样,女人一直卖着她的柚子,把自己卖成了老婆婆。

一天,一个老者从车上下来,走到女人门口说:"口渴了,想在你这儿喝点水,井水也可以。"

娘

— 魏丽饶 —

　　我一直觉得，娘待我不及跟那只羊亲。老实说，我对娘的感情也比不上那只羊。

　　到懂得这些的时候，我已经在村里念书了。同学们把我逼在一个墙角，争先恐后凑到我身上闻："瞧瞧，你就是羊生的嘛，一股子羊膻味！"我哭着回去问娘才知道，我出生后她没有奶水，是爹到赵家岭买了那只山羊回来才将我奶大。

　　娘的说法，让我相信了自己身上的确是有羊膻味的，但我不确信我究竟是娘生的还是羊生的。常听大人们说"吃谁家饭像谁家人，喝谁的奶就是谁的德行"。可从我身上，怎么也找不出有哪点像娘的。我一个男孩子，动不动就挤眼泪，娘可是个铁石心肠的人。她要求我每次考试只能考第一名，不能考第二名。只要看到我的作业本上有红叉叉，不问三七二十一拎起来就是好一顿打。相比之下，我倒更像那只奶山羊，善良、温驯，连铁铮铮的娘都是疼着它的。

你看吧，只要一变天，娘最要紧的事就是把羊牵回屋。每天再忙再累，羊的事她从不马虎。别人家把羊拴在野外的荒地，娘硬要把羊拴在眼皮子底下才放心。而且我还发现，不管家里有什么好吃食，娘总要偷偷摸摸去喂点给羊吃。中秋节供过月神的月饼很是个稀罕物儿，娘把它一掰两半，一半给我，另一半不声不响地装进了兜里。我以为那是留给爹的，谁料娘转身就去了羊圈。我实在觉得娘糊涂，赶紧冲上去阻止。

"月饼咋能给羊吃？"

"你叫娘，我给你吃。它叫娘，就能不给它吃吗？"娘心疼地看着奶山羊，一反常态的温柔。

"娘说甚哩？谁家羊还会叫娘！"这时，那只羊倒像听懂了似的，故意仰起脸"咩——咩——"叫个不停。

娘不理会我，顾自把月饼一块一块掰下来，塞进羊嘴里。那羊吃一口就"咩"地叫上一声。奇怪的是，我似乎也听着它是在叫"娘"，一声比一声像，越叫越亲昵。

娘出生在二十世纪五十年代的农村，是那个大环境下的标准文盲。但她个性强、想法大，一心指望我考上大学，跳出农门，好为她扬眉吐气，这使我的读书生涯充满了苦闷和压抑。直到我在县城上了高中，才终于摆脱了这种强硬和严酷。住校生活自由、快活，没有娘的管教，说不出的畅快。

不知从哪天开始，我喜欢上了赵晨阳，因为她是赵家岭的。

赵家岭在我心里天生有种说不出的神秘，包括赵晨阳。她温柔、清纯，还喜欢汪国真的诗。我们在一起读诗、谈未来、牵手散步，一切都像诗一样恬静。她就是诗中那个"叠纸船的女孩"，而娘却不是那个善解人意的"妈妈"。我没有想到，这美好的画面会刚好撞上娘。她背上驮着条打了卷的厚棉被，像只巨大的蜗牛迎面爬来。我喊娘，她没应，她愣愣地盯着我身旁的赵晨阳，看了好几秒钟。不，更像好几年。待娘回过神来的时候，早已一脸铁青。

"跟我走！"娘一把将我揪出好远。

"这女子姓甚？"

"赵。"

"家是哪儿的？"

"赵家岭。"

"她爹做甚的？"

"放羊。"

"以后不许你跟她麻缠！"娘的话像冰凌蛋一样朝我砸过来。

高中的校园一夜之间上了冻，赵晨阳再也不理我了。站在冰冷的夜空下，我回想起那一年娘拉着奶山羊到集市上卖时，它的两眼泪水汪汪……我多么希望同学们能再把我逼到墙脚，使劲嗅我身上的羊膻味啊！可是我身上只剩下了热血沸腾愤怒激流的气息。

入冬的第一轮寒潮过后，赵晨阳辍学回家放羊了，我也背着家里偷偷到武装部报名参了军。

成为沈阳军区 23 集团军高炮旅的一名新兵后，家里的一切与我再无瓜葛。在部队，我从不探亲，也不跟任何人通信。只是在老乡那里听说,我走后的第一个春节,娘因思念成疾,在医院躺了整整七天。

复员后,我把根扎在了江南。有一天,儿子问我奶奶长什么样?我愣了半晌,告诉他:"奶奶像一只温柔的奶山羊。"

再见娘,已是去年初秋。她像半截即将熄灭的残烛,蜷缩在炕上痛苦地与病魔抗争。娘合着双眼,一动不动。时隔二十年,她竟老成这样!从那一脸灰漠漠的皱纹里,再也找不出一丝当年的强硬。我轻轻捋了捋娘额前的白发,她的眼猛地就睁开了,她用干瘪的手紧紧抓住我的手,目光在我身上一寸一寸地挪动。

"儿,你是不是觉得娘不亲?"

"没,没……"我使劲摇头,眼泪却不争气地涌了出来。

"儿啊,那女子是你的双胞胎妹妹啊!"娘吟吟地哭了起来,哭得像个受了委屈的孩子。

我知道娘说的是赵晨阳,过去的事,实在无从再提。我有意站起身,去拿行李。

"我儿啊,是用妹妹换的奶山羊……"娘的话像一股巨大的泥石流从我身后阵阵席卷过来,将我扑倒在她的炕头。

妹妹,赵晨阳,娘,奶山羊……记忆中她们的样子时而模糊,时而清晰,错综复杂地交织在一起,使劲拧绞,拧出一股泼辣辣的羊膻味。

"娘……"

"咩……"

"娘……咩……咩,娘……"

"娘——"

我使出了浑身力气,才嗫嗫嚅嚅喊出一声极不成形的"娘"。可是,娘已经再也听不到了。她的脸上温柔慈祥,两行泪水还在沟沟壑壑的皱纹里安静地流淌。

琵琶扣

– 赵婷婷 –

在光州，范家以生产桑蚕丝扎根立户，以祖传琵琶扣远近闻名。据说这琵琶扣乃窦太后所赐，世上仅两枚，范家占其一。散商们路经此地，准要去挑些丝料，讨家眷欢心或倒卖，赶巧的，还能一睹琵琶扣的真容。

民国初年，时局动荡。范老爷常说，浪再高，也在船底，山再高，也在脚底。怕，就翻不了浪，过不得山。这股劲，拧得范家人成了一股绳，生意越做越红火。坊间传闻，范家的背后诸葛是丫鬟石楠，大家说说笑笑，无人当真。

十年前，石楠还是淮河边上的小乞丐，奄奄一息之际，一股香味直往肚里钻，正去南阳宛北探亲的范少爷，双手递来一包油馍，让她赶紧吃点。范少爷见石楠花开得正盛，对女孩说："以后你就叫石楠。"小女孩上了汽车,引擎一发动,吓得她眼泪直打转。

如今的石楠,肌肤通透如玉,明眸清亮似星,麻花辫垂至腰际,配上一副大红的耳夹子,走在大街上,即便粗布短衫长裤,男女无不回头多看两眼。上门提亲的不乏豪门军阀,无奈,石楠非少爷不嫁。

范少爷天生长短腿,走起路来一颠一跛。曾有家道中落的商人绑架范少爷,要挟拿琵琶扣交换。范老爷一听,旧疾复发,交代石楠带上琵琶扣换人。

石楠去了,面无惧色,坐在藤椅上优哉游哉。那厮王八瞪绿豆——看对眼了,一顿好酒好菜招待。席间,石楠连哄带骗,那厮恍然大悟,说:"世人皆知这琵琶扣是范家祖传之物,我若取了,换座金山,也永世不得翻身,委实糊涂呀!"

回去后,少爷与石楠成婚。范老太太将琵琶扣传给石楠。婚后,俩人开办光州第一家旗袍行。少爷走线,石楠在一旁学着刺绣,胡乱扎几针;少爷缠着盘扣,石楠在一旁学着缝针,斜里八叉。少爷时不时瞟一眼石楠,那小脸越看越光彩照人。她说要一件独一无二的旗袍,少爷答应亲手缝制,可惜命薄,不久便丢下即将面世的旗袍,撒手人寰。那年,石楠正值桃李年华。

范老爷年近耄耋,将一半家业交付石楠,支持她去女子学校学习裁缝专业。石楠知恩,十年苦学,凭着执着劲,成为旗袍行出类拔萃的人物。她会在旗袍细节上做文章,要么下摆缀上荷叶边,要么侧边缀上蕾丝,要么饰品别致,经了她手的旗袍,简直就是女人的天选之物。仰慕石楠的男人,时不时也有胆大的冒出来,都被冷水浇醒。

一日，自称是石楠亡夫好友的一位先生，敲开门。他像极了秋日里的阳光，干净明朗，而石楠像水塘边的红蓼子，枝枝杈杈，有复活之势。先生名叫付朗，因避难求助旧友，一听范少爷亡故，在厅前抹起眼泪来。

一家人同情他的遭遇，决意帮他。范老爷嘱托石楠，将人藏到南阳老家去。

途中，付朗跟国民党交手，子弹飞来，石楠去挡，直钻右手手腕，付朗帮她取出子弹。她疼的时候，付朗的心跟着揪起了疙瘩。付朗在房间写稿，她在窗边晒着太阳，用左手缝着那件未完成的旗袍。

"你待我如此真诚，我以身相许可好？"付朗盯着石楠的侧脸，说笑着。

"朋友妻，不可戏！"石楠手一颤，针差点扎着自个儿。

"也罢，我随时可能没了！"付朗自言自语着。

"一马不配两鞍，一脚难踏两船。你有未婚妻，虽世道混乱，但不可辜负。你是少爷好友，他在，也会护你周全！"石楠回答得有些迟缓，嗓音像被冷风吹过。

琵琶扣缝成了对襟，石楠打结，绞线。

"这是上等和田玉，稀世珍品呐！"付朗惊叹着，两眼放光。

石楠不语，穿上试试，凹凸有致，若隐若现，女人的韵味，一展无余，宛若一朵月色下盛开的芍药。旗袍上的丝线，一寸一寸燃着付朗。那夜，他自斟自饮，清水白茶，竟醉了。

入冬，付朗染了时疫，除了身上的行头值些钱，身无分文，万般无奈下，石楠悄悄从旗袍上取下琵琶扣，当了些银钱。

付朗未婚妻赶来，在竹林徘徊，石楠见了付朗的未婚妻，红蓼子也好，石楠花也罢，在她面前都是多余的假象，民国奇女子大抵如此。只见她褪下戴着的金镯子，递来，石楠识得这镯子沾了主人的灵气，便婉拒。未婚妻笑而不语，将琵琶扣取出，递给石楠，说："世人皆云琵琶愁，不知琵琶怨着扣。"石楠觉得这女子不似在人间，又实实在在立在眼前。石楠把琵琶扣又缝在旗袍上，收拾好行囊，回了婆家，一心拓展家业。

每逢石楠花开，石楠常常穿着那件旗袍，坐在门槛上，一坐就是半天光景。

期 待

- 王念平 -

每到周二的下午 5 点 30 分，那个老人就准时出现在思念餐厅。像以往一样，点一盘炒空心菜，一斤多水饺，水饺要求分两只碗盛着，一碗给自己，一碗放在桌对面的空位上。服务员把水饺和炒空心菜端上桌后，老人并不马上动筷子，只是静静地看着两碗水饺做沉思状。两只碗，隔着一盘炒空心菜对摆着，就像两个人，面对面，互相凝视着彼此。更奇怪的是，吃饺子的时候，老人总是边吃边用手帕擦眼泪。似乎心里有说不尽的惆怅，道不完的话。老人给餐厅的员工们留下了深刻的印象。

来的次数多了，大家开始猜测老人和他放在对面的那碗饺子背后的故事。大多数人的结论是：老人和他的老伴以前一定吃过很多苦，好不容易养大了儿女，而今生活总算好起来了，但老伴却突然撒手人寰，老人于是就以下馆子"请"老伴吃饺子的方式来寄托思念之情。老人之所以请老伴吃饺子，是因为老伴活着的时候，饺子是她最喜爱的食物，不过因为要抚养儿女，老伴舍不得吃，只有逢年过节才能吃上一次。至于老人为什么选择在每个周二的下午5点30分来餐厅"请"老伴，原因更简单，那是因为这一天的这个时间点是他的老伴离开人世的时刻。

又是一个周二的下午5点30分，老人准时来了。照例要了一盘炒空心菜和一斤多水饺，分两碗盛着，老人一碗，对面放一碗。沉思过后，老人吃一会儿饺子，就开始用手帕擦眼泪了。大约三十分钟后，老人吃完饺子，让服务员把对面那碗饺子给他打了包，提着，颤颤巍巍地走出店门。

老人刚一走，大家又开始议论开了，都在为世界上有这样深情的男人、有这么忠贞的爱情而感慨。

但是，近来一直闷声不响、萎靡不振的大张，今天却一脸鄙夷地开了口："你们不觉得搞笑吗？你们以为这个世界上真有忠贞不贰的爱情吗？哼，谁信！"

大家说："当然有了。你看那老头对待自己离去的老伴，多么忠诚，多么感人，这难道不就是一个生动鲜明的例子吗？"

大张翻了个白眼："净瞎扯。你们看看我，就是一个鲜活生动的例子。我好歹算个模范丈夫，每天早上给我老婆做早餐打洗脸水，晚上给她洗脚暖被窝，把她像花朵像月亮一样捧着，可到头来人家还不是嫌弃我买不起大房子，眼睛眨也不眨一下就跟我说拜拜了。你们说，这个世界，还有公平，还有天理吗？哼！忠贞不贰的爱情，那是水中月镜中花，我才不相信。"

大家这才记起大张的老婆几天前跟他离了婚，他是在借这事发牢骚呢。

大张继续发表高论："在我看来，那个老头的行为本身就是一个暗喻。他每次就餐时留在对面空位上的那碗饺子，其实就是在祭奠他那早已死亡的爱情。可以想见，就在N年前的某个周二的下午5点30分，老头和他的老婆在某家餐厅以吃饺子的方式，来了个好聚好散，他们的爱情、婚姻，也就是在那天的5点30分正式走进了坟墓。"

听着这极富想象力的推论，大家面面相觑，无言以对。

一年后的一个周二的下午，到了5时30分的时候，大家的目光齐齐地望向餐厅的大门。像在等待一个什么重要人物，或者老熟人的光临。

今天的5时30分，那个老人最终没有来！快两年了，大家对他的一举一动都已经习以为常了，可是老人今天的突然缺席，让大家心里有一种说不出的滋味。失望，落寞，哀伤。总之，五味杂陈，难以言说。

"哎，你们说，那个老人下个周二还会来吗？今天看不到他，倒是怪想的。"大张说。

"世事沧桑，人事难料，也许那个老人已经……"有人没有把话说下去。

"不可能的！那个老人也许是生病了，他今天一定很想来这里'请'他的老伴吃饺子呢！"大张忽然提高声音说，"我对不起那个老人！我感到非常惭愧，我说我不相信爱情的那些话，我今天要把它们收回来。我承认，我的那些话都是瞎猜想乱推理得来的歪理。唉！真希望那个老人没有什么事，每个周二能继续来这里，哪怕来坐坐也好。"

就在一个月前，大张找到了真爱，而且闪电般举行了婚礼。现在，他的精神看上去非常好，脸上常常挂着笑容。大张的话，此刻何尝不是大家共同的心愿与期待？

那个老人，此后再也没有来过思念餐厅。

"也许，那个老人下个周二就会来吧。"有人说。"是啊，哪怕来坐坐也好。"大家说完，一齐把目光定格在老人常坐的那张桌子上。

劝 军

— 寇建斌 —

民国年间,保定蒲阳有个大药市,常年药商云集,号称全国第一,是出了名的富庶之地。此地戏班子却发怵去,不光因为这里是唱戏的老祖宗关汉卿的故里,更因为这里是老调梆子的根脉所在,人人懂戏,稍有差池,就会被闹场。

别人都不敢去,老生周福才却不怕,他带着自家戏班来了。

周家班唱的是保定老调,老调本就粗犷高亢,周福才天生一副好嗓子,声调拔得极高,称得上是响遏行云。头天的开箱戏是他的拿手剧《调寇》,不少人起初抱着起哄架秧子的心理,等到周福才一亮嗓,众人才晓得这位在京城受过醇亲王载沣赞赏的老生并非浪得虚名。

"声声唤我快进宫,豁着一把生灵骨,探探黄河几澄清……"

周福才独创的"水音儿花腔"不急不躁，气韵流畅，细腻传神，赢得了满堂喝彩。

这时，忽然闯进一群大兵，"嗷嗷"乱叫，观众吓得四散而逃。

周福才退到后台，见到商会的崔会长，才知道这是从西山溃败的一营大兵，闯入蒲阳老城后，就像野猪钻进庄稼地，乱糟一气。县官闻讯溜了，崔会长带人好一番劝说，才把这群浑身戾气的大兵收聚到这里，想请周福才唱个专场，稳住他们。崔会长表示，商会愿意出大价钱。周福才为人敞亮，慨然应允，说："这等事情，何必言钱，救民于水火，义不容辞！"他当即集合演员，改剧目演出。

戏开演了，这群吃饱喝足的大兵仍在打闹嬉笑，比台上还热闹。猛然间，一声高唱，如炮弹呼啸，如汽笛高鸣，强横霸气地盖住了一切声浪：

打胜仗回营来才餐战饭
你打败羞答答难回营盘

大兵们抬眼望去，戏台上凛然站着一位老生，扮相英武，正在尽情演唱。有懂行的听出这是《临潼山》中《劝军》一场的唱段，老生饰演的是与隋军对阵的李渊，此时这唱词听来非常扎耳，分明是拿他们这群败兵开涮。一个大兵不由得怒火中烧，抬枪"梆梆"就是两枪。幕布被子弹烧出两个黑洞，"滋滋"地冒着黑烟，剧场一下子静下来。

老生毫不惊慌，目视端枪的大兵，问："兄弟，唱得不好，尽管指教，何必以枪相对？"

大兵吼："别以为我们听不懂，你在骂谁？"

老生面不改色："兄弟，你既然懂戏，就该知道这本是戏词，并非乱唱。"

台下有人起哄："少跟他废话，送他颗黑枣吃！"

老生冲台下拱手作揖："各位兄弟，本人周福才只是个唱戏的，来到此地混碗饭吃，断不敢存心得罪各位，如有冒犯，也请容本人唱完这段戏文，到时是杀是剐，全由各位。"

台下有人跟周福才是同乡，赶忙跑上前来，拽开那个持枪大兵，对众人说："听他唱完吧！"

周福才拱手作揖，抖擞精神，继续唱：

> 战死在两军阵不如鸡犬
> 把一个热身子扔在了阵前
> 有亲戚和朋友捎书带信
> 你举家老小哭皇天
> 爹也想，娘也盼
> 那妻子房中守孤单
> 劝尔等退了伍回家去孝母
> 落一个庄农人苦种庄田
> 春种秋收打几石
> 咱们纳了皇粮不怕官
> 到夜晚你把那柴门紧闭

怀抱子足蹬妻自在安然

罢罢罢来休休休

看破了机关早回头

周福才演唱得声情并茂、字正腔圆，低音处深沉凝重、雄浑宽厚，高音处高亢激越、气势恢宏，把一段唱词演绎得感天动地，直击大兵们的软肋，剧场里响起一片抽泣之声。戏散之后，一营兵士竟然趁着夜色四散而逃，返回了故乡。

带兵的军官在妓院一夜缠绵之后，发现自己已成光杆司令，顿时恼羞成怒，找到剧场跟周福才要人。周福才笑问："你的兵听你的，还是听我的？"军官无言以对，待要动粗，几个武生早已拉开架势围在四周。军官咬牙切齿恨恨而去，找到县衙，对那位刚刚潜回的县官大发雷霆。县官不敢怠慢，当即派衙役前往剧场抓人。

商会感恩周福才，也为安抚受到惊吓的市民，捐钱公演三天，演出剧目仍为《临潼山》。剧场里挤满了人，人们对周福才义退溃兵交口称赞，剧场里叫好声鼓掌声不断。

衙役们到了剧场，不敢贸然抓人，等到终场，客客气气地对周福才扯个谎，说是县官要接见嘉奖，把他骗到县衙，以惑乱军心的罪名关入大牢。当天戏为"三开箱"，一天两场，晚上还有一场。有耳朵长的得知情况，跟众人一说，当即炸了窝，浩浩荡荡就去围了县衙。县衙里的人耍赖，说人是来过，早回了。大家不信，又不知人关在何处，正发愁呢，突然，县衙深处响起高亢的"水音儿花腔"——

打胜仗回营来才餐战饭

你打败羞答答难回营盘

这唱腔,不是周福才能是哪个?人们不干了,齐声高喊:"放出周福才,我们要看戏!"呐喊声招来更多人,众人叫齐了劲一起喊:"放出周福才,我们要看戏!"

呐喊声震天动地,惊得县衙老树上的乌鸦扑棱棱飞起,房顶的瓦片也跟着颤动。县官害怕了,赶快叫人把周福才放了。周福才昂首而出,站在人前,继续高唱:

春种秋收打几石

咱们纳了皇粮不怕官

人们簇拥着周福才向剧场走去,周福才唱,大家也跟着唱。县官派了衙役尾随,本想等人散了再抓周福才,将他押往他处。谁料这一大队人一路走一路唱,周福才不唱了,大家还唱。等到了剧场,人轰地散了,哪里还有周福才的踪影……

扔弟弟

– 毓新 –

我不清楚父母如何做的那个决定，但清楚那个决定做得有多艰难。白发苍苍慈眉善眼的老丁，只要说起记忆中的伤心事，总忘不了拿这种形式开头。

喂了好几个月的年猪被父母卖了，所得的钱全交给了我。一路给狗娃吃好喝好，坐车到尽可能远的地方，你就……一个回来算了。父亲咬牙叮嘱我。

父亲的话像大书法家写字，留了一长溜空白。

可二十三岁的我，完全懂得那空白处的意思。

走出家门时，太阳还没升起，父母在给生产队干活。每天晚上胡摔乱打，使弟弟的状况看起来很差，可听我要带他坐火车、吃长面，仍是高兴得不得了，乖乖随我挤上了进县城的班车。

想吃啥，只管说。我对弟弟庄严承诺。

首先想吃的是臊子面。弟弟当然不会说臊子面，可走出县城车站，被那浓烈扑鼻的香味吸引，看见饭店里大吃二喝的顾客，弟弟便叫着嚷着要进去。

四两粮票，六角钱。给弟弟买了两碗。

弟弟趴桌上尽情享受的时候，我陪在旁边啃黑谷干饼。父母说给弟弟吃好喝好，没说给我吃好喝好。我清楚二两粮票三角钱的一碗面，对家里意味着什么，心甘情愿地啃黑谷干饼。

弟弟的吃相，弟弟的模样，引起了顾客的厌烦。端了饭碗的他们，无不躲开弟弟坐的桌子。个别刚进店门买饭的，扫一眼弟弟，便嫌恶地躲了出去。很快，穿白衣的服务员过来，催我们赶快离开饭店。

等弟弟喝了最后一点汤水，我领他坐上了去省城的班车。

眼看到了数九寒天，弟弟穿了母亲缝补得很厚实的棉衣，被两碗热腾腾的臊子面吃得满头大汗，痴傻的样子越发不堪。在省城无尽的繁华中，痴傻的弟弟唯独看上了街边的五香猪蹄。我铭记父亲的教导，毫不吝啬地买了三只。瞅着弟弟坐在街边旁若无人地啃嚼，我真想趁机溜掉，可心肠被泪水泡得瘫软，脚下总是抬不动步子。

我又带弟弟坐上了发西安的火车。

也许肚子吃饱吃好了，也许环境太陌生，弟弟双手抓了我，睡梦当中也不放松，不像在家那样，天黑以后便大喊大叫，打门砸窗，整得左邻右舍都不得安宁；甚至在内急的时候，也憋红脸忍着，要我领他找地儿，不再随便拉在裤裆里，双手抓了四处乱抹……

我必须无视弟弟的改变，必须想办法把他扔掉。我奉命拿那么多钱出门，就是为把他扔掉的。假如无法完成任务，其他的不说，我回家后只有打光棍一条路了——在此之前，极个别准备跟我相亲的姑娘，只要听弟弟是痴傻，全都踩了急刹车。

在西安，扔弟弟的机会实在不少，可我仍是下不了手。西安太大人太多，把弟弟扔下我老不放心。

找旅馆睡一夜，找饭店吃两顿，我又带他上了去咸阳的班车。

一到咸阳汽车站，我立即领弟弟找了个墙旮旯，把紧抓我胳膊的手撕开，给他装了馒头和烧鸡的布袋拿着，板着脸让他乖乖坐那儿，我去趟厕所就回来。

我逃上了回西安的车。点没到，车不走。远观墙旮旯的弟弟，开始确实很听话，乖乖坐那儿等待。后来便站起身子，四处张望，疯了似的。再后来，紧抓的布袋也不要了，边张望边抬起手臂，左一下右一下在脸上擦拭。

班车准备挪窝儿了，发动机隆隆响。我从将要关闭的车门跳下，跌跌撞撞跑上前去，紧紧地将弟弟抱在怀里……

还是扔到西安吧。我找理由对自己说，又带弟弟上了班车。

痴傻透顶的弟弟，也许有心灵感应吧，重回班车以后，不再紧抓我胳膊，也不再叫嚷好吃好喝，只静静坐在座位上，那般可怜，那般无辜。

在西安，我还是没扔掉弟弟。

在省城，我依然下不了狠心。

重新带弟弟往县城走，我心里已经打定了主意。兜里只剩下五元的一张钱。我在县城车站，又领弟弟吃了两碗臊子面，带他顺公路步行回家。

进村的时候天已大黑，家门开处，父母木头般立在里面。看见我，看见我身后的弟弟，父母竟痴傻似的愣了，随后狗狗肉肉地叫着，抱住弟弟失声大哭。

慈眉善眼儿孙满堂的老丁，拿这事儿说了四十多年，祥林嫂似的，说得他自己眼里没了反应，可亲戚后辈，凡第一次听的，仍然心底酸涩热泪盈眶。

上不了桌面的桌面事

– 刘浪 –

一

这天，汉东一中的副校长李清荷突然接到市府办刘主任的通知，让他陪同市长沈飞去全省知名的罗川中学洽谈合作办学项目。

有机会和沈市长一起出差，李清荷喜出望外，不过，他也明白，如果不是校长在外学习，如果他不是罗川中学的校友，论级别，无论如何，此行也没他的份。

二

次日一早，在市政府大楼的台阶下，李清荷看到了罗川之行的全部阵容：除了沈市长、刘主任外，还有分管教育的副市长、市教育局的领导和工作人员，一辆小中巴，坐得满满当当。

车沿高速行驶两个多小时，十点多钟便到了罗川中学。杨校长等一众领导早就等在校门前。大家见面后相互握手，寒暄一番，便进了会议室，紧锣密鼓地谈起合作办学的事。期间，李清荷凭着自身的专业素质和校友的身份牵针引线，左右逢源，大家相谈甚欢，合作办学的事也聊得八九不离十。

结束时已到了午饭时间，杨校长说，已经安排在附近的餐馆订好房，一起吃个工作餐，请沈市长一行品尝下当地的名菜——罗川脆皮烧鹅。

三

脆皮烧鹅到处都有，罗川的烧鹅却与众不同，名声在外。它是取材于当地的乌棕鹅，这种鹅毛黑脚红，体小肉实，只有罗川一地有，年产量也有限，所以在罗川的餐馆有个通行规则，每天只卖十只，卖完为止。在罗川以外，更看不到这种食材，足见这道菜的金贵。

在餐馆坐定不久，一大盘色泽金红、皮脆肉嫩、味香可口的罗川脆皮烧鹅便上了餐桌。李清荷觉得自己是罗川人，要表现得主动一些，于是便站起来说，先请沈市长尝一下我们家乡的名菜。

杨校长笑，李校，你这是反客为主了啊，不过，你是罗川的校友，也是半个主人。李清荷夹起盘中品相最好的那块烧鹅，想放到沈飞碗里，但由于中间隔了两个座位，手中的筷子不知怎的竟然一抖，于是那块原本要抵达沈市长碗里的烧鹅，竟跌落在白底暗格的桌布上。

在骤然紧张起来的气氛中，李清荷略做迟疑，又伸长手臂将那块烧鹅夹起来，哆哆嗦嗦地放到沈市长的碗里。桌布上出现了一块明显的油渍。沈市长好像什么也没发生，他侧身对杨校长说，这菜慕名已久，真是百闻不如一见。

李清荷又夹了一块烧鹅放进杨校长碗里，当他坐下来的时候，不免有点忐忑。他偷眼瞥了一下沈市长，却看到他正兴致勃勃地和杨校长聊着，于是又坦然起来。

连着上了三四道菜后，李清荷的心一下子又提到嗓子眼。因为他发现沈市长虽吃得挺欢，但碗里的那块烧鹅却一直没动。李清荷额头沁出了汗，他从转盘上拿了两张纸巾去拭，却总也拭不干净。

四

除了李清荷，席间还有一个人不动声色，但却洞察秋毫。这个人就是刘主任。当一碟蒜蓉粉丝蒸元贝上桌时，沈市长熟练地拿起一个，将壳上的粉丝和元贝吃完后，将壳顺手放在面前的碗上，将那块一直未动筷子的烧鹅严严实实地盖住了。这时，刘主任拿起桌上的手机，走了出去。

可能上午谈得较顺，席间气氛甚是融洽。可是李清荷却明显感觉自己慢了半拍，跟不上席间的节奏了。他恨自己多事，为什么要给市长夹菜，按礼节也是杨校长来夹啊，自己献的哪门子殷勤？偏偏这块烧鹅又掉到桌上，沈市长表面上没说什么，但一直都没动筷子，肯定是嫌那块烧鹅弄脏了。如果再心里怪罪他对领导不敬，那就更麻烦了。李清荷越想越纠结，恨不得狠狠抽自己几个耳光。

正胡思乱想间，一个女服务员进来换菜碟了。她轻手轻脚地将所有人面前的菜碟更换后，又单独换掉了沈市长盖着元贝壳的碗。李清荷终于稍稍松了口气。

五

当天下午回到汉东，李清荷没回学校，就直接回了家，躺在沙发上，一直郁闷到妻子下班。妻子见他闷闷不乐，有点诧异，今天不是陪沈市长去你母校吗，怎么还一脸不高兴呢？李清荷倾诉的欲望一下子强烈起来，便将那块烧鹅的事和盘托出。妻子说，这事你先别急，咱们一起想想，是不是哪里做错了？李清荷懊恼地说，当时是第一道菜上来，我也是想表达一下对沈市长的敬重，可没想到出现那么个状况，众目睽睽之下，那块烧鹅不理不是，放在那儿也不是，只好硬着头皮还是放到他碗里。

妻子想了一会儿，说，我寻思那块烧鹅不要了肯定不对，因为是道名菜，不能这样浪费；不过又夹起来放市长碗里，也确实有点不妥，毕竟是掉桌上的，有点不卫生。说到这儿，妻子突然兴奋起来，没事的，没事的，我以前看过电视，说食物都有个三秒定律，菜掉到桌上，三秒之内，细菌没反应过来，是没有卫生问题的。你是几秒？李清荷苦笑了一声，这哪里是卫生问题。

晚上，上了床，李清荷还是辗转反侧，妻子心疼了，安慰他说，这事想破脑袋都没好办法，这是一道无解题，只能怪你不小心，或者运气背。市长真要见怪也没办法了。李清荷说，校长下半年就要退休了，这节骨眼上出了这事，要是留下什么不好的印象，我扶正就难说了。妻子也来了怨气,将被子一裹,狠狠地转过身去。

六

连着几天,李清荷心里都放不下这事。可巧这天,刘主任为合作办学的事情又打电话过来。李清荷想探点口风,便在聊完正事后,支支吾吾地说,刘主任,我,我想和你说点事。刘主任说,你说吧。李清荷说,那天……他想说那块烧鹅的事,但又觉得这事情太小,虽然就是桌面上的事,但说起来却上不了桌面,于是脱口变成了:您哪天有空啊?我想请您坐坐。刘主任说,择日不如撞日,我今天晚上约了几个朋友小聚,你一起过来吧,我订好房就把地址发给你。

七

当晚,李清荷喝得脸通红到家,见到妻子就说,那道题有解的。妻子说,讲来听听。李清荷说,今天晚上,刘主任约几个朋友聚会,也请了我去。结果他给我夹菜时,一不留神将一块白切鸡掉在桌上。妻子有点兴奋,我说嘛,这事也不可能只有你遇到,那他怎么做的?李清荷说,他将那块白切鸡从桌上夹起来,放到自己碗里,然后给我又夹了第二块,还说了一句,能请到李校,我太激动了,夹菜手都抖了,让我再操练一次,以后和李校好亲近。妻子琢磨了一会儿,说,这市府办的领导,果然是人精啊!接着,她又恍然大悟,哪有这么巧,他分明是在教你呢。李清荷说,所以今天晚上的单我买了,一千多块呢!

妻子说，算是交学费了。你心里的结解了就行。李清荷一声长叹，此题无解，我倒踏实点；这有了正确答案，我怕从此不得安生了。

半年以后的一天，沈市长叫来刘主任，说，汉东一中的校长就要到龄退休了，市委组织部正在研究新校长的后备人选，我准备重点推荐一下李清荷，上次去罗川中学谈合作办学项目，他表现得不错。你觉得呢？刘主任说，是的，但听说他前不久被诊断出抑郁症，已经无法正常工作了。

沈市长听了一怔，说，怎么会这样，好好的一个人怎么会这样？

谁是狗蛋

− 王又锋 −

"儿童节,开什么会呀?"

不知谁的一句戏谑,惹得哄堂大笑。

"哟,过节呀,这么开心?"辅导员涂老师似乎会腾挪大法,总是一个闪身猛地就出现在我们面前。

会场顿时鸦雀无声,目光都聚焦在一起——涂老师身上。

"今天是儿童节不假,我可不是给你们过节的。开这个会,是向你们当中的一位同学转达他的家书。"涂老师说到这里,故意停了下来。

"涂老师,为啥要当众转达,直接给他本人不就行了!"有人喊到。

涂老师拿着信封晃了晃,说:"就你聪明是不?信封上只写了个小名,你让我交给谁呀!"

呼啦啦,七嘴八舌起来。

"都别嚷嚷了,反正是寄给咱们94级中文系的,收信人肯定在场,下面我念给你听啊:狗蛋,咱家的麦要收了,行的话,赶紧回来收麦!爸妈。"

哗的一下,顿时炸了锅。

"哈哈,狗蛋,笑死我了!"

"哈哈,这爹妈真够糊涂的,不写儿子的大名,也不留自己的名字。"

"都静静!谁叫狗蛋,上来拿你的信。"涂老师扫视会场说。

又是鸦雀无声,不过这次大家的目光没有聚焦在一起,而是各自胡乱扫射。

一秒钟,两秒钟,三秒钟……过了好大一会儿,还是没人站出来。

涂老师诡异地笑了笑:"狗蛋,信我带到了,记得赶紧回家收麦。看来今年是个忙端午。"说完,涂老师拿着信走了,留下一群傻眼的我们。

这一天是1995年6月1日,星期四。第二天是农历五月初五,端午节。

时光飞逝,毕业20周年,我们重回母校。

大家请已是文学院副院长的涂老师讲话。

"看着大家成了社会栋梁,我非常自豪。不知道你们记不记得1995年六一那天,也是在这个地方,我念了一份写给狗蛋的信?"

大家哦哦声一片,"是有这事""记得,喊狗蛋回家收麦子"……

我站起来说:"涂老师,我当时偷偷留意了,有四个同学回去收麦了。这事我一直憋在心里没说。"

"你这家伙,藏得很深呀!"有人指着我说。

"是吗?但是,据我当年的观察,是有七名同学回家了哦!"涂老师这么一说,大家顿时沸腾了,包括我、任中学校长的老二、当教授的老五、上市公司高管杨树、副市长张飞扬。

"怎么可能这么多人小名都叫狗蛋呢?"我疑惑地问。

老二站起来说:"老三,你搞错了,我是回家收麦了,但我的小名确实不叫狗蛋。"

"你不叫狗蛋,为啥听了信回家呀?"我问。

"很简单,因为我家里也要收麦呀!"

杨树、张飞扬也站起来附和。

原来只有老五一个人叫狗蛋,我居然自以为是了二十多年。

"除了杨树他们四个,还有哪三位回家收麦了?"我的好奇心又起来了。

噌噌噌,站起来三个。我明白了,他们仨都是本地周边县的,甚至有一个是郊区的。他们根本不用去火车站或汽车站,踩着自行车就回去了。

"我现在告诉你们,虽然信封上没写大名,其实我当时就知道写给谁的。因为封皮上有寄信地的邮戳,那个县的同学只有一个。我为什么没有直接给他,而是要当众念呢?因为我想提醒你们,不要读了大学,以为跳出了农门,就把家里的事撇得一干二净。令我欣慰的是，你们没有让我失望。现在，你们中的很多人位高权重，什么长啊总啊的，今天我重提那封信，目的和当年一样，希望你们不管走多远、爬多高，都不要忘了根在哪儿。"涂老师说得颇为激动。

大家拼命鼓掌。

"你为何那么留意谁回去呀？"有同学突然问。

我挠挠头，还是做出了回答："因为我也叫狗蛋。"

"我去！"老二、老五和好几个同学把我围起来狂扁。

"如实招来，你这个狗蛋为何没回去收麦？"

"我倒想回去收麦，可是我们那里只种水稻呀！"

水蛇腰

– 田诗范 –

抗战时期，重庆临江门我家旁边有一家水烟铺，我小时经常坐在作坊门槛看制作水烟。常见两个伙计将烟叶一层层铺在一个大木框里，再喷水，再铺上一层层烟叶，然后加盖，打楔子压紧，再吊起，过一段时间待发出酒香时打开，用木工样的小推刨在侧面就能刨出一簇簇金黄的烟丝。

女老板穿着叉开到大腿的旗袍，露出小腿上半透明的丝袜子，风姿万千地坐在铺子前，慢条斯理地端着铜水烟壶，忽而"噗"的一声吹燃纸捻，点燃烟壶嘴里的烟丝，吐出一串一串烟圈，有人来买烟就拿出中药铺那样的象牙杆小秤称好，然后倒在黄毛边纸上，再竖着兰花指在麻绳上一绕就扎成捆，动作娴熟而又优雅。只要她在，门前总站着一堆男人，她不时地递出她的铜水烟壶交给他们吸上几口，还伸出玉指点击男人的手背，令男人丢魂失魄的，生意做得十分红火。

女老板我们不知她的真名，因为她腰很细，走起路来像蛇在扭，大家叫她水蛇腰，但我们小孩很喜欢她，因为只要我们在她门口一站，她都要发饼干和糖果。

一次，一个军人进去说了什么就走了，她立刻关在铺子里大哭，渐渐地没有了声音，几天都不见她开门，我妈慌忙砸开门，见她已奄奄一息。我妈给她喂了米汤救活过来，才知道她男人是军统，被秘密派往敌占区执行任务，受伤后被敌人抓住拷打，但他始终没透露组织的半点秘密，最后被敌人喂了狼狗。自此，大人们对她逐渐尊敬起来！

48年的时候物价飞涨，背一口袋钱出去买不到一口袋米。在这时候我得了猩红热，三天三夜不退烧，眼看我要死了，水蛇腰焦急万分，脱下她的金箍子、金耳环和玉镯子，拿到街上的德国医生那里换了几针盘尼西林，我活过来了。

到49年11月下旬，时局紧张起来，一个被她男人掩护活下来的战友穿着军装来到水烟铺，他给她买了飞机票送来要带她走。她先坚决不走，那男人说："为了我那死去的弟兄，我一定要带你走，因为我们走后这座城市将不复存在！"

她打了一个战栗，不再坚持，但坚决要到我家来告别。她见我弟弟很乖，她因没生育，考虑到了台湾没依靠，央求我妈把我弟弟抱给她。我妈有些舍不得，水蛇腰说："过几年就会回来的，只是帮你养。"我妈犹豫中，她说："我给你照个相留个念吧。"接着就把我弟弟抱到精神堡照了相，照相时我弟弟手向前下方伸展，像要扑向精神堡梯坎下的母亲，当时我妈说："让我再抱一下他。"不想我妈接过我弟弟就走，她们拉扯好一阵，那军人着急地催她上车赶飞机，她才悻悻然赶往机场。

那年12月初，早晨临江门有雾，我第一个跑到街上，一街两旁三步一岗五步一哨站满了军人，不久就见一串被解放军押着的旧政权没跑脱的人，这时，一个熟悉的身影一闪，我认出那是送水蛇腰走的那个男人。

一段时间后，住在桥洞里的叫花子都被清理干净了，街上也显得清洁起来，街上天天都有跳秧歌、莲花路、金钱杆的，还有划旱船、走高脚跷的，像过节一样热闹！

这时一个穿着红绸衣裤扭秧歌的女人抱起我，她正是水蛇腰，原来她因为争抢我弟弟耽误了飞机没走成。

之后，经过好些运动，她总说："我不是坏人！"我妈那时是居民委员，总是安慰她："人民政府对没参加内战的抗战人员有政策，况你只是家属。"虽说她也受了一些委屈，但总算过来了。

她去世前眼睛一直盯着阁楼上的一个箱子，我妈叫我把箱子拿下来，从中找出一张盖着人民政府大印的奖状，上书："奖给人民卫士曹淑敏"，她看了，抱着那奖状才瞑了目。

我妈猛想起解放初期那个风雨之夜，水蛇腰硬拉着她连夜上了公安局，第二天，公安部队就从全城的下水道取出十多车炸药。

我妈猛叫了一声："没有她就没有我们！"

原来正是她挽救了这座城市——她检举劝说了她男人的那个战友特务，交出了他们在下水道埋下的爆炸装置，为这座山城平安完整回到人民手中立下了大功！

我妈含泪说："只要亮出这本证书，什么事也没得！"

疼痛的右脚

- 李伶伶 -

男人被带进派出所时满脸怒气,走路一瘸一拐的。男人坐进椅子后,不等李新问,就滔滔不绝地讲了起来。愤怒让他的讲述变得语无伦次,李新要把听到的信息重新整合,才能理清事情的来龙去脉。

男人是个农民,来县城工地打工。他最近总咳嗽,以为咳几天就好了,就没当回事,结果半个多月也没好。工友提醒他去医院看看,他犹豫着一直没去。他在老家办了农村合作医疗,在老家镇医院看病最多能报销75%,在县医院看病只能报销60%,中间差不少呢。他想等这期工程做完回家再看,就没着急,吃些止咳药硬挺着。止咳药没起多大作用,还是经常咳嗽。白天大家都干活,没人注意他的咳嗽声,晚上睡着了他也咳,吵得别人睡不好觉。大伙对他有意见，他这才决定去医院。县城离他家一百多里，来回车费不算，还得搭一天工，他想来想去，还是决定去县医院看。

头天晚上，他先去医院打听，像他这种情况，看病给不给报销？窗口里的工作人员正忙着，说，给报。第二天，他请了半天假去医院看病，各种费用加在一起，花了四百多元。等他拿着合作医疗证和各种单据去报销时，医院说不能报销。他立时就火了，问医生为什么不能报？医生说，你这种情况就是不能报。他跟医生理论，医生没时间听他说，把他关在了门外。他气得使劲儿拍门踢门想要进去，咣咣的踢门声震得整座医院都在颤抖似的，围过来很多患者和家属。工作人员制止不了他，就打了报警电话。

情况很糟糕。男人把医生办公室的门踢坏了，工作人员制止他时，他把工作人员推得摔倒在地，造成手臂擦伤，还把一些在医院的孩子吓哭了，影响很恶劣。

医院方说，他推伤医护人员可以不计较，但是门坏了，他得赔。

那扇门，两千多元呢。

男人说，这事不怪他，医院先说给报销，之后又说不给报，把他当傻子呢！如果医院开始就说不给报销，他不可能来他们医院看病，更不会踢坏医院的门。医生不能给他一个合理的解释，还把他推出门外，他怎么能不生气！

医院方很委屈，说没有当地乡镇医院出具的转院证明，县医院不能给报销，这是国家的相关规定，不是他们自己定的。

男人说，那我头一次来问的时候，你们为什么不说清楚？

医院方说，可能是工作人员没听清楚，也可能是你没问清楚。

男人说，我问得很清楚。

医院方说，那可能是工作人员理解错了，每天来医院看病的人太多了，难免出差错。

男人没说话。

一时间屋里很静，静得能听见电风扇枯燥的旋转声和屋外知了的叫声，还有男人时不时的咳嗽声。天很热，虽然电风扇转得很卖力，可室内的温度并没有降下多少。

李新擦了把汗，男人也用手抹了把脸。李新注意到男人的脸花了，那是汗水与尘土混合后的花，一定是他从工地出来时没来得及洗脸，就算匆匆洗一把也不一定洗干净，那种长时间在室外劳作，头发里耳孔里指甲盖里沾满了污垢和灰尘的情况，他太了解了，因为他父亲就是这样。甚至男人为报销的差额合计来合计去的心理，他也能理解，他在外读书求学那些艰难的日子里，父母也是这么精打细算的。

医院方态度很强硬，要求派出所把男人关起来，制止他的暴力行为，并赔偿被他踢坏的门。这样的要求不过分，但李新不想这么做。他耐下心，做了很多说服工作，终于让医院方同意，男人道歉并赔偿医院五百元的维修费，医院既往不咎。

男人拒绝赔偿，他觉得自己很冤枉。可不赔偿就要被拘留，权衡利弊，男人妥协了。他身上的钱不够，打电话让工友送来了赔偿金。

男人从椅子上站起来时差点摔倒，他的右脚肿得很厉害，疼得他直咧嘴。李新提醒他去医院看看。男人的音量立刻高出了八度，不去！男人被工友搀扶着，一瘸一拐地离开了派出所。

看着男人走远的背影，李新的心有种被刺痛的感觉，他猛地抬起右脚，朝面前的一块石子踢去，突然，右脚脚尖处，夸张地疼了起来。

天桥下

- 莫小谈 -

大学毕业后,我出于对生活的好奇,拎一把吉他到天桥下卖艺。起初我还有些不自在,怕唱不好或遇见熟人,时间一长便无所谓了。

其实,在熙熙攘攘的天桥下,无论是路过的还是驻足听歌的,谁又会关心你是谁,唱得怎么样。即便丢下赏钱的,也只是出于怜悯之心,或者想借机教训一下孩子:"瞧瞧,不好好学习,长大后只能沿街卖艺,连个正当职业都没有。"

我那时能拿得出手的歌不多,经常唱郑钧的《回到拉萨》、动力火车的《当》,还有伍佰的《挪威的森林》和《Last Dance》。说实话,我的唱功一般,甚至还比不上王裤子。

"王裤子"这个绰号是我起的。这算不上是一件不道德的事,毕竟在天桥下营生的人,谁也不会主动报上真实姓名,都是互唤"代号"交流。叫他王裤子,是因为他趴在轮板上乞讨时,一条空着的裤管总是拖拉到地上,整个人看起来很惨。

王裤子是我们一众人中每日收入最多的。有时候他高兴了,会梳洗打扮一番,还挨个儿请我们喝汽水。但我并不认为他是在表达友善,而是在炫耀:"看,我把一条腿绑在屁股蛋子上,就比你们挣得多。"

当然,王裤子也有穿帮的时候,但他从不在乎这些:"识破我的把戏又如何?看见我走路又如何?大不了不给钱,再不济啐我一脸,总不至于上手打人吧?"

不知什么时候,天桥下又来了一对男女,男的叫壮汉,女的叫小花。小花每天坐在轮椅上,壮汉在她的身边跪下,朝着路人磕头:"大慈大悲,行行好吧,帮帮忙吧,救救我的孩子。"

天桥下是这个城市最为宽容的场所,不会因为壮汉和小花的到来就激起浪花。大家依然和平相处,互不干涉。

直到王裤子再一次请客时,这里的安宁被打破了。

那天傍晚,王裤子将汽水递到壮汉和小花面前时,壮汉"腾"的一下站起身,上下打量着王裤子,像是明白了什么,突然一把将王裤子推倒在地,拳头雨点般招呼过去,嘴里嘟囔着:"你能站起来?能站起来为什么要趴那儿?你能站起来,为什么要趴那儿!"

打着打着,壮汉一屁股坐在地上,放声大哭。

后来才知道,坐在轮椅上的小花是壮汉的女儿,她是真的永远不可能站起来走路了。为了给小花治病,壮汉耗尽了家里所有的积蓄,最后不得不来到天桥下乞讨。

小花是一个文静的姑娘，爱说爱笑，爱记日记。她在日记里写诗：

我的梦一揉就碎

在伸手不见五指的夜里

黑色是我画的画

我看过小花的诗，半大的孩子，却忧伤得那么深沉。

我问小花："你多大了？"

"十二。"

我又问壮汉："她读过几年书？"

"一天学也没上过，字是我教她识的。"

我一时不知道说什么好，愣了半天，才开口问小花："会唱歌吗？"

"会唱《小白杨》。"

"你唱，我给你伴奏。"我说，"得的钱我们一人一半。"

我将琴盒摆在路边，开始我们的表演。这是我们第一次合作，很遗憾，歌还没唱完城管就来了。慌乱中，我斜挎着吉他，收起琴盒撒腿就逃。不知跑出多远，我才停下脚步，回头一看，竟发现他们父女已没了踪影。

那首歌为我们挣得了三块钱，按照事先约定，一人一块五。当我第二天再来到天桥下时，路边的店员说，昨日城管已将壮汉父女移交给了民政部门。

此后不久,王裤子悄然离开天桥。我也谋得一份正当职业,开启了全新的生活。

一晃过去很多年。有次逛菜市场,我远远看见一个卖鱼的男人,总觉得似乎在哪儿见过,但一时又想不起是谁。我走上前与他搭话:"老板,鲈鱼咋卖?"

"十八一斤。"他抬头看见我,微怔了一下,说,"实心要的话,给你便宜。"

我挑了两条大个儿的鱼。

杀鱼时,他嘟嘟囔囔地教训在一边玩耍的儿子:"跟你说多少回了,别趴地上别趴地上,你就是不听!"

我从他手里接过鱼,他一定也认出了我,但我们都没有喊出对方的名字。

时间过得太快,不知道那个叫王裤子的男人,是否还记得天桥下一个叫"偶像"的吉他手,还有失去联络的壮汉和小花——我还欠他们一块五毛钱。

投 降

- 叶子 -

带路的人把腰弯到桥栏杆下方,朝桥洞喊:"哈马,哈马。"

好半天,一个男人从桥洞内出来,站成阴影中的一块阴影,嘟哝着黏糊糊的声音。

我给带路的人两张里拉,他指指阴影中的男人,说:"他就是哈马,鬼一样的男人。"

我简直不敢相认。

哈马高过我半个脑袋,四肢壮实,爱好足球——那是八年前的哈马,眼前的哈马将身子移到阳光里,像竹竿支晒在太阳底下的衣袍。他双手搭到额头,朝我这边望,突然奔跑起来,在废墟上跌跌撞撞奔跑,影子起伏在断壁残垣上。我喊:"我下来。"他才停在了一截断裂的石柱旁,喘着气,笑着。

"八年不见。"我捶了他一下。

哈马点点头,没有说话。他头发凌乱,遮着半张苍白的脸,双颊凹陷,眼神浑浊,难怪带路的人叫他"鬼一样的男人"。他张开双臂拥抱我,竟轻得没有重量。

我跟着他进了桥洞。哈马说,这儿就是他的家。

刚进桥洞什么都看不见,好半天眼睛才适应过来,桥洞的地上坐着七八个孩子,五到八岁不等。孩子们的颧骨瘦得跟刀刃一样。哈马朝其中最小的男孩招招手,男孩跑过来给我倒了杯水。"我儿子。"哈马像歇了口气,"将就喝,找水成了我每天的工作。周围的水都被投了毒。"

桥下面是干裂的河床,躺着如一条风干的尸体。我从挎包里掏出一张照片,递过去:"你们的,我说过要亲自带来的。"

哈马并不激动,他凝视着照片。照片上的女人笑靥如花,青春洋溢,站在旁边的哈马双手扶着女人的肩,嘴角翘起,深陷的眼里蓄满光亮。背景就是这条河,波光摇曳,杨柳依依。

"死了,流弹打死的。"

哈马说,他的村庄在奥斯曼帝国入侵时期就已存在,他要保护他的村庄。

我作为一名战地记者,抓拍了很多村庄的照片,哈马是我的向导和翻译。哈马需要这些照片。

我环顾桥洞,桥洞里面是几张小床。隔着床是桥洞的另一面,被设置成了一个教室。墙上涂出了一块黑板。黑板上写着"决不投降"几个字。

"其实,"哈马见我看黑板,说,"其实我只是教他们文字,记住这些字,就有希望。"接着长叹一口气,"有时候,我们都不知道向谁投降。"

随着各种势力的介入,战争形势变得越来越复杂,这是八年后我再一次采访这个国家的切身感受。

孩子们并不看我,他们眼睛长出钩子,钩着我带来的皮箱。

我将皮箱打开,拿出面包、罐头、饼干,摆到石头上。

哈马拿起一块饼干嚼着。

我打开相机,"咔嚓",按下快门。听见响声,哈马猛地将双手举过头顶,眼神惊恐,一块饼干塞在嘴里,还没来得及嚼。

我疑惑地看着哈马,他慢慢放下手,似乎很沮丧。

我问他刚才的动作什么意思,他说:"投降。"他转过身子,背对那些孩子,一滴泪滑下来,进了腮窝里,没有落地。"这是唯一求生的方式,不管碰到什么武装,只要投降,就能活下来。"

他说相机的"咔嚓"声太像拉枪栓的声响。"你也别眯眼,像瞄什么的样子。"哈马嘟哝着。

我说:"再给你照一张?"

哈马找来一根绳子,将双手反剪着绑在身后,站到阳光里:"嘿,这儿。"

我将镜头对着他,这次调焦时我没有眯眼睛,但"咔嚓"声后,我还是看见哈马耸了一下肩。哈马没有意识到,微笑着,仿佛一个胜利者。

孩子们没有动我带来的食品,我说要到村庄抓拍几张照片,示意哈马不必跟着,我穿着防弹衣。这里早没了村庄,村庄被夷为了平地,满目疮痍,如一件破烂的袍子,摔在发白的大地上,到处是弹壳,半截墙壁上弹痕累累。

回到桥洞时食品已经被吃了很多。哈马正在上课,他一个字一个字教着孩子们,孩子们也认真地跟着念。

我举起相机,迅速按下快门,"咔嚓"声响过,我看见七八个孩子转过头来,惊恐地望着镜头,双手齐刷刷地举过头顶。

瓦尔特飞走了

– 梦瑶 –

俺看到俺姐笑的次数最多的是1979年的那个春天。那一年，俺姐和俺们村的王喜顺订了婚。

订婚的那天，俺看到俺姐从早到晚都在笑，俺从俺姐那笑成一朵花的脸上完全看得出，俺姐是真心喜欢王喜顺的。俺还看到王喜顺也在笑，他笑着把俺高高地举过头顶兴奋地对俺说，以后俺就是你的亲姐夫了！叫俺姐夫呀，快叫呀！

俺就低低地叫了声，姐夫。

王喜顺说，不行，叫的声音太低了，你要大声地叫！

俺就大声地叫着，姐夫！姐夫！

如果没有瓦尔特的出现，王喜顺可能就是俺永远的姐夫了，说不定俺姐会一直这么幸福地笑下去的，可是瓦尔特却打破了俺姐的幸福。

瓦尔特是一部电影，原名叫《瓦尔特保卫萨拉热窝》，是当时国内最火爆的一部外国电影。全村就只有俺姐和王喜顺看过这部电影，他俩是在订婚的第三天下城里电影院看的。

俺姐看完电影回来就对王喜顺说，什么时候能让咱全村人都看上这么好看的电影呢？

王喜顺听了直笑俺姐白日做梦，说，咱村山高路陡的，都好几年没有演过电影了，谁会来这鬼地方放电影呢。

俺姐说，山里人寻点乐和不容易，可咱没乐和也得想法乐和，要不然在这大山里那不憋闷死了，还咋个种地、生娃、养好家、活好人哩！

为了让全村人都享受到瓦尔特这部电影，俺姐就在村里组织了几个人自拍自导起了瓦尔特。王喜顺扮演瓦尔特，其他人有扮演士兵的，也有扮演鬼子的。俺家院子里每天敲锣打鼓地排戏，当然锣和鼓是没有的，就只好用破盆烂桶充当锣和鼓了。全村人有的热闹可看了，俺家院子里每天挤满了来看热闹的村民们。

有一天，听村里人说电影瓦尔特要在乔家村放演。俺姐就说，凭什么瓦尔特能在乔家村放演，就不能到俺村来放演？不行，俺要亲自去请放映员到咱村里给全村人放演瓦尔特。

乔家村离俺村子少说也有六十里地的山路，俺姐步行七个多小时，终于在天快擦黑的时候赶到了乔家村。放映员是个年轻未婚的小青年，长得白白净净的。俺姐对放映员说，你能到俺村来放演瓦尔特不？放映员看俺姐长得俊俏，动了心思，就对俺姐戏谑道，只要你敢亲我一下，我就上你们村放演瓦尔特。

俺姐骂了一句，脸红了。旁边有个中年女人笑着对俺姐说道，这有个啥？亲一口你又不少个啥。他是不让俺亲，不然俺就亲他一口。让他也到俺们村放电影。

俺姐一跺脚，猛地转身亲了放映员一口，然后对放映员说道，你说话可得算话！

放映员觉得俺姐怪有意思的，连忙点着头说，没问题，你等着，我去，肯定去。

不知是哪股风把这事儿刮到了王喜顺的耳朵里，王喜顺气愤地说，俺王喜顺未过门儿的女人怎的去亲别的男人啦！任凭俺姐怎么解释都不好使。王喜顺说要退婚。俺姐一咬牙，退就退，离开你王喜顺俺就不信地球它不转了！

俺姐和王喜顺的婚事就这么轻易地黄了。俺姐说她不伤心，那绝对是假的。有好几次，俺就看见俺姐在背地里吧嗒吧嗒掉眼泪。俺知道，俺姐的心里根本放不下王喜顺。

放映员小青年果然没有食言，十天以后，他真的来俺村儿放演瓦尔特了。俺们全村人像捡了金元宝似的，个个高兴得合不拢嘴。天还没有黑，大人小孩都提溜着小凳子到打谷场空地找好位置等候看电影。最开心的要数我们这帮愣头青小子了。俺和小伙伴们在打谷场撒欢地奔跑，嘴里高叫着，冲啊！快冲啊！瓦尔特打洋鬼子了！跑在前面的几个小孩突然倒在地上装作被打死的样子。村里人看着俺们咯咯地笑，俺姐也笑，这是俺姐和王喜顺分手以后第一次笑。俺就问俺姐,瓦尔特他现在在哪里呀？俺姐指着放映机说，瓦尔特就装在这个箱子里呀！俺吃惊地张大了嘴，俺们几个孩子对着那箱子看了又看，越看越好奇，箱子那么小，瓦尔特装在那么小的箱子里不憋死才怪呢！

电影终于开演了。

电影片头过后，银幕上出现了街道的画面，大家惊异地张着嘴看着。就听到有人在小声议论，瞧人家那生活，电灯电话楼上楼下的，俺能看上一回电影，这辈子也算没白活啦！

俺问俺姐，哪个是瓦尔特？

俺姐伸手指了指：戴塔帽那个，穿军装的是德国鬼子！

"空气在颤抖，仿佛天空在燃烧！"这句台词出现了，有人大声地问放映员，这句话是甚意思啦？

放映员解释说，这是接头暗号，就是空气都吓得打哆嗦了！

俺姐和坐在前排的几个人都齐声喊了起来，真的，真的！银幕打哆嗦了！

俺也清楚地看到银幕在颤抖。

颤抖的银幕被风刮得飘摇不定，忽起忽落。风越刮越大，银幕眼看就要被风刮走，俺姐着急地去拽银幕，还没来得及拽住，银幕突然挣脱绳子向天空飞了去。

大家都着急地叫了起来，瓦尔特飞走了！瓦尔特飞走了！

俺和几个小伙伴就拼命地去追赶那渐渐远去的银幕。

俺沿着土坡，爬上了打谷场的山梁。这时，俺姐和村里的许多人都追了过来。俺看见银幕在黑漆漆的大山中闪烁着，飘动着，仿佛一场宁静庄严的梦。

银幕最终被高高地挂在一棵大树上了,这时候,人们看见,银幕上恍惚出现了两个字:剧终。

众人目睹着一切,都愣在了那里。俺听到了俺姐的声音在山谷中回荡:哎——

我们家的张燕

– 练建安 –

张燕,对不起,虽然素未谋面,我们却经常念叨着您。

张燕,如果民间传说有灵,不知您要打多少个喷嚏。

张燕,您太可爱啦,您和我老妈有关。

我老妈是闽西山区的一名普通的农村妇女,我爸是"老公安"。为把我们兄弟姐妹拉扯大,老妈吃了很多苦。有一次,老妈忍饥挨饿,为生产队挑稻谷上仓库楼梯,一脚踩空,一头栽落地板,老半天说不出话来。

转眼到了2003年秋天,是的,是这一年的秋天。村里组织"种粮大户"到北京去,三日游。我家有一个名额,在家务农的二哥就让老妈去了。

老妈很高兴,出发前,对邻居二伯母说:"二嫂子啊,到北京去呀，逛天安门哦。"

二伯母说："去不去的啊，还不是和电视上的一个样！"

几天后，老妈回来了，买了一些北京茯苓糕和一只北京烤鸭回来。北京烤鸭吃完了，包装盒子，几年都舍不得丢掉。

老妈在北京，认识了一个可爱的导游，她就是张燕。在我老妈的描述中，张燕是一个活泼可爱的精灵，她挥舞着一面绿色的导游旗，一口一个大妈大爷，笑容满脸，蹦蹦跳跳。老妈问她："张燕，你有男朋友吗？"张燕笑了："大妈，还没呢，您给介绍一个呀？"老妈说："嫁到我们闽西去，好不好？"张燕说："好啊。"

老妈的北京之行，丰富多彩，天安门、故宫、长城……还瞻仰了毛主席他老人家。

老妈有一沓照片，闲时就拿出来翻翻。里头，有很多合影，唯独不见张燕。

问老妈。老妈很纳闷："我们说：'张燕，来照相呀。'张燕说：'我不照，不照，下次看到我，就老啦。'就笑着跳开了。"

每逢过年，我们分散在外的兄弟姐妹们都要回到老家。

吃年夜饭了，一家子团团圆圆的。

在福州任教的大哥，总是要问："妈，您还记得北京的导游吗？"

老妈说："记得。"

大哥挠头："咦，我怎么给忘了呢？"

老妈嘀嘀一笑："我告诉你们呀，张燕！"

大哥恍然："记起来了，张燕啊，张燕。"

一年又一年，年夜饭前，大哥总要变着花样，引出老妈讲出导游张燕的名字。开头几次，大家都觉得大哥好滑稽好无聊。后来，就心照不宣了。

前年除夕之夜，大哥又装傻了："妈，我又忘了，咦，那北京的导游的名字叫什么呢？"

老妈说："你会忘记？你最有记才。"

大哥说："妈，我真的忘了。我又没有见过她。"

老妈说："忘记就算了。"

大哥说："妈，您也忘记了吧？"

老妈说："我怎么会忘记？忘记了你，也不会忘记她。"

大哥一脸惊讶："哎呀，妈也忘记了。你们大家谁记得呀？"

家人们纷纷摇头，都装出努力回忆又记不得的样子。

老妈这时说话了："我告诉你们呀，张燕都不懂吗？"

"哦，张燕，张燕。"大家开心地笑了。

老妈喃喃自语："张燕哪，燕子啊燕子，早就该结婚啦，孩子都上幼儿园了吧。"

"老公安"高寿，病重。他对病床前的儿女们说："你们……哪里是……记不得张燕啊，是担心……老妈……头脑有伤，糊涂了……好照顾她……"

两行浊泪流淌脸颊。

张燕，谢谢您！您是美好的北京，您是老妈甜蜜的记忆，您是我们家的张燕。

无名烈士

– 刘永飞 –

故事发生在1992年的初春，这一年，一个海外的老华侨回乡投资，并准备在东海村捐建一所学校，据说，老华侨小时候常在这里给地主家放牛。

可是，正当村人欢天喜地、奔走相告之时，他们被人泼了一盆冷水，这个泼水的不是别人，竟然是村里德高望重的刘昌林。原来，建这所学校需要迁一座坟，而阻止迁这座坟的正是刘昌林，村人一听顿时就炸开了锅，他们说，刘昌林也太过分了吧，这坟又不是他家的，他凭什么不让迁？

不过，村里有些人也知道，这是一座有故事的坟，而这个故事还要从1948年深秋的一个午夜说起：

这天晚上，刘昌林正在"打摆子"（生疟疾），身体忽冷忽热，上吐下泻，都一个月了还不见好，他觉得自己撑不过这场病了。就在此刻，村前的海堤上突然响起了噼里啪啦的枪声，刘昌林的后背像被人猛然踹了一脚，他腾地坐起身来，想下床，却一头栽了下去。

正当刘昌林的老伴手忙脚乱地帮他包好头，扶到床上，还没有拉上被子，家里的木门突然就被敲响了。敲门声是两快两慢，再两慢两快，这是自己人。刘昌林示意老伴开门，进来的是气喘如牛的"老五"以及后背上那个血肉模糊的战士。"老五"放下悄无声息的战士，当看到刘昌林一副要不久于人世的样子，眼泪哗地就下来了，他几步来到刘昌林床前，紧紧握住他的手久久不放。他带着哭腔说："昌林，你不要紧吧？半年不见，你，你怎么病成这个样子了？"刘昌林用尽了最后一丝力气说："没事，说，需要我，做，做些什么？"

这时的"老五"噌地直起腰，抹了一把眼泪说："昌林，我有份十万火急的情报要送出去，这个战士的后事就先交给你了！"刘昌林望着身体瘦小、面目全非的战士，早已泪如雨下，他说："你放心，我，我会照，照顾好孩子的！""老五"含着泪点点头，转身来到战士跟前，当看到战士的头部还在流血，他忽地脱掉外衣，把战士的头轻轻地裹上，然后朝他敬了一个军礼，就消失在浓浓的夜幕之中。

"老五"前脚出门，刘昌林后脚就让老伴去喊铁匠"马老六"。老马建议给战士擦擦身子，可是，当要揭开裹在战士头上的衣服时，发现衣服已和战士的血肉粘在了一起，老马稍一用劲，哧啦一声，揭开一层。"哎呀——"几乎同时，刘昌林和妻子一声痛苦的哀鸣，血衣仿佛是从他们身上撕下来的。刘昌林说："老马，别，别让孩子受罪啦，就这样吧。"于是，刘昌林指示抽出身下的一领苇席，裹紧，扎牢，由"马老六"把战士葬在了村后柴垛下，同时还叮嘱老伴，务必在天亮前，清理掉路上的血迹。

新中国成立后，刘昌林就在葬战士的地方起了个坟，节日烧纸，清明添土，从不间断。同时，他一直在等待"老五"的出现，他期待"老五"能带来战士的家人，或把坟迁走，或问清姓名就地给孩子立块碑。然而，自那晚以后，"老五"就再也没有出现过。

如今，时间久远了，知道这座坟来历的村里人并不多，但他们眼下都知道，村里如果建所小学，自家的孩子读书就方便了，这是造福子孙的好事情。然而，刘昌林却说："谁要动这坟，我就要谁的命。"虽然，这句话是从一个年过八旬的老人嘴里平静地说出的，可是，村人却分明从刘昌林那深邃的眼睛里看到了杀气，村里都传言，刘昌林解放前杀过人，而且还不止一个。

于是村里就形成两派：一派主张强制迁坟盖学校，另一派要求学校重新选址。后一派的呼声显然更弱，除了村里的铁匠"马老六"和刘昌林自己的儿子刘广盛几乎没人声援。

这期间除了村干部、镇干部，甚至区里的领导也来做思想工作，他们说，建学校的意义不仅是在造福子孙后代，从大处还能迎来更多的华侨回乡投资。他们甚至答应，可以把无名烈士墓迁到100公里外的烈士陵园去。总之，无论哪一个级别的领导过来，他们表达的都是一层意思，那就是：娃儿们的教育和引来的投资比一座无名的坟更重要！但是，无论谁来做工作，刘昌林始终还是那句话:"没有人家的流血牺牲,咱们的孩子哪会有什么书念,如果我们的家园炮火连天,谁还会过来投资?!"

此时,甚至还有人建议派出所把刘昌林弄进去关几天,等坟迁走了再说。问题反映到所长那里,所长瞪着眼睛说:"老头子当年的地下交通站救过多少人,立过多大功,你们知道吗?我看谁有这个胆子!"

后来,出于无奈,小学的选址改在了邻村,村里一下子就炸开了锅,都说刘昌林的不是,说他倚老卖老,不为孩子们着想,这下好了,他们读书要跑上三四里路,将来还要风里来雨里去的,该受多少罪!

村里也有支持刘昌林的,"马老六"就是其中之一,老马说:"刘昌林可是个大好人,年年岁岁为一个不沾亲不带故的人守坟,你们谁能做得到?再说,刘昌林的心里也苦啊,你们想想看,他的大儿子刘广济十几岁就跟着队伍走了,到现在还杳无音信,你看都解放这么多年了,孩子还没有回来,怕是再也回不来了,依我看,刘昌林是把这战士当自己的孩子看待啦!"

说这番话时,老马又想起他怀抱战士往村后走的那个午夜,战士少说也有20岁吧,可是身子是那样轻,甚至隔着席子都能感觉到他的瘦骨嶙峋,想来,他的父母也该像刘昌林这样在等待和寻找自己的孩子吧!

1995年,已过90岁高龄的刘昌林溘然长逝,去世的前夜,他叫醒了二儿子刘广盛,叮嘱他一定要照料好无名烈士,逢节烧纸,清明添土,千万不能忘,他说:"孩子,如果你哥真的像这位战士这样牺牲了,在某个地方也一定会有一些像我们这样的人为他守坟!"

刘昌林的一席话说得儿子号啕大哭,之前,他对父亲阻止迁坟这件事情也不太理解,现在他懂了,这么多年,父亲除了是在信守着一个承诺,他还无时不在挂念着那个音信全无的儿子!

时间来到了1999年,这一天,村里来了个陌生人,要找刘昌林,村人说刘昌林四年前就去世了,于是就带着他来找刘广盛。原来,来人是"老五"的儿子。来人告诉刘广盛,他父亲"老五"原名吴庆春,是这一带地下交通站的负责人,"老五"只是个代号,他在1948年秋天的时候与组织和家人失去了联系。他说,这些年来,他们一直在寻找父亲的下落,后来,一个村子拆除一间旧祠堂时,在一堵墙里发现了父亲的遗物,几经周折,他拿到了它。原来,他父亲一直有记日记的习惯,只是在他记完最后一篇后,就牺牲了,至于牺牲在哪里至今没人知道!

说到此,陌生人把一个发黄的本子翻到一页,神情凝重地交给刘广盛,本子上潦草地写了一句话:"我被敌人追赶,凶多吉少,若有人见到此书,请告知东海村的刘昌林,当年,我背进来的战士就是他的大儿子刘广济!"

村人这才知道,当年已是八路军营长的刘广济,率部队经过家乡,顺道回来看望父母,意外遭到敌人伏击,部队急着转移,就让"老五"把刘广济的遗体送回来,"老五"没想到刘昌林病得如此严重,就撒了谎,想过段时间找机会再告诉刘昌林。没承想他刚从刘昌林家出去不久,就被敌人的便衣队盯上了,最后壮烈牺牲。

话说刘昌林等人的事迹被公诸报端,全社会都为之感动,村人更是感慨万分,许多人都为自己当年的无知感到羞愧,后来经全村人请求,并经老华侨后人同意,当年的那所小学,正式更名为:"刘广济中心小学"。

悟 空

– 海小芹 –

悟空说：我这名字有深意，你要好好品品。

说完，他断片了，忘记了对面他搭讪请酒的女子。

这句话多年前他说过，只是他说的时候山亭已空，山月穿过廊桥照在迟开的木香上。白天满架木香，花是黄色的，在月下变成颤巍巍的白色。也是一个月色昏黄的五月天，在车站旁的凉亭，最后一班车还没有来，香樟淡绿的小花开得无声无息。同样是草木香，木香的香与香樟的香完全不同，虽然周遭被香樟香甜的气息淹没，但木香自有一缕清香轻盈且敏捷地盘桓其中。那时，他叫慧春。

慧春喜欢下山去。"下山时河水尚浅，宿了一夜，河水便漫上小桥。布谷自山中飞出来，布谷布谷，又有人同谷子一道播进地里吧。"

世间的人似乎热衷将身后放置山中，他们愿意花更多的银钱座冢于山里。林木葱茏，晨钟袅袅，似乎如此就能与佛祖更靠近，其实山石险峻多山魈，霭霭墟里才是菩萨的寻常居所。这一点是慧春上山后才省悟的。

女子低着头坐在凉亭里，他也低着头，坐在女子身边。那时天还未黑尽，木香仍旧是黄色。他瞅着女子腿上的绑腿，别人的绑腿大多用帆布，她却用白色的平布，从鞋帮开始一圈一圈绕脚腿平裹，每个交叉都平贴腿面打在内侧，直至腿弯处。他看得如此认真，仿佛从金顶下来，走了十几里山路，只为看一副绑腿。师父叫他慧春，直到遇见女子，他才知道慧春这个名字可能更适合女子。

女子的庵堂在山腰处。若不是听从师父的指引寻到庵中，他根本想不出山中大小六十八座寺，还有如此简陋的庵堂。庵堂只两进门院，外院供奉菩萨，内院供人居住。菩萨形容枯旧，功德箱上的木漆几乎褪至无色，但前院临路的山墙却色泽醒目，垒得有两人高。

他为庵堂的牌匾上色，爬上梯子立在高处看见内院挂着牌子：留宿一晚二十元。

从木梯上下来，他问女子：留宿的人多吗？女子摇头。他说：我不仅会描字，还会给菩萨请色，只是费工夫。

他对住持说这话时，眉眼低垂，双手合十。他生怕自己的语音虚散，腕处的力道将掌心压白了。

尼庵的住持四十出头，却仍旧穿着灰色僧衣。她说：你师父也真是，明知我的弟子叫慧春，还给你取法号慧春。我庵庙微小，没有政府拨款，又不在主道上，一个月没几个供奉，怎么请得起你这样的黄衣弟子？

他面红耳赤。他知道在后院洗刷僧衣下摆沾染的红漆时，住持看见小尼慧春将水撩到他脸上。他身上的黄袍只是因为他多读了四年书，并不表明他比女慧春大多少。

给菩萨请色这件事终究没有做成。但自此，他变得很爱下山。游人有缆车可从金顶直达山腰，僧人能走的路是流水石旁一条废弃的栈道。爬沟越岭，从山石逼仄走到林木葱茏，远远望见黄色的庵墙，他的心定了。

山中寂静，鸟鸣兽叫随着山风向上飞扬。他听得见院中压井抽水声，洗衣声，将水泼至山路人声的高低应答声。他看见灰色僧衣去往庵旁的田地，去屋后大声招呼鸡仔，招呼庵门外偶尔往来吃素面的香客。关于素面，卧了鸡蛋的面算素食吗？鸡子若没受精则不算荤食。修缮庵堂时他一直预备慧春来问这个问题，可是慧春将鸡仔赶出后院赶往后山，忙着与背包进山的青年学生一问一答。

他冥坐的山石与庵堂相距太远，又有树木遮挡，辨不清四下劳作的究竟哪个是慧春哪个是住持，凡他看见的一概全当作慧春。慧春蹲在田地里择菜，慧春扬手遮挡阳光，慧春背着菜篓回庵堂，慧春在院中脱去鞋打水冲脚，慧春端着素面去往斋堂。

山腰里布谷的叫声一声紧似一声，与在山下霭霭墟里一样忙碌。这个时节他父母坟地的杏果一定初黄了吧，杏树旁的麦地有无荒芜？必定也有布谷立在树荫里大声鸣叫。

在车站的凉亭遇见。慧春不知他在林中狂奔了二里才讨到如此偶遇。慧春笑吟吟望他：去往山下还有两辆班车呢，不用念阿弥陀佛。

慧春也不知他的阿弥陀佛，只是因为他奔向凉亭之前所见之人果真是慧春，而不是她的住持母亲。

待慧春坐上车去往山下，又等余下两班车途经凉亭开往山下，他才起身往山上走。踩着简易木桥过溪涧，春末涨水，涧水虽然没过桥面，却舒缓得几乎看不见流动。"月明夜，一条蛇弯曲着身子，将涧水分成两半。"一个慧春前往上游，一个慧春去向下游。

在凉亭，他终究是将他想说的话说与了亭上的明月。他瞧着她轻快地跳上车，月白的绑腿与月下的木香娇俏一色。转过山腰，他是真爱湮没于香樟树中淡淡白色的木香啊。

换用悟空这个名字已经是很久以后的事了。出了寺门，阅人无数，才可以说悟了空了。

悟空说：唉，妹子你不懂。这人生啊就是这样。

放下酒杯的妹子不傻，大叔的套路历来如此，她只要做出天真的模样，欢喜等听便可以讨他喜欢。

悟空摸妹子的手，妹子的手在吧台昏暗的灯光里柔若无骨，色泽浅白，散着淡淡的脂粉香，像极了月下的木香：唉，这手多好啊，可惜你不懂。

于他，叹气似乎比呼吸还自然。有时坐着坐着，他也叹口气，像是把身腔里的气体全呼出去，身子塌下去。在金顶山下的某个酒吧，他是来寻旧的，不是来解析叹气的缘由，即使这叹息让他夜夜睡不着。

喝罢酒，难得没有招揽女子一起出门。天上有一层薄薄的云，隐身于云彩之后的明月有着与木香一般颤巍巍的晕白。

"空"这个字，即使退回尘世也一样悟不清。

鞋

– 田光明 –

那年,我调到王家寨小学任校长。屋檐下的钟声响了,我去各班检查学生自习情况。进了三年级教室,发现讲台边站着一位男生,他黑瘦的脸上嵌着尖尖的鼻子,头发长而乱,成了个喜鹊窝,浓眉下一对大眼睛,透着灵气。我问他叫啥名字,他头一晃,极不情愿地回答:李亮亮。我问他为什么站着,他不说。班长告诉我,他不做作业,拽前边女生的辫子。班里同学哄堂大笑。我就批评了他,让他坐回座位做作业。就这样,在校园里,我看见他就没有和颜悦色过。他见了我,也就有点儿怕我。

入冬了,山里下起了第一场大雪,雪天孩子们到校迟。我就安排学校附近的学生,把校园里的积雪扫了,开始上课。上课十多分钟后,李亮亮戴着草帽,身上披着塑料纸,从大门外走了进来,我没有批评他迟到。特殊天气，我让他快点进教室听课。

下课了，学生们雀儿一样飞出教室，在校园里快乐地追逐着，玩着雪。一会儿，有学生向我报告，李亮亮和同学打架了。

我走出办公室，来到操场上，罚李亮亮和那俩学生站在雪里。

"你们为啥打架？"我问李亮亮。

"他俩踩我的鞋，还骂我。"李亮亮说着，委屈地哭了，"老师，他们几个欺负我，给我脖颈里灌雪沫，刚在那儿玩雪，他们踩我的鞋，还骂我妈，骂我妈……是懒婆娘……"他哭成了泪人儿。

我看着李亮亮，他光着脚，穿着一双大人的棉鞋，后跟趿拉着。我蹲下身子，用手捏了捏鞋帮，鞋已湿透了。

"这是你的鞋吗？"我问李亮亮。

"不是，是我爸的鞋，我就没有棉鞋穿。早晨起床，我爸穿着棉鞋，把门口挑水的路、我上学的路上的雪扫开，才把鞋给我脱下来，让我穿上来学校。"

听着，我的眼眶里就有了泪水。我转过身，批评了那俩学生。我又把李亮亮领到我办公室，从床头的纸箱里，取出了一双旧军用棉鞋，那是我用上个月乡上发的生活补助买的，花了一元五角钱。我让李亮亮把湿了的鞋脱下来，把我给的棉鞋穿上。他不肯脱，我就劝他，小时候一定要把手和脚保护好，别冻伤了。我还给李亮亮看我手和脚上过去冻伤的疤痕，告诉他，冻伤了手脚，每年到了冬天，都会发作的。

听了我的话，李亮亮脱下了湿透的棉鞋。我让他把我拿的棉鞋穿上，告诉他，鞋要穿上，穿正，别趿拉在脚后跟。我又把炉火捅旺，把他湿了的鞋烤在炉子上。

他走时，我没有批评他，告诉他，同学之间，要团结友爱，别打架。

上课钟声响了，我目送他走进了教室。放学后，我把烤干的棉鞋用纸包上，让他拿回家去，让他爸穿。他要给我脱下脚上的鞋，我好不容易说服了他。后来，我也就多关注这个孩子，鼓励他好好学习。

冬去春来。按照乡政府的安排，各大队分村组召开选民大会，抽调我去各村上组织选举会。正好，我到了李亮亮的村上，我就特意到他家里去看他。原来，他母亲的手有残疾，做不了针线活，一家人身上的衣服、脚上穿的鞋，都是靠年迈的外婆做。我也就想起了在风雪中他脚上的那双棉鞋，心里一阵酸楚。

在学校里，我没有给李亮亮代课，他在学习中有困难了，总要来问我。记得有一次，他还向我要了一本课外书，说他喜欢看。

李亮亮小学毕业，升到了镇上的初中。我曾在去镇上开会的路途中遇见过他几次。他见我，就很亲热，快乐地跑过来，喊着我。我就问他的学习情况，询问他代课老师是谁，学习有啥困难，他身上穿的衣服，总是那样宽宽大大的，总觉得不合体。

几年后，我离开了村学，到镇上的学校教书。李亮亮已从初中毕业了，我也就很少有关于他的消息。

九六年的冬天，天气特别冷。在雪花飘飞的午后，乡里的邮递员给我送来一个来自青海某部队的包裹。我急忙打开，是一双崭新的军用大头鞋，还有一封信：老师好！又到冬天了，我当兵已经两年了,一直有个想法,给您弄一双军用大头鞋,但部队有规定,大头鞋每人一双,三年后,可以旧换新。我把给您弄鞋的事说给了我的老班长,老班长很感动,他在今年退伍时,把旧鞋送给了我,我才给您换上了一双新的大头鞋。现在邮递给您……

雅 匪

— 魏传军 —

都说,就怕土匪有文化。其实不然。古薛黑风口山上的土匪老大於秀庭念过私塾,识文断字,棋琴书画皆通,尤其喜欢书法、收藏字画,他自称:雅匪。

雅匪,雅是雅了,只是雅得有点瑕疵。老大於秀庭有个小嗜好,喜生食大蒜,而且是当零食吃。於秀庭坐在书房里赏画或是写字的时候,嘴里不停地咀嚼着大蒜。於秀庭说话喘气蒜臭味熏死人,因此就把雅字熏掉了,只剩下匪了。其实生活在这一地域的人,基本上都喜生食葱姜蒜,煎饼卷大葱是他们的主食。於秀庭痴迷于字画,山寨上的琐碎事懒得问,一般都是二当家的主事,除非是有关山寨的大事,他才坐在聚义大厅里。

一日,於秀庭正在写雅字最后一笔,冯结巴闯进书房。他的手一抖，横，写歪斜了，成了败笔。於秀庭抬头，冷着脸，想发火。冯结巴笑嘻嘻，小心翼翼地从怀里掏出一个精美的锦盒，好像里面藏着的是他老祖宗的魂魄，然后他单膝跪地，举着锦盒，说，老大，宝贝。喊！於秀庭翻了翻眼皮，一脸嫌弃的表情，心说：啥宝贝我没见过。

冯结巴打开锦盒，於秀庭傻了。锦盒里的东西，他还真没见过，正是他梦寐以求之物——大国香。"大国香麒麟墨"，文房四宝之一宝，徽墨。此墨乃明代安徽歙县人，官至广州通判的潘嘉客所制。徽墨，墨中之魂。在徽墨中，尤以潘嘉客制为墨中之墨。

於秀庭怔怔地呆愣着。冯结巴诚惶诚恐，双手托着锦盒，胳膊酸了，还是坚持这样举着，一动也不敢动，顺着额头淌下来的汗水，流进眼里，腌得眼睛火辣辣的。

大哥，得到了啥稀罕宝贝？二当家的人没到，粗犷的声音穿透房门传到屋子里，好像一张会飞的粗粝的砂纸，於秀庭和冯结巴，感觉脸皮被打磨得生疼。

二当家走到於秀庭眼前。嗨！哪是宝贝呀，就是一方墨条。於秀庭说着，把锦盒收起来。

翌日，冯结巴坐上了第五把金交椅。

从此以后，山寨里的小喽啰再下山，情愿花金银，也要不惜一切代价收罗墨条、字画。唉！岂不知，"宝贝"也是有灵性的，可遇不可求。

又过了三年，於秀庭还是在写雅字。冯结巴夸赞，於秀庭写的雅字好，有劲。嗨！於秀庭皱着眉头，看了看他，没有说一句话，他并不赞同冯结巴的说法。他想：没有文化的蠢货，哪有这样评论书法的。

这一天，於秀庭刚研好墨，从笔架上拈起狼毫笔。冯结巴像一股风刮进屋来，大哥，请到聚义大厅。

噢，於秀庭放下笔，说，五弟，发生什么大事了？

大哥，兄弟我绑了肉票，她的箱子里有你想要的宝贝。

哦，走，瞧瞧去。於秀庭在前面走，冯结巴跟在他的屁股后面。

聚义大厅里，站着一个穿旗袍的女人，她仿佛在看墙上的雅字，又仿佛没看，傲慢的目光扫来扫去。於秀庭坐下，众人按照自己的座次也都坐下。

哎！你就是山寨的老大？

猝不及防，於秀庭被问懵了，他呆愣了片刻，点点头。

这个雅字，是你的墨宝？

不错。

啧，女人啧了啧嘴巴，摇摇头，说，照这样下去，就是再练上三年五载，依然还是老样子，最后一横是败笔。

嚯一下！冯结巴从座位上站起来。於秀庭缓慢地，站起来，冯结巴坐下来。

噢，请赐教，看来你对书法颇有研究。

研究谈不上，略知一二。

说来听听。

你之所以写不好雅字最后一横，是因为你心浮气躁，气息调配得不均匀，写出来的字呆板，缺少灵性……女人侃侃而谈，於秀庭听得入了迷，小喽啰更是听傻眼了。

请到书房一叙。

在书房里，於秀庭拈起狼毫笔，果然按照她传授的方法，再写雅字，最后一笔的时候，感觉顺畅，收放自如。女人说，我实话告诉你吧，我是徐州汪振华的三姨太。汪振华，於秀庭知晓，此人是个珠宝商，手眼通天。

女人打开箱子，里面是一个文房四宝的仓库。其中有一幅画很扎眼，是於秀庭做梦都不敢梦到的，吴道子的山水画。

说吧，你想要多少钱，才能放我下山？

别谈钱，谈钱伤和气。於秀庭又瞅了一眼箱子。

看来你是一个不爱财的人喽。女人盖上皮箱说道。

君子爱财，取之有道。

哼！君子，君子不夺人之美。

皮箱里的东西，我可以给你，女人顿了顿，说，但你得用东西交换。

说吧，用什么东西交换。

女人巡视了一遍书房，说，就那个锦盒吧。

女人走后，於秀庭带着宝贝下山找老街古玩店老朝奉掌眼。老朝奉拿着放大镜边看边摇头，他摘下老花镜，说，唉！上当了，全部都是赝品。

於秀庭眼前一黑，瘫坐在地上。小喽啰把他抬到聚义大厅，老大往昔"虎踞龙盘"的威风也随着瘫掉了。山寨易主，小"鬼"当家，冯结巴被山寨兄弟们推上了老大的宝座。

原来,冯结巴和他姨表姐三姨太合谋上演了一出戏。那方"大国香麒麟墨",本来就属于汪振华,冯结巴借来当道具蒙骗於秀庭的。

满月如银盘点亮了天空,又仿佛一方"大国香麒麟墨",在眼前晃悠。唉!雅匪,着了雅骗的道了。於秀庭闭上眼,在心里一遍遍默写一个字:匪。

湮没的弦歌

- 佟掌柜 -

1937年初冬,她从镇子的西头袅袅婷婷走来。那是个淫雨霏霏的天气,天上飘着细若牛毛的雨丝。她二十三四岁的模样,身穿浅灰色羊毛大衣,开襟处露出素雅的藕荷色旗袍衣角,左手拎着有些泛黄的藤条箱。她是那么瘦弱,仿佛一阵风就能将其刮走。她后面跟着一个四十岁左右、身材高大、腰杆挺直、双手拎着重重包裹的男人。

汪家老宅自从他俩住下后便热闹起来,白天晚上总会从阁楼的窗户里传出乐曲声,门口也经常停些镇上人少见的汽车。我听不懂弹的是什么曲,只是觉得好听,有时听着听着会觉得心酸。

女人偶尔走出院子,拿些糖果分给不远处大槐树下玩耍的孩子们,或者喂流浪的小猫小狗一些食物。这样的时候,女人的眼角和嘴角都会挂着浅浅的笑意。偶尔,她感觉到我无法克制的窥视,冲我悄然一笑,扭身闪进宅子。

那时我十七岁,在汪家老宅对过儿的大通理发店当学徒。

到店里理发的客人,议论最多的就是这户人家。有的说,这女人实际是那种女人,别看她长得文文弱弱的,实际上骚得很;有的说,那女人是从东北逃难来的大家闺秀,她弹的乐器叫古筝;有的说,跟她来的男人是家仆,竟然又聋又哑;有的说,来她家的客人有帮会的、军队的、经商的、教书的,还有日本人呢,得离那户人家远点。

有几次深夜,我被咿咿呀呀的声音吵醒,打开窗户往外看,看见哑男人拎着别的男人的衣领,把他们扔出大门外。我还看到过他夜半的时候,悄悄走出镇子,或一日或二日返回来。他不在的时候,汪宅的大门始终紧闭着。

转眼到了1938年的春天,日本鬼子占领了镇子。从镇西头他们建的俱乐部里,经常传出令人毛骨悚然的嚎叫和淫荡的笑声。

来女人家的客人明显比以前少了,女人也很少走出院子。来店里理发的客人也越来越少。我更加频繁地坐在理发店的门口,发现她有时从欠开一点点的门缝里偷偷往外看。

一天晚上,天气闷热得像能在人的心里长出草来。汪家老宅里又传出让我想哭的乐曲声。我倚在大槐树下,闭上眼睛,眼前出现了她艳若桃李的红唇。突然,我听到乐曲声中,有压抑着的、低低的哭声。乐曲突然停了,过了好一会儿,聋哑的家仆背着包裹,匆匆地往镇外走去。

他这回走,好些天都没见回来。

从此,我到她家门外转悠的次数越发多了起来。

又一个夜晚,我一觉醒来,心里感觉很不踏实,披上外衣走出门。还没走过对面的小巷,差点撞上斜披着军服的日本军官。我赶紧躲了躲,他含混不清地骂了句"八嘎",走远了。

我急忙跑到女人的院外,看见大门开着,从里面传来女人的哭声。我疯了一样闯了进去。

阁楼上,女人衣冠不整地斜靠在床上,头发散乱,一张刻花檀香木古筝躺在离床一米的地上。

她看我闯进去,噌地站了进来,瞪大眼睛惊恐地看着我。

我看着她受惊的样子,开始后悔,站在那儿不敢往前再走一步。

我俩就这样怔怔站了好几秒,女人突然像想到什么事,走到书桌旁,拿起毛笔,在一张纸上写下了一串数字。她转身来到我面前,轻声说了句什么。

我看她的嘴唇动了几下,竟没听清说了什么。

她看我没言语,皱了皱眉,眼神里充满了祈求。

"弟,我可以求你件事吗?我现在只能求你了!"

我缓过神儿来,语声颤抖着:"姐,你说,什么事我都答应你!"

她把写好的纸条递给我,又撬起一块地板,从里面取出来一块缺丫儿的大洋,也递给我,然后攥住我拿着纸条和大洋的手,悄声在我耳边说了一段话。

"记住了吗?你再重复两遍。"她紧张地看着我说。

我一听她让我做的事很害怕,有些后悔答应她。但一看到她眼里的泪水,瞬间心软了,重复了两遍她说的话。

她重重地点了点头,竟微微笑了。

走出院外的时候,我听到身后传来一阵急促、紧张的乐曲声,接着又是一阵呜呜咽咽的乐曲声。

过了两年,我在队伍里意外看到了那个聋哑人。他走过来拍了拍我的肩膀,有力地握住我的手,语声清晰地说:"你的事我都知道了,香凝在你带出来的情报里,简单说了你的情况,小伙子,欢迎加入我们的队伍!"

他的眼睛蒙上一层水雾,哽咽着继续说道:"都怪我没有保护好她……香凝是从东北逃难过来的大学生,组织上还没有完成对她的集训,因为有紧急任务,皖南地委派她来协助我工作。这份她用生命换来的情报,为我们赶走古镇上的日军,起了至关重要的作用,我们永远不会忘记她!"

那天,我第一次知道,女人叫香凝。她在我走后,用盛开着花瓣的床单上了吊。

解放后,我结了婚。结婚那天,我的耳畔响起呜呜咽咽的《昭君怨》。

一品食享

- 安谅 -

小区不远,有一家网红店,名叫一品食享,据说天天爆棚。老同学罗吴又从澳洲回来了,国庆那天,邀请我们几位老邻居加老同学聚了个餐,选的就是这家。

餐厅布置得相当雅致,过道和包房里摆设的收藏,不是时下顶尖的琉璃、瓷器,就是有些年代的名家古玩。包房就五六个,一层一两间,客人不太容易照面。罗吴嬉皮笑脸地说:"这里隐蔽,你们吃饭都怕人见的'公仆',可以放开肚子吃。"明人鼻子里"哼"了一声,笑说:"吃你老同学的有什么关系,只要你别摆'鸿门宴'就好!"这个罗吴在澳洲做教授,平常来来回回的,还真从不找明人办什么事。罗吴说:"我来这餐厅吃过一次,菜品真不错的,不信,你们今天好好品品。"

冷菜六碟，一上桌就夺人眼球。少而精致，色彩搭配考究，摆放也颇具艺术气息，味道也不赖。大家啧啧赞叹。罗昊教授得意了，说："我说可以吧。我的鼻子特别灵，在网上看见，特意来品尝过。"

"你就是一个馋猫呀，馋猫鼻尖呀！"明人一说，罗昊和在座的几位老同学都呵呵大笑起来。

"这个，我问一句，价格老贵的吧？"老A说了一句，"我是工薪阶层，每月工资都上交老婆的，我说实话哦。"同学老B也插言道："我是个体炒股户，眼下股市不景气，我也想问一句，这家店，不斩人吧？"

"哪里哪里，这家店价格还讲得过去，告诉你们，请老同学吃这点东西，真是毛毛雨啦！"罗昊教授笑嘻嘻地说道，场面上也就愈发热烈起来。

这时上了菜，托着盘子的服务生，把位菜逐个放在各位面前，是汤盅，热乎乎的，像是瑶柱汤。明人用汤勺舀了一勺，送至嘴边，缓缓地尝了一口，不烫，挺鲜美，随即，他把这勺汤喝了下去。看见老A用自己的筷子攥了一块虾肉，放在嘴巴里嚼着，那神情也是美滋滋的。罗昊客气，是最后一位上菜的，服务员还没给到他。他笑着问："味道不错吧？"明人他们纷纷点头。

从外面匆匆走进一位服务生，也托着盆子，上边是与他们一样白色镶金边的汤盅。两位服务员咬了咬耳朵，先进来的服务员连忙打招呼："哟，送错了，不好意思，你们是这个。"她指了指后边的服务员手上的托盆，开始收回已搁在桌上的那些汤盅。明人说："哎呀，我们都吃过了。"老A也说："是呀，都动过了。"服务员迟疑了一会儿。罗昊说："要不就把这汤放这吧，算我们点的。"另一位服务员向旁边的那位使了个眼色，那位服务员就连忙说道："哦，他们那边也在催促了。"说完，又要端起明人眼前的那盅汤。明人想阻拦，又觉得一时说不出什么话儿，眼见着一盅盅汤被收回，另一盅盅汤被搁桌上了。打开盖子，确实不是同样的汤。罗昊点的更好，老A脱口而出了："佛跳墙呀，你想让我们大补呀！"

大家又恢复刚才的气氛了。想想不对，明人说道："我们都动过了，再给人家，不靠谱吧。"罗昊说："别管他，反正不是他们尝了，再给我们的。这汤究竟如何，够得上一品吧？"

老A老B嘴里都嚼着东西，声音含混："是一品，是一品。"明人被他们感染，也咀嚼起了一只软而不腻的海参。

几日后，明人又碰上一位老朋友，也是一个饕餮之徒。明人和他聊起刚去过的一品食享，说："这家店去品尝过吗？点评也不错。"

那位老友说："我去了，菜品倒是不差。可店德绝对下品。"

"这怎么说？"明人疑惑。

"那天国庆，我们点的是瑶柱汤，他们却送来了佛跳墙。我们都吃了几口了，他们却说送错了。本想将错就错，让他们店赔的，却硬从我们嘴上夺下了。我们只能催他们把我们点的快送上！"

他又说："幸亏是我们占了便宜，不然，是另一桌的，不就惨了吗？"

明人翻了翻眼皮，忽然感到一阵恶心。

一条鱼滑入下水道

- 海峡 -

鱼是好鱼，就是不安分，把塑料袋折腾破了，掉到雪化水的路面上。不安分也就算了，身体还太滑，主人抓了几次，都是抓到手了又滑到雪水里，一滑再滑之后，主人的手冻得生疼。

主人拎上大包小包上楼，暖暖手，找到更结实些的塑料袋再到楼下抓鱼时，鱼早已经在下水道里与恶臭搏斗了，为了尽快脱离被熏死的危险，拼了命地在下水道里探索前进。

主人立马判断出了鱼的去向，于是打电话给物业管理处，请求帮他撬开下水道井盖，救助误入歧途的鱼。

物业人员来了。问明了情况，做了详细记录，临走时说，会尽快给业主一个明确的答复。

两个小时后，物业人员回来了，说他们会尽快协商制订救鱼方案，最迟第二天下午就会给业主一个明确的答复。

第二天上午物业人员敲开当事业主家的门，说要业主填写保证书，一是要确保鱼是在哪一段下水道里，以便把救助支出控制在最小范围；二是业主要保证工作人员救出的鱼的确是他家的，如果出现另外业主来认领鱼，引起纠纷，一概与物业人员无关。对于以上两点，业主有举证义务，必须分别找到至少五个目击证人，并分别写出至少五份证言材料。

鱼的主人决定放弃对鱼施救——他的鱼滑入下水管道，连他自己都不是目击者，他更是不知道还有谁可以做目击证人。这条鱼会不会一直在某一段下水道里等待救援，他更是不确定。

物业人员哪能像这位业主这样没有责任心呢？你让鱼在下面怎么想？他们决不允许对鱼的救援半途而废。

于是，物业人员分头帮业主寻找目击证人，他们挨家挨户敲开业主的门，讲明来意，并讲明帮助邻居做证是每个业主应有的本分，更是每个公民应尽的义务。如果遇到业主有抵触情绪的，他们就苦口婆心，做长线说服教育，直到业主对他们的说法表示认同，并举出有力证据，证明他们并不是鱼出事现场的目击者。

这样一家家说服教育让物业人员身心疲惫，于是物业人员有了一个新创意——外聘顾问对业主进行道德与法普及教育。

这个创意需要征集广大业主的意见。如果过半数以上业主同意这个创意，那么，他们将制订完善的实施方案，提交业主委员会审议通过。

于是物业又进行业主意见征集。过了半个月，业主意见征集结束，同意这个创意的业主过了半数。

又过了半个月，物业制订出了完善的实施方案。

这时一个更亟待解决的问题出现了——需要立即成立业主委员会。没有业主委员会，往哪里提交实施方案呢？

要成立业主委员会，首先要有组委会。

半个月之后，组委会成立。

一年后，业主委员会成立。

对业主进行道德与法普及教育活动实施方案提交业主委员会，并全票通过。

又半个月后，外聘顾问的实施方案被提交业主委员会，并审议通过。

又半年后，外聘顾问到岗到位，业主道德与法教育活动如火如荼地展开了。

随即业主委员会对广大业主就这项教育活动征集反馈意见。广大业主一致认为该项活动大大提升了业主道德素养与法律意识，希望这项活动能够长期开展下去。

这项活动被媒体报道后，引来了外界络绎不绝的取经人。于是，物业管理处又制订了对外来取经人员提供有偿咨询服务的方案，并提交业主委员会审议，审议通过后，又用了半年时间成立了外来人员有偿服务接待处。

就有偿接待的收入该如何使用这一问题，物业管理处又征集业主意见，根据广大业主的意见，制订了完善的实施方案，并提交业主委员会审议通过。

按照方案，该项收入应用于小区公共设施维护。

鱼的主人不干了，他向法院提起诉讼——是因为他的鱼滑入了下水道，才有了这项有偿接待收入，鱼是他的鱼，这项收入当然也要归他所有。

物业管理处的代理律师在法庭上提出答辩：原告首先要举证鱼是他的，且确定在哪段下水道里。

一碗方便面

– 源泉 –

我的恋爱从方便面开始。

大二时,在一次系里举办的"我的故土"演讲比赛中,我看上了来自沂蒙山区的闻。他宽阔厚实的肩膀,像海浪起伏的胸脯,让我着迷。我多么希望我就是高尔基笔下高傲飞翔的海燕,去迎接海浪的澎湃。尤其是听完他演讲的解放战争年代红嫂用带着自己体温的奶水救活了一位年轻战士的故事后,我的心飞翔起来,从海边长大的我决定追求这位从大山深处走来的闻!

闻很腼腆,可经不住我万千柔情的频频进攻,这位从具有光荣历史的土地上成长起来的男人乖乖地成了我的"俘虏"。教室、食堂、操场、图书馆,我们形影不离。他给我讲山的故事,我给他讲海的传奇,我们相约放假后去山那边,来海这里!

一个月光皎洁的夜晚，我们从图书馆出来，踏着树木遮掩的小径回宿舍，几对情侣手挽着手从身旁走过，我的心躁动起来。快到宿舍时，闻忽然停下脚步变戏法地从挎包中掏出一样东西塞到我手里，借着路边的灯光，我看到了，是一袋方便面。"饿了吧，到宿舍泡了吃！"闻的声音像如银的月光掠过我的心房，我情不自禁扑进闻的怀抱，感受着闻那跌宕起伏的胸膛对我的撞击！

从此，每晚从图书馆回来，闻都会给我一袋方便面。

然而这样的幸福指数没能维持多久。同寝室的姐妹们叽叽喳喳，特别是有几回陪闺密叶子熊吃夜宵，叶子熊的男朋友今天带她去KFC，明天去麦当劳，还有麦肯姆、必胜客、汤姆熊，一周一个轮回，闻的方便面不再让我心动。

"现在的方便面虽然味道鲜美，如果长期吃，会带来严重的健康危害。"微信上的讯息让我彻底放弃了吃方便面。

闻很沮丧，几天不说一句话。我们之间有了裂痕，见面的次数越来越少。毕业前夕我们分手了。

我如愿招聘到省电台做了一名少儿主持人，而闻回到家乡做了一名山村老师。我们不再见面，只是保留了微信好友，从圈子里偶然看到对方的信息。

做主持人的日子，其实并不风光。特别是电台少儿主持人，听众是只闻其声，不见其人，做完节目后其实特别寂寞。尤其晚上值晚班，或是加班，单位的福利是清一色的方便面。同事们常常自嘲一句："有了方便面，写出的文章全成了油炸面！"男朋友也谈了几个，是高不成低不就，一晃就是三年，仍然孑然一身。

晚上躺在床上无聊的时候，我常常会翻开手机，看一看闻的头像。闻的头像就是一碗正在冒着热气的方便面，红彤彤的外包装上，颜色鲜艳的几片牛肉旁边醒目地印着几个大字："红烧牛肉面"，让人垂涎欲滴。可我却有一种倒胃口的感觉！

为了扩大受众面，提升电台的影响力，我们在全省中小学生中开展了"我的生日礼物"征文活动，启事发出后，征文就像雪片一样飞来。无意间我看到一篇征文，题目就是《一碗方便面》。我不由自主地读了下去，竟然泪流满面。征文是一位四年级的山区小学生写来的，他这样写道：爸爸为了给生病的妈妈采草药，不慎从山上跌下摔断了腿，我和妹妹常常吃不饱饭，从来没有过一个生日。这学期的一天中午，我和同学正要围着课桌吃饭时，顾老师忽然端来一个红彤彤的碗给我，我看到一行醒目的字——"红烧牛肉面"。顾老师掀开碗上的纸盖子，一股香味直冲我的鼻孔，真香呀！我看到了碗里金黄的面条，还有红的、绿的、黄的东西，特别是有许多牛肉块，我的口水一下子就流了出来。顾老师说："小云你吃吧，今天是你的生日，这是老师和同学们送你的生日礼物。"教室里顿时响起了清脆的歌声："祝你生日快乐……"这是我第一次过生日！

我的双眼模糊了，我声情并茂的朗诵通过电波传到千家万户，收到了意想不到的效果。赞扬的、资助的、捐款的信息从四面八方汇集而来，台长决定让我做一档深度跟踪报道。

我和同事驱车前往200公里外的山区小学，赶到小学所在的县城已是傍晚时分，县委宣传部新闻科的易科长热情接待了我们。得知来意后，他又给我们讲了一个发生在顾老师身上的方便面的故事。

16年前，顾老师一家在一次山体滑波中被埋进废墟，父母用自己的身体为当年只有10岁的顾老师挡住了一块巨石。母亲临终前，用尽全身的力气从身下刨出一包方便面，那是他们家过春节的年夜饭。靠着这包方便面，三天后，顾老师等来了营救的解放军，可他的父母却永远失去了生命。大学毕业后，他毅然回到山村做了一名小学老师，至今他仍然保留着那包方便面的包装袋。

我的心灵一次又一次被震撼。夜里我做了一个梦，在梦里第一次见到了闻。第二天一大早，我就迫不及待地赶往顾老师所在的学校。山路崎岖，车子开不进去，我和同事在易科长的引导下，翻山越岭，五公里的山路我们走了三个多小时。

山嶂重翠，云光疏淡。在山凹一处平坦的山坡上有三间石块垒成的平房，这就是我要采访的山区小学。平房前的操场上空一面五星红旗迎风飘扬，红旗下，一位老师带着二十多名学生在向我们招手！

那是闻吗？我像见到亲人一样向他们奔去……

永远的那丛翠绿

- 袁良才 -

冬日的暖阳从玻璃窗爬进来,轻轻柔柔地偎在奶奶老丝瓜瓢似的脸上,攒足劲儿想掰开她沉甸甸的眼皮,点亮她行将熄灭的生命之光。

奶奶静静地躺在陪伴她大半生的精雕细镂、漆皮斑驳的宁波床上,她的神情看上去极安详,全无一丝半毫对于死亡的恐惧,似乎还有几许对未知世界的期待与兴奋。奶奶这回执拗地拒绝了孙子爱国要送她去医院的恳求,奶奶说,我该走了,早该走了,你爷爷在那边等我呢!他怕是认不出我了,那时我还是个十七八岁的小姑娘,一头秀发让你爷爷着迷呢……

奶奶,你别胡思乱想了。都说你是老寿星老福星,熬过这阵就好了,还能活上十年。

傻小子，又说浑话了。我早活够了，你爸爸妈妈都走在我前头了。要按迷信的说法，我占了你父母的寿呢。我是个老党员，当然不信这个，可心里就是不落忍。就让我在老宅里走吧，别再浪费国家的钱，这叫"寿终正寝"，是喜事哩。我怕你爷爷等久了，等急了，一发狠，要重新找人了。

爱国不再坚持送奶奶去医院，与媳妇轮换着照料奶奶。他们心里知道，老人家的日子不多了。爱国两口子一边悉心照顾奶奶，一边悄悄准备起后事。

奶奶虚弱得稀粥都喝不了几口，一天竟吵吵着想吃窝窝头。爱国不嫌烦，只当尽最后的孝心，让媳妇蒸了一锅久违了的窝窝头，奶奶使出吃奶的力气好歹嚼下几口窝窝头，连连说，好吃，好吃，香，真香。

隔了几天，奶奶又嚷嚷着想吃野菜。爱国媳妇皱了皱眉，爱国连忙接腔，头点得像鸡啄米，好，好。我明天就亲自开车到郊外挖野菜，这个季节野菜挺多，马兰头、剪刀菜、大叶蒿……我平时大鱼大肉吃腻了，也正想换换口味哩！

神奇的是，奶奶喝了几口野菜汤，身体竟有所好转，居然可以靠着被垛坐一会儿了，精气神似乎足了不少。爱国两口子既高兴又担忧，老太太这是转危为安了？还是回光返照？

奶奶更不消停了，小屁孩似的缠着孙子，要他赶紧去集市给买一盆菖蒲来，搁到窗台上，奶奶说她和爷爷都喜欢菖蒲，又绿又香，看不够，闻不够哩！爱国和媳妇有点措手不及，大眼瞪小眼时，只听奶奶有气无力、断断续续地念起了一首什么诗：石盆养寒翠，六月如三冬。勿云数寸碧,意若千丈松。劲节凌孤竹,虬根蟠老龙。傲霜滋正气,泣露泫春容。

爱国听得一头雾水,奶奶轻轻地笑出声,神情是那样腼腆,这是你爷爷当年教我的,宋朝张九成的《菖蒲》诗。爱国似遭电击似的浑身一震,他飞快地背过身去,抹了一下眼睛,咚咚咚地走出去,随即传来汽车的引擎声。

一盆叶丛翠绿的菖蒲搁在奶奶卧房的窗台上,阳光的碎片在叶尖上调皮地追逐嬉戏,奶奶静静地久久地斜靠在床头,久久地静静地盯视着那丛绿雾出神,眼里悄无声息地溢出泪来,一点一点,滴落到枕巾上,洇湿一片。你爷爷说,菖蒲"不假日色,不资寸土""耐苦寒,安淡泊"。奶奶痴了傻了似的梦呓般喃喃自语:我俩在沦陷区开了一个南货店,上头每月给十块大洋经费,可你爷爷硬是逼着我省吃俭用,一块钱恨不能掰成八瓣花,很少能吃上一顿米饭,不是啃窝窝头,就是让我去挖野菜。你爷爷说,我们是党的人,别以为给党做了事,就可以乱花党的钱……

周末,在革命历史博物馆当讲解员的重孙女继红回家看太奶奶,特意给太奶奶捎回来一盆名贵的兰花,她一路激动地想象着太奶奶见到这盆兰花一定高兴得不成样子,高兴成当年大姑娘的样子。不巧的是,太奶奶刚刚睡着了,连一丝儿鼾声都没有,太奶奶实在太老了,老得连打鼾的力气都没有了。继红不免一阵伤感,太奶奶可是最疼自己了。

她小心翼翼地把窗台上的菖蒲移放到客厅里,对爸妈咕哝,这玩意也太老土了。换上名贵兰花盆景,道是深林种,还怜出谷香,太奶奶醒来一定会欢呼的！说不定病就好了。

太奶奶醒了，但不是"欢呼"，而是"怒目而视"，脸色陡变，呼吸急促，要继红立刻撤下那盆兰花，把菖蒲重新摆上去。继红只得照办，一边委屈得直掉泪珠儿。许久，太奶奶情绪终于平复下来，太奶奶气若游丝，继红是把耳朵紧贴在太奶奶嘴边才勉强听清的——

太爷爷太奶奶是一对革命伴侣，所经营的南货店是一个秘密联络站。太爷爷确定的联络暗号，窗台上摆一盆菖蒲表示平安无事，如果换搁一盆兰花则代表危险，不可接头联络。爷爷说，"菖"谐音"昌"，寓意昌顺吉祥，"兰"谐音"难"，寓意有劫难、危险。在一个秘密联络日，上级特委的一个负责人突然匆匆来到南货店，说有一份重要军事情报要火速转交苏北"老家"的人。爷爷见这位负责人目光躲闪，神色异常，又发现店外有三三两两的形迹可疑的人来回逡巡，太爷爷叫过太奶奶，走后门，买点鱼肉好菜，晚上留首长吃饭。太爷爷没等太奶奶明白过来，就把她推出了后门。太爷爷眼见接头时间已到，猛地冲到窗台前推倒了那盆菖蒲……太爷爷在日寇的监狱里坚贞不屈，不久惨遭杀害。太奶奶被组织上派往苏中抗日根据地，打跑小日本后，先后参加过淮海战役、渡江战役、宁沪杭战役。

太奶奶把她和爱人的故事隐藏得太久太久，如今听来似乎不那么真实了。

那天太奶奶为啥那么生气？

爱国揣摩着告诉女儿继红，你太奶奶盼着你太爷爷来接她呢。

你太爷爷看见了窗台上的菖蒲,就会放心大胆地进来,接你太奶奶走。要是兰花,你太爷爷凭职业的敏感,就会马上撤离的。

后来,继红在单位,在那盆看似普通的菖蒲前,又多了一项讲解。继红仿佛看见太爷爷太奶奶在天上久别重逢,洒泪相拥。

沼泽地

– 叶征球 –

入冬后，夜幕落得急。一不留神，天嗖嗖地就黑了，像碰翻了一瓶墨汁。这幢土屋离村子很远，孤零零杵在山岗西侧，如一个弃儿。

他敲门进来的时候，老人正拢着炉子烤火。

老人瘦弱，佝偻着，身上的棉袄就显得宽大了许多。一只黑魆魆的铝壶坐在火炉上，滋滋滋吐着热气。

"大叔，您——您好。"他怯声唤了一句。

老人微微一凛，缓慢地欠身，一双枯枝般的瘦手，抖抖索索地探寻着。

"您的眼睛？"他问老人，右手捏了捏裤子后兜，硬硬的还在。

"唉，青光眼，瞎两年了。"老人幽叹了一声，"请问客人你是？"

"我贩，贩山货路过这里，天就黑了。"他轻轻地吁一口气，"想歇个脚。"

老人颔首，笑开一脸菊瓣，应道："哦，快来烤火，粗茶淡饭也有的，你莫嫌弃。"

他默默地环视了一圈，房间干净爽朗，除了一些简陋的生活器具之外，没有什么亮眼的物件。

几本旧书和一台老拙的木匣式收音机，趴在缺角的桌子上，擦拭得锃亮，在浑浊的灯光下，显得古意苍苍。

正在播放评书《隋唐演义》，单田芳独特的磁性声音，让房间里热闹一些。年月久了，收音机有些颓，夹着"沙沙沙"的杂音，仿佛病人的喉头里憋着不顺畅的咳。

老人慢慢摸索着，从碗柜里端出两碟剩菜来：土豆丝、腌菜炖小鱼干，菜虽然有点蔫，但尚有余温。

他看着，咽了一下口水。随即帮忙撤下水壶，一边架锅热饭，一边问："大叔还喜欢看书啊？"

"唉，眼睛瞎了，看不见东西，就每天摸摸书。"老人苦笑一下，眼睛里蒙着一层淡淡的云翳，眸子定定的，一动不动，"当了一辈子民办老师，习惯了闻书的味道。"

饭菜简单地热过，老人让他开吃。

他看着墙壁上贴的那些奖状，印在上面的红旗都褪色了，自言自语："以前，我也得过很多奖状！"接着，陷入了回忆中，脸上浮起一些欣喜。

"大叔，这里往西，路好走吧？"

"往西？"老人若有所思地说，"往西是一片沼泽地，几十里荒无人烟。"屋外风刮得恓惶,窗边的苦楝树摇曳着,仿佛鬼影幢幢。

"沼泽?"他停下了筷子,"我想吃完饭就动身呢。"

"乌茫茫的全部是泥淖,上个月又陷了两个人进去,还是晌午呢,眨眼就灭顶了,根本没得救。走夜路,就更别提了。"老人说着,脸上全是惊悚。歇了一会儿,接着说:"哦,我弄点酒给你,暖暖身子。"

老人步履蹇滞地进房间,捯饬了好大一阵,颤巍巍端着一个旧搪瓷缸出来。顿时,一股醇酽的酒味弥漫开来。

"自家粮食蒸的酒,不值钱,莫嫌弃啊。"老人和蔼地说。

他很久没有闻这种浓郁扑鼻的酒香了,一瞬间,他心里兵荒马乱,仿佛回到了家,回到了父亲身边。他暗暗地叹一口气,眼眶就湿了。

酒足饭饱之后,两个人围着炉子拉家常。

老人说,冬夜太长,自己睡眠浅,有时压根就睡不着,得靠安眠药;儿子在城里上班,隔三岔五才能回来一趟。

他说,他家在山沟里,村长就是土皇帝,作威作福,一手遮天;他说,一位朋友犯了事,总想悔过自新……

"想回头就是好人,俗话说,浪子回头金不换。"老人不住地点头称赞,"人活一辈子不容易,肯定有平路,有山坡,还有沼泽。"

夜渐渐深了,土屋的灯在无边的黑暗中,昏黄如豆。

他感到一阵阵疲乏袭来,眼皮沉重得挑不动,便依着老人安排,进侧屋倒床睡下。

待他鼾声响起,老人悄悄锁了侧屋门。

老人从棉袄里掏出手机，蹑到门外，颤抖地拨通了儿子的电话："我中午听见收音机里的协查通告了，你们要抓的人，在咱家里。我看见他左耳那个胎记了，没错。"

电话那头，儿子大骇："太好了！爸，您没事吧？"

"没事没事，我假装青光眼，他不会伤害一个盲人的。"老人顿了一下，说，"酒里有安眠药，他睡着了。你们赶快来！"

"好的，马上就过来了。"儿子声音急切如催，"爸，您千万注意安全，防止他有凶器。"

"他裤兜里一把匕首，我已经收起来了。他也是苦孩子，尽量算他一个投案自首吧，帮帮他，别让他在沼泽里陷得太深。"

值钱的文物

– 梁柱生 –

封四是村里的贫困户,光棍,县博物馆对口帮扶他,具体联系人是馆长梁智。梁智在封家里里外外察看时,发现墙角那儿有只肮脏的青釉瓷碗,就习惯地拿起来看看,还两眼放光地用指甲刮掉上面的污垢仔细端详。

"这碗是干吗用的?"梁智问。封四说:"喂狗用的。""狗呢?""嘿嘿,吃掉了。"封四不好意思道。同时想,文化人就是怪,还对一只喂狗碗感兴趣。唉,自己运气孬,让一个清水衙门来帮扶,刚才送的都是啥子嘛,一袋米,一桶油,两百块钱,跟打发讨口子似的,哪像村里的潘七,县财政局帮扶,财大气粗,一给就是两三万,养了一大群羊。

转完后,梁智说:"你屋后有片山林,可以发展芦花鸡养殖……"

"说得轻巧,哪来的本钱嘛!"封四不好气道,好像对方欠了他钱似的。

"这样吧,你把这只喂狗碗卖给我,我给你一万块钱。你就用这钱买来鸡苗发展养殖业。"

啥子,这只喂狗碗值一万块钱?封四瞪大了眼睛。生怕对方后悔,立马答应:"行!可我上哪儿去买这么多鸡苗呀?"言外之意是不想养。

"我帮你联系。"梁智说着掏出手机打电话。一会儿,某农业有限公司送来了一万元的芦花鸡苗四百只。

梁智把一摞扎好的现金交给封四,那是一万元。封四从来没拿过这么多钱,手都有些发抖。可钱还没有拿热,就得交给送鸡人,依依不舍。

梁智说:"这些小鸡,只要你好好养,五个月后就能长成四五斤重的成年鸡,到时公司负责收购,两百元一只。四百只就是八万元,扣除各种成本,你至少能赚五万块钱。"

梁智等人走后,满耳的鸡叫声。家里没有喂鸡的东西,怎么办?只好扛上那把锈迹斑斑的铁锹,引上鸡群,到荒芜多时的坡地上挖蚯蚓喂鸡。

此后,封四天天上坡掘蚯蚓给鸡吃。不知不觉,就把自家的坡地翻了一遍。封四趁机点上玉米。玉米越长越高,芦花鸡也越长越大,很快就有两斤多重了。封四嘴馋,想杀鸡吃。

他逮鸡时,在他屋后山林里放羊的潘七见了,就过来跟他聊天。得知那只喂狗碗被梁智以一万元买走后,潘七跌足道:"你亏惨了。

我从网上看到，某人到乡下买了一只也是喂狗用的青釉瓷碗，结果咋样？价值一亿元！"

"一亿元是多少？"封四问。

"就是一万捆一万元哪！你家有那只喂狗碗，就是亿万富翁了，还扶啥子贫！"

封四后悔不迭："可我已经卖掉了……"

"反悔呀！梁智这哪是买，简直是抢，还打着帮扶的幌子！你把他的电话号码给我，我给他打电话，咋能这样欺负乡下人！"

封四去把联系卡拿来，上面有梁智的手机号。潘七把手机拨通后说，他是封四的朋友，封四那只喂狗碗不卖了，想要回来。

"已经成交的买卖，咋能出尔反尔！"梁智不悦道。

"不好意思，那是人家的传家宝，虽说用来喂狗……"

"好吧，他把一万元退我，我就把碗还他。"

封四高兴地抢过手机说："梁馆长，一言为定，我这批鸡再过两个月就可以出栏了，我把鸡卖后，就把钱还你！"

如此一来，封四非但不敢吃鸡，还更加悉心喂养。两个月后，芦花鸡出栏。梁智和公司人员一块儿前来收购。封四卖了鸡，得了八万元，拿出其中的一万元交给梁智，后者把那只喂狗碗还给他："其实，这只青釉瓷碗是建国初年生产的，文物价值不大。"

"不是说价值一亿元吗？"封四愣住了。

"价值一亿元的那只青釉瓷碗，我也看了报道。那碗是明朝宣德年间的，当然值钱了。""这只喂狗碗，到底能值多少钱？""几百块吧。""那你当初为啥子要以一万元买下？"

梁智笑道："那一万块钱，其实是单位给你的帮扶资金。如果直接给你，你肯定觉得这钱来得太容易，用起来大手大脚。而把它变成你出售文物的所得，性质就不一样了。把鸡养到两斤多重，你馋嘴发作，想吃鸡，但这只喂狗碗把你卡住了，一举两得，哈哈！"

原来，梁智在帮扶之初，就从表弟潘七那儿知道封四的致贫原因是懒惰和嘴馋，所以出点子让他养殖芦花鸡。而要把四百只小鸡崽养大，人根本就懒不起来。鸡一饿，那叫声铺天盖地，令你坐立不安，只好去给鸡找吃的，平息它们的叫声，渐渐地，再懒的人，也会变得勤快。至于封四嘴馋的毛病，同时也给治住了。

说完，梁智把那一万元重新拍到封四的手上。

封四听后很感动，帮扶人员真是用心良苦哇！他把六万元拍到收鸡人手里："你到公司再给我拉六万元的鸡苗过来，我已养出经验，我要扩大规模。虽然脱了贫，但我还要奔小康！"

朱夫子

— 刘怀远 —

村里最有学问的当是朱夫子,自幼饱读诗书满腹经纶,平时不管谈论什么事情,都能引经据典,开口古语说,闭口圣人云。村里人都说,如果还有科举,朱夫子肯定能连中三元。

朱夫人十月怀胎,除夕夜分娩,生下一对双胞胎儿子。

两个孩子相隔一个多时辰来到世间,一个生在大年三十的亥时,另一个生在了新年正月初一子时。

谁大谁小?

朱夫子让后出生的当哥哥。

村人奇怪:"哥哥怎能比弟弟小一岁呢?"

朱夫子说:"晚生一个时辰恰巧到了下一年,哥哥小一岁也理所当然。"

"后生的是弟弟嘛,怎么能是哥哥呢?"

朱夫子解释道:"虽是同胞兄弟,坐胎还是有先后,先进去坐胎的当然是哥哥,他在里面,所以后出来;后进娘胎的在外面,所以先生出来。"

村人哈哈大笑。

朱夫子摇晃着头一本正经:"宋人洪迈所著的《容斋随笔》里《双生子》说得很清楚,其双生也,质家据见立先生,文家据本意立后生。并且商周时期就有这种认识了,我本文家弟子,怎能不按先贤所言排序长幼呢?"

人们眨巴着眼睛面面相觑。既然有出处,肯定是不会错的。

朱夫子的双胞胎儿子渐渐长大,"弟弟"却不甘愿当弟弟:"别人家双胞胎都是先出生的是哥哥,再说我都大他一岁了,怎么能是弟弟?"

奈何,在夫子面前是没法讲理的,慢慢地就形成了叛逆性格,顽皮不羁,不爱读书,更不爱听夫子唠叨,总能为丁点儿小事和夫子杠上一番。气得夫子点着他背影:"朽木不可雕也,粪土之墙不可圬也。"

邻里听不懂:"您说的是?"

夫子气呼呼地补上一句:"孺子不可教也!"

这个"不可教也"的"弟弟"刚长成和夫子一样高,突然远走,再无音信。

夫子很是不安,怕他在外面不学好。

过了几年,淞沪会战结束后,国民政府突然送来了勋章和嘉奖状，告知已是少尉军官的"弟弟"在与日寇激战中英勇牺牲。

朱夫人哭得昏厥过去，要夫子去上海把儿子的尸骨找回来。

夫子倒长长地吁出一口气："总算没有辱没门庭，青山处处埋忠骨，何须马革裹尸还！"

几天后，一队穿灰布军装纪律严明的抗日武装经过村头，夫子让"哥哥"跟上队伍走了。

村人惊叹："你真舍得再把这个儿子送去战场？"

夫子慷慨激昂地说："捐躯赴国难，视死忽如归，男儿自以身许国！"

在朱夫子送子参军的影响下，更多青壮年投身抗日洪流，村里除了老人妇女，就是未成年的孩子。

夫子思索了一天一夜后，决定开办义学，教村里孩子认字读书。夫子说："兵荒马乱总会过去，孩子们是国家社稷崛起的希望，不能荒废，莫等闲，白了少年头！"

白天孩子们要帮家里干农活，晚上夫子就在祠堂内点燃几盏油灯授课，他希望孩子们回家后继续自习读书。买来煤油和书籍、纸笔一起分给每个孩子。

夫人问："直接给钱不行吗？"

夫子坚决地摇头："不行，给了钱，贫困人家会挪作他用，不舍得买灯油。"

夜里，他挑着油桶，深一脚浅一脚地沿街走，对着有灯光的窗户喊："三更灯火五更鸡，正是男儿读书时，加油，加油咧！"

叫开门，再额外给灯里加煤油。

村人称赞:"您这奖励的法子好!"

朱夫子嘿嘿一笑:"我这是效仿来的,湖广总督张之洞的父亲张瑛老大人厚爱学子,深知很多穷家子弟晚上舍不得点灯耗油,故此每到深夜,他都会派人挑着桐油篓巡城,见谁在挑灯夜读,便给他添两勺灯油,以示鼓励。"

"哦。"村人都恍然大悟,原来"加油"是这么来的呀!

夫子的义学越办越红火,邻村的一些孩子也要来。夫子说:"只要是家里有人去扛枪打鬼子的,都可以来!"

一下,夫子的学生又增加了许多。

时间一长,给众多学生买书和"加油"成了大开销,夫子花光了家中的积蓄。他准备卖掉五亩良田,去汉口购一批煤油和纸笔回来。

村人说:"你真舍得。"

"卖却屋边三亩地,添成窗下一床书,但愿孩子们都读书成材,报效国家。"

村人问:"祖业田产不留给后人?"

夫子嘿嘿一笑:"子孙若如我,留钱做什么,贤而多财,则损其志;子孙不如我,留钱做什么,愚而多财,益增其过。"

村人问:"这至理名言又出自哪里?"

"虎门销烟的林则徐林大人说的,字字珠玑呀!"

朱夫子卖田助学的消息传出去,远近的富户争相出高价竞买。

卖田的钱拿回家,夜里来了蟊贼,翻箱倒柜之际,被夫子发现反锁屋内后大声呼喊,闻讯赶来的村人将蟊贼擒住,一看,是邻村的一个无赖。

夫子分开众人，气呼呼地朝他鼻子、眼眶、太阳穴连击三拳。

蟊贼的鼻孔淌出血："你是斯文人，君子动口不动手嘛！"

夫子狰狞着脸大骂："你个浑蛋，偷走买灯油纸笔的钱，就是偷走了孩子们的未来，偷走了我们民族的希望，他们学习不好，你会毁掉一批国家的栋梁啊！天杀的，老子打你是轻的，不弄死你，就已经便宜了你的狗命！"

村人都惊住，原来急了眼，夫子也动粗。

事后，有人问："您从没跟人打过架，不过那三拳好像很有章法。"

夫子儒雅地笑笑，一板一眼地说："《水浒传》里面有一段'鲁提辖拳打镇关西'，是我那三拳的祖师爷。"

嘿，朱夫子的一言一行真是都能引经据典！

下编

案 值

— 邢庆杰 —

夏日的一个雨夜,小城著名画家莫凤岐的"凤岐画苑"失窃了,丢失了一批他新近创作的国画。

莫凤岐是失窃的第二天一早报的案,不到中午,案子就破了。警方利用"天网"技术,很快就锁定了犯罪嫌疑人。

谁也没想到,盗窃者竟然是在同一条街上开装裱店的姚大河,莫凤岐店里的装裱活儿,都是交给姚大河做的,两人非常熟悉。姚大河被警察带走时,周围做生意的熟人们聚在一起议论纷纷,大家都不愿相信是真的,姚大河是多么老实的一个人呀,平日里话也不多,见人就会憨憨地笑,他还跟莫老师学过画,算是莫老师的学生,莫老师的画一直都在他店里装裱……这真是知人知面不知心呀……也有人替他辩解说,都是他那不争气的儿子逼的,儿要结婚买房，非得买那天价的学区房，老姚七拼八借的凑不够首付，脑子懵圈了……还有人说，莫老师的画一张就卖万把块钱，这一下姚大河的罪过可大了去了，没有个十年八年的甭想出来了……

下午，莫凤岐正在店里喝茶，管这条街的片警小于带着一个面生的警察进了门。小于介绍说："这是本次盗窃案的负责人刘警官，来了解一下失窃物品的具体情况。"

莫凤岐给两人斟上茶后，淡淡地说："报案的时候我已经说过了，丢了二十二张画，都是四尺整张的。"

小于以为莫凤岐没听明白，就解释说："刘警官想了解一下这批画的价值，为以后确定案值做参考。"

莫凤岐思索了一下说："一张纸也就是十几块钱，总共损失不到四百块钱。"

小于睁大了眼睛说："莫老师，您可别开玩笑，这一带的人谁不知道，您的画少说也得一万块一张，哪能按纸钱算呢？"

莫凤岐笑了笑说："那只是一个期望值，卖出去才作数，卖不出去的，就是一张纸，还是用过的废纸。"

刘警官神情严肃地说："莫老师，请您慎重考虑一下，您的作品价值，不但关系到我们破案的业绩，还是以后给罪犯量刑的重要依据。"

莫凤岐正色道："画一天卖不出去，成本就是一张纸，只有卖出去的，才是画的价格。"

见两个警察面面相觑，莫凤岐接着说："这就像做生意一样，还没有成交的买卖，哪里有利润呢？"

屋里静了下来,好久,谁也没有说话。

为了缓解一下有些尴尬的气氛,小于笑着说:"莫老师,您按平时的出售价格算一下,也好借这个案子炒作一下您的画呀!说不定您的画一下就火起来了呢。"

刘警官也笑了:"是呀,这也是个机会。"

莫凤岐给两位警察续上茶水,然后坐回到藤椅上,慢悠悠地说:"画算什么?说白了就是一张纸,重要的是人呀!"

送两位警察出门的时候,莫凤岐郑重地说:"姚大河不是惯犯,只是一时被钱逼得昏了头。"

刘警官忙说:"我明白,请莫老放心。"

几天后,姚大河被放了回来,因为他是初犯,案值又太小,且未造成实际损失,只被治安拘留了七天。

姚大河回来后一直没露面。第二天一早,人们发现他的店门大开,里面已经空空如也。

姚大河消失在人们的视线中,很快就被忘记了。人们所记住的,是莫凤岐先生的宽容与仁厚。

若干年后,莫凤岐仙逝,享年 96 岁。

当地习俗,为逝者出殡,起灵时要由孝子(儿子)摔瓦盆子,路上也由孝子打幡为逝者引路,丧事才算体面、圆满。没有儿子的,就退而求其次,由女婿代为"孝子"。莫凤岐只有一个女儿,早年留学美国,早在那里定居了。莫老先生病危时,女儿已经飞回来了,但她的洋女婿却没有随行,这摔瓦盆子打幡的事儿,要是由女儿来做,是要遭人耻笑的。负责治丧的"白总"(农村和社区葬礼负责人的俗称）愁得眉毛拧成了一个大疙瘩，却毫无办法。街坊们私下里感叹：没想到莫老师名望了一辈子，临了，却是这么个结局。

出殡这天一早，忽然有一个披麻戴孝的男人闯进灵堂，跪在莫老的灵前连磕了三个响头，哽咽着说："莫老师，我来给您打幡了！"言毕，放声大哭。

众人一看，有认识的，这个悲痛欲绝的男人正是多年前消失的姚大河。

这一下妥了，学生当"孝子"给老师送葬，符合规矩，"白总"紧皱的眉头总算舒展开了，帮忙治丧的街坊们也都松了一口气。莫凤岐的女儿如遇救星，连连磕头致谢。

时辰到，随着"白总"一声韵味十足的吆喝："起——灵——了——"姚大河长哭一声："爸——您走好！""啪"的一声将瓦盆摔得稀碎，引来了一片赞叹声！

莫凤岐的丧事办得很风光，人们都说，这打幡的"孝子"，比亲儿子哭得还伤心，头都磕出了血，莫老这一辈子，值了！

翱翔的白羊肚巾

– 高火花 –

如果可以，我想把这次的旅行称作翱翔。当洁白的箭一样的火车开过来时，我的心中蓦然升起一股豪壮感，和着几丝白发舞蹈。我的主人此刻开心得像个十岁的孩子，如果还有能力跳起来，我想她会欢呼蹦跳的。

要知道，我原先可是在千米的高原上待了二十年之久呢。但还有比我待得更久的一个人，现在已是驼背弯腰、步履艰难的黑瘦老人。她就是我的主人，她有个奇怪的名字，白驹驹。她脾气也很怪，花花绿绿的晚辈们来了一茬又一茬，几次三番劝她搬出窑洞，可她每次都是紧抓土炕，摇头抵抗。我在白驹驹头上被晃晕多次，正如她抵抗出洞后累得精疲力竭的昏睡。

二十年，我反正是待腻了。风大，土大，没水，没腰鼓表演。

没了腰鼓表演，我这白羊肚巾还有啥价值？

白驹驹却说，我不稀罕下山！都活一百年了，啥风浪没见过？再说，你们哪个不是在这高原上养大的？！

来劝说的人就这样被呛了回去。

春去暑来，高原上撒着几朵稀疏的绿，那是熬过饥渴幸存下来的酸枣树。

靠着孙辈们送来的衣食，白驹驹也熬过了寒冬和冷春。她支起玄孙小艺送的扶手架，颤巍巍走出窑洞，坐在院中一块黑石板上，感受夏日里特有的热风和热土，我在她头上尽情吸收热烈的、光彩夺目的阳光。

一阵丝溜溜的南风吹来，白驹驹做出一种闲散姿势，两腿盘坐在热乎乎的黑石板上，眯着眼，表情平和。我和着丝溜溜的南风，情不自禁扇起一块边角和几根银发舞蹈。舞蹈中，我想起二十年前的无限风光。那是怎样的一群后生啊，轰隆隆搏击腰间的鼓，奏出疾风骤雨般的音乐。我在白马头上狂舞，跟着腰鼓后生们在原上翱翔。

后来，在一个春风刮起的日子里，高原上的后生们纷纷离开高原，包括白马。白马是白驹驹的孙子。后生们几乎以俯冲的姿势飞下山，再也没回来。后生们曾经居住的窑洞也以箭一样的速度纷纷坍塌。我和白驹驹住的这个窑洞，在西南角缩着，很独立的样子。也许是太孤单，这唯一住着人的窑洞去年忍不住弄断自己一只脚，头顶的黄土轰隆一声笑着住进了屋。

黄土进屋后的那几天，来了三四个花花绿绿的晚辈，还有几个着正装的年轻人。晚辈自然是一通劝说,白驹驹自然拒绝出洞。着正装的年轻人异口同声,为安全考虑,必须搬出去,抬也要抬出去!晚辈们果真卸下一块门板,去抱白驹驹,白驹驹却像在炕上生了根。有一个晚辈眼尖,大喝一声,都别弄,太奶奶的手指出血了!原来,白驹驹十指紧抓土炕,几乎嵌了进去。着正装的年轻人又是异口同声,这老太太,真犟!他们说完,叮嘱年轻人几句加紧维修窑洞的话才离开。

晚辈们没几个人过来了,除了玄孙小艺。许是年轻,小艺逢学校放假就会扛来油米面菜,熟练地放进地窖。白驹驹心疼玄孙,每次都省吃俭用,遇着身体没力气,一顿饭就一个馍对付过去了。

小艺从不说让白驹驹搬离窑洞的话,只说些山下和学校的趣事。白驹驹津津有味听着玄孙说话,内心的喜悦虽没化作笑声,但这股喜悦会蔓延到头上为数不多的几根白发。我趴在白驹驹头上听得激动欢喜,总期盼未来某天能飞下高原,去小艺所说的世界里遨游一番。小艺每次离开时,总问白驹驹还想吃什么喝什么穿什么,下次好一并带来。白驹驹总说啥也不缺,只嘱咐小艺以后少来,专心做自己的事。

小艺再次到来的那个暑假,高原上旱得比往年更厉害些。小艺照例捎来油米面菜,只是多了一张纸和一部黑色的叫手机的东西。小艺放下东西,在白驹驹面前手舞足蹈,激动地摊开那张纸,双手做喇叭状,大声地说自己考上大学,学的是音乐表演。白驹驹很老了,耳朵经常不听使唤,但她这回听清楚了,也跟着激动,高兴地把我从头上取下来。我看到白驹驹眼里对小艺的宠溺,能淹没整个高原。

小艺打开那部手机给白驹驹看他训练的视频，我趴在白驹驹头上痴痴地看。突然，一个腰鼓表演令我和白驹驹同时打了个哆嗦。我能想到，白驹驹和我想的一样，二十年前高原上那场蓬勃热烈的庆丰收的腰鼓表演！

白驹驹破天荒问小艺，在哪里还能看腰鼓？小艺说，咱下了高原，哪里都有腰鼓，还有更多好看的。

我几乎也是以俯冲的姿势从高原飞到平原。在小艺的悉心安排下，我和白驹驹在一个阔大的广场观看了一场腰鼓表演。白驹驹年轻得像个十岁的孩子，眼里的光洒了一地，收也收不住，嘴里喃喃说着，这腰鼓队，没变！世道真变了，还有这样好的世界！我年轻的心也回来了，很想加入队伍中蹦跳。就在这时，小艺没有丝毫嫌弃，愉快地将我戴在他年轻的头上。我感觉自己释放出了比二十年前还要多的磅礴力量。原来，在平原翱翔的感觉丝毫不输高原！

我们看完了腰鼓，再看火车、坐火车。小艺告诉我们，那叫高铁。白驹驹坐在座位上，笑着说，这哪是火车，是地上的飞机呀！

我知道，我在新世界里翱翔，白驹驹也是。

毕胜可的理想

- 洪海勇 -

镇子上的人都说毕胜可是个傻子。不是缺心眼，是真傻，一个二十岁还不能说句完整话的人，能不傻吗？

毕胜可不傻。

毕胜可爱画画，家里的墙上画满了，就到外面画，连邻居家的外墙上也画满了。那些画没人能看得懂，七条腿的猫，三只翅膀的鸟，还有五只眼睛的小女孩。

有人指着那些画问毕胜可，猫咋七条腿？毕胜可说，跑，跑，跑。又问，鸟咋仨翅膀？毕胜可说，飞，飞，飞。还抖动了两下自己的双臂。那女孩呢？毕胜可说，春红，大眼睛眨，眨，眨。

问的人笑着走开了，毕胜可还在用粉笔画着他想画的东西。镇子的墙上到处都是毕胜可的画，被人擦掉了，就再画上去。毕胜可要把镇上的墙画满，他想把这些画给一个人看，那人就是春红。

春红爱唱歌，看到什么唱什么。整天从街头走到街尾，也从街头唱到街尾。每次看到毕胜可画画的时候她就停下来，但歌声没有停。

毕胜可画什么春红就唱什么。毕胜可画大树，春红就唱大树叶子，多，多，多，大树上面有虫子，爬，爬，爬。毕胜可画小鸡，春红就唱天亮了，咯，咯，咯。

毕胜可回过头给春红拍手，说，唱得好听。春红也拍手，说，画得好看。在毕胜可的眼里，穿着花衣裳的春红才好看。

镇上的人都拿这两个人没办法。一个疯疯癫癫整天咿咿呀呀，一个傻乎乎在大街上乱涂胡画。

人们经常看见毕胜可的妈拿着笤帚追着毕胜可，跑了好几条街，毕胜可一边跑，一边还往墙上划拉几笔。

人们也经常听到春红被关在家里，发出一声惨似一声的哀号。

可没过几日，毕胜可依然在镇上画画，春红也依然在镇上唱歌。

可是有一天，不用谁管，毕胜可不画画了，春红也不唱歌了。

镇子开始拆迁棚户区，老房子一排排倒下了。高高的新楼从地上长出来。街道宽了，车也多了，可街上的人却少了。

镇上的人都很欢喜，毕胜可和春红不欢喜。

人们总能看到春红在街头上小心翼翼地走，惊恐地看着过往的车辆，毕胜可望着新建的楼房发呆。

有一天，春红对毕胜可说，还想画不？毕胜可说，嗯。

春红就领着毕胜可向着镇子外走去。

镇子外有一座小山,叫草帽山。山上没有树,都是光秃秃的岩石,像一个巨大的草帽扣在大地上。

毕胜可高兴了,往山上裸露的岩石上画,再不怕让人擦掉。高楼林立的镇子上看不到毕胜可和春红了,他俩找到了自己的天堂。

每天两个人都会一前一后地来到草帽山。毕胜可画,春红看。春红唱,毕胜可听。

毕胜可要把山上所有的岩石都画满,只给春红一个人看。

毕胜可指着山上的岩石说,都给你。

春红使劲儿点头,然后说,傻。

毕胜可说,不傻。

春红就对着毕胜可的画唱起了歌。毕胜可一定要画满山上所有的岩石。

毕胜可和春红每天都在一起,有时候画画唱歌;有时候什么也不干,就在山坡上坐着,看天上的云,也看地上的小虫子;有时候他们会拉着手,不过到了镇子上就松开了。

镇上人都在说一个傻子和一个疯子恋爱了。

两家人哪里会允许家里再多一个傻子或疯子呢?毕胜可和春红都被关在了自己家里。两个人倒也老实,待在家里不吵不闹,不唱歌也不画画,只是对着窗外呆呆地看。

毕胜可能看见春红,春红也能看见毕胜可。两家就住前后楼,一个在七楼,一个在九楼。

有一天,两个人隔着窗子对视了很久,春红打开了窗户,毕胜可也打开了窗户。

春红那天穿得格外好看，红红的衣裳，还扎了麻花辫。毕胜可认真地看，他看见春红上了窗台，指了指镇子外草帽山的方向说，走。

然后就笑着跳了下去。

毕胜可也跟着说，走。也跳了下去，他没有笑。

……

毕胜可和春红走了。镇子上没有了毕胜可和春红，也没发生什么变化，人们谈论了一阵子他们，过段日子就没人说了。

又过了几年，草帽山岩石上的那些画也被雨水冲刷得干干净净的了。偶尔会有人想一下毕胜可和春红，但很快就把他们都忘了。

茶 汤

– 张海英 –

小满站在家门前的大榆树下，手搭凉棚，望向远方。一个人影在落日余晖中渐渐变大，手拄拐棍，破衣烂衫。那人停下来休息的时候，像极了田里的假人，几片破布挂在嶙峋的骨架上。

拐杖碰到了桌角。乞丐问，有茶汤卖吗？

小满瞥了一眼茶桌和茶碗，说，有，你看不见呀？

的确看不见。乞丐灰蒙蒙的脸上，深陷的眼窝子里，能放进去两个鸡蛋。

他低下头，双手局促不安，尴尬写满一脸。

更尴尬的是小满。坐下吧，我给你端碗茶汤！小满是个勤快人，话音未落，人已闪进屋，须臾，便捧出一壶茶汤来。小满的茶馆开在自家门口，大榆树底下摆几张桌子，就算是了。

乞丐坐下，立好棍子。鼻子被茶香吸引，凑到茶碗上。

白茶！乞丐的语气里有掩饰不住的激动和喜悦。

小满忍住笑，心想，谁还能要你的？不就是白喝茶吗？笑归笑，看乞丐闻着茶香比闻到饭菜的香味更享受的神情，小满感动了。毕竟，她也如他这般爱喝茶。

还有一个极爱喝茶的人叫莺歌。

莺歌是东北人，十八岁那年，随舅舅来南方做茶生意。来的那天，碰巧小满的父亲帮邻居盖房子，不小心从房上跌落，再也没醒过来。小满娘抱着小满爹不放，不让办丧事。

舅舅让莺歌带小满去买棺材，等到棺材买回来，小满娘才放开小满爹，号啕大哭。办完了丧事，娘的身体就不好了，小满传承了娘的手艺，熬得一手好茶汤。莺歌成了小满家茶馆的常客，说小满熬的茶汤真好喝。

茶园越发绿了。莺歌带小满去茶园，给她讲东北老家的故事。说那里大雪过后，地上便有了动物脚踪，梅花、竹叶像白纸上的水墨画。没见过雪的小满心生向往，想着有一天，也能亲自去看雪。小满咯咯笑着，笑出的酒窝里，飘出醉人的香气。莺歌呆住了，他仿佛看到，小满身后沃野千里，千里沃野上开满了桃花。

莺歌有了自己的茶园，他对小满说，我种茶你卖，过几年，把娘的旧房翻新，咱们一起住。

说这话的时候，莺歌偷眼看小满。小满一低头，你说啥呢？说着，脸上便着了桃花的颜色。

莺歌哈哈大笑，你要给我养两只狗，三只猫，还有一大群小娃娃。

日子流淌着甜蜜的气息，转眼，茶园深绿。

北方传来消息，日本人打过来了。一夜之间，村子烧成火海，莺歌的亲人全没了。莺歌抱着小满哭了一天，从此夜夜噩梦。

县上传来征兵的消息，要去北方打仗。小满冒雨在茶园里找到莺歌。

莺歌双眼一瞪，回去，报仇！

临走，小满端上一碗热茶汤。听说北方冷，我多放了些老姜。明天就要渡江了，有空来信，惦记着呢。

半个月后，莺歌来信说，到东北了，正在训练，等不及了，真想立马上战场。信的末尾说，很快就有一场硬仗要打，地址不定，不用回信。

茶园在清冷的寒气中日渐消沉，失去往日的光泽。自那封信以后，莺歌就没了消息。小满总是净手焚香，熬一碗茶汤，一封信看到天亮。

娘说，打仗呢，兵荒马乱的，邮封信多难呀！

小满不作声，喂饱了猫和狗，又晒了一些老姜。

……

夕阳沉落，天色渐暗。乞丐默不作声，小满又给他续了茶汤。细细的风里，有小满窸窸窣窣的脚步声，还有白茶素淡的香气，沉静、安详。

小满回屋添第三壶茶的时候，乞丐不见了，桌子上除了茶碗，还有一沓信，信上都写着"小满收"。

凭空出现这么多信，小满有些心慌，她急忙去拆信，手抖着，差点撕破信纸。

  一封信上说,这场仗打得太惨了,只剩下我和团长。一封信上说,写了几封信都邮不出去,等我回部队修整时,一起邮给你。又一封信上说,小满,我的眼睛不行了,医生说必须摘除眼球。明天就要手术了,这可能是我给你写的最后一封信。别哭,我的双腿还好好的呢!最后面一封信上写着"抚恤金",小满没拆开。

  娘,莺歌回来了!

  小满抱着信,发疯似的跑回屋,又发疯似的冲出来。

  群山起伏的茶园中间,那条大路上,一个小黑点,正慢慢地融进夜色里。

蝉 鸣

– 莫小谈 –

安化寺很小,在西山,一溜儿三间禅房,隐于郁郁葱葱的树木里。寺的正殿前栽有两排银杏,倒有些年头,生得枝繁叶茂。盛夏时节,这里蝉多。

我与伙伴们常在山脚下马棚里拔一根马鬃做套子,来到寺庙前的树林中套蝉。其实蝉也没什么好玩儿的,不过半日就死掉了,偶尔有不死的,也被哪个顽童掐掉口器放飞,还说:"去吧,判你饿死,再吸不了树汁儿。"

这日,我守在银杏树下举着套蝉的杆儿,瞄准一只鸣蝉下套。马鬃是棕黄色的,映着枝叶间的阳光,影影绰绰。蝉不知就里,好奇,用前爪试探着触碰马鬃套环,只在恰到好处的时机里,一顿,就得手了。但这次,在我将顿未顿时,无意间回头望见端坐在正殿当中的慧明和尚,他冲我招了招手。

慧明和尚很和善,经常下西山,偏衫的外面斜挎着一个土灰色的布兜,里面装着一沓鏊饼,薄薄的,酥酥的,还带有一丝丝的甜。看到我们在山坡下玩耍,慧明和尚就招手说:"过来,过来孩子们,发饼了,发饼了。"一帮孩童围将过来,伸手讨要,一人一张,不偏不向。有不懂事的吵闹着让他再发,慧明和尚就俯下身子轻声说:"不多了不多了,回家让奶奶烙给你吃。"孩子仰着脸,口中说:"奶奶不会呢。"慧明和尚倒认真起来,说:"告诉奶奶,调些玉米糊糊,再支起一张鏊子生起火,将黄糊糊薄薄地摊在鏊子上,烙,四周翘起皮儿了,翻个面,再烙,两面焦黄就成了。"孩子不听,还嚷嚷着要吃,怎奈,他又一人发了一张,还说:"幸亏今儿烙得多,才不至于辜负了后街的那些孩子。"

慧明和尚喜爱孩子们,会忽而抱起一个顽童驮在脖子上。顽童玩弄着他那颗光溜溜的脑袋,还指着戒疤说:"疤瘌子,坡脚子。"他也不生气,嘿嘿一笑说:"别闹别闹,再闹就没鏊饼吃了。"这么一说,顽童立即便止住了淘气,不闹了。周边村子里老人们迷信,常说,向慧明和尚讨一张饼,不仅是讨口食,更是讨吉祥,保人平安。

我曾错过好几次慧明和尚发鏊饼的时机。前日在慧明和尚返寺时,我拦住他,说:"再不给饼吃,就不与奶奶到寺里捐香火了。"慧明和尚笑着唤我为"小施主",还撑开偏衫上的布兜给我看,打一声佛号:"阿弥陀佛,没了,确实没了,哪天小施主上山来,我做给你吃。"

今儿在套蝉的当儿,慧明和尚冲我招了招手,我想他定是施我鏊饼，就放下套杆走向大殿。我站在殿外，依在殿门旁的柱子上注视着他。慧明和尚双目微闭，端坐在蒲团上，手持念珠，口中念念有词，诵经。站了一会儿，慧明和尚依然在打坐，在诵经，不理我。我觉得奇怪，既然招手让我过来，这会儿却又偏不理我了。

我不敢打扰，轻轻走进殿内，在他对面的蒲团上坐下，又故意弄出些许声响来，引他注意。慧明和尚还在打坐，还在诵经，还不理我。我等得无聊，无事可做，就四周打量殿内的陈设。殿内规规整整干干净净，到处一尘不染，那条他常斜挎在肩的土灰色布兜就陈列在香案旁边，半敞着口，还依稀散发出丝丝香甜。

布兜里面一定装有烙好的鏊饼。

我想，既然慧明和尚说了"上山来，我做给你吃"，既然适才在套蝉的当儿还向我招手示意，此刻讨一张解馋，也算了了心愿。我不由站起身来，向布袋走去，刚伸出手触及布袋，却听见慧明和尚"嗯"了一声，还拖了一个长音的后音。这声音在大殿内荡了一下，异常庄重，不及他平时与我们玩耍时那样亲切。他彼时也会发出类似"嗯"的一声，但听起来无比的可亲可暖。我只好又返回蒲团上，坐下，等待着慧明和尚诵经完毕。

时间慢慢划过，香案上始终青烟袅袅，布袋里始终散发着香甜，大殿外不时传来阵阵蝉鸣。慧明和尚依然双目微闭，手捻着念珠诵经，纹丝未动。久了，我便无聊得窘迫，于是便起身走出大殿。慧明和尚没有挽留，也没有说一句"小施主慢走"，好像我根本不曾来过。

伴着一阵阵蝉鸣，我下了西山。

此后，我时常回味那次与慧明和尚的相见。出家人不打诳语，既然答应了上山后给我鳌饼，还在大殿内向我招手，我进去了，不给，不理我，是何用意呢？多年以来，我好像落下了病根儿，每每听到蝉鸣，就会回想起那次捕蝉之景，就会冥想着那日慧明和尚的种种举止，却终探不出一个究竟。

现在更不可能了，慧明和尚圆寂了。

春风不说话

– 周海亮 –

女人咬着一根冰棍过来,坐上长椅。是春天,阳光很暖,春风浩荡。女人看着广场上的孩子们,嘴角勾起笑。孩子们正放起风筝,天蓝得失真,风筝飞得很高,孩子们的笑声随着风筝,蹿上了天。

女人的身边,坐着安静的老人。老人戴一顶方格子鸭舌帽,眯着眼休息,却不时睁开眼,看看广场上的孩子们。

女人将冰棍咬得"咯嘣嘣"响。

这么凉的东西,你得少吃。老人看着女人,说,对身体不好。他将鸭舌帽摘下,阳光抹上他堆满皱纹的脸。

偶尔,不碍事。女人冲老人笑笑。

年轻真好啊!老人说,我年轻的时候,也爱吃凉,爱吃辣……你多大了?

女人笑笑，不说话。

你今年多大了？老人紧追不舍。

三十二。女人说。

有孩子吗？

是男孩。女人指指正举着一个蝴蝶风筝的男孩，说，五岁了，皮得很……本没打算来，还有一堆家务要做，他偏嚷着要来广场上放风筝，说早跟幼儿园里的小朋友约好了……

老人摸摸口袋，却没有摸到香烟。老人这才想起他已经戒烟半年多了。可是他为什么要戒烟呢？老人想不起来。

我年轻的时候常来这里。老人说，不过那时这里没有广场，房子也很少……我记得那边是一片小树林，那边，是一片荒滩……那边……那边是什么呢？老人陷入沉思，我忘了那边是什么了……

河。

对，挺小的一条河。有时我会来钓鱼，那时候鱼可真多啊！

女人看着老人，将最后的一点冰棍塞进嘴里。男孩举着风筝从女人面前跑过，女人冲男孩喊，看着前面！跑慢点……

孩子都皮，特别是男孩，你不用管他。老人说，越皮的孩子，长大了越有出息。

老人似乎有些累。他倚上长椅，帽子遮住了脸。

女人看向远处。远处，一位老太太正朝这边走来。那是女人的母亲，她为她的外孙带来一件马甲。春天风大，小虎别感冒了。她说。她带来的那件马甲，足以装得下她的外孙。

女人与母亲站在广场上聊天。男孩的蝴蝶风筝飞得又高又飘。

男孩牵着手里的线绳，兴奋得满脸通红。

阳光愈来愈暖，女人脱掉风衣，再一次坐上长椅。

广场上，老太太从男孩的手里，接过线绳。

老人睁开眼睛，看看男孩，看看老太太，再看看身边的女人。

风大，你这样很容易着凉。老人指指女人的风衣，说。

不碍事。女人笑笑。

年轻真好啊！我年轻的时候也不喜欢穿棉，也不觉得冷。老人盯着女人，你多大了？

三十二。

结婚了吧？

那个男孩是我儿子。女人指指广场上的男孩，说，五岁了，特别皮。本来昨天计划好了，今天跟他爸去看电影，早晨起来，突然说几天前就跟幼儿园里的小朋友约好了，要来放风筝……

重承诺，挺好。老人说，再说，让孩子放风筝，比闷在屋子里强多了……我记得我女儿四五岁的时候，我经常带她来放风筝。不过那时候还没有广场，房子也很少……那边是一片小树林，那边，是一片荒滩……那边，那边是什么呢？

老人陷入沉思。

河。女人说。

对，挺小的一条河。有时我会来钓鱼，那时候鱼真多啊！

老人似乎有些疲惫。他再一次倚上长椅，帽子遮住脸，打起了盹儿。男孩从他和女人面前跑过，兴奋得大呼小叫。

女人站起来，走到老太太面前。天已晌午，阳光越来越亮，风却越来越小。男孩极不情愿地收了风筝,走到女人面前,希望女人能给他买一根冰棍。我身体好着呢,我不怕冷。他说。

男孩举着冰棍,女人牵着男孩,三个人来到仍倚在长椅上打盹儿的老人面前,静静地看着他。

老人慵懒地睁开眼睛,打量着他们。

男孩上前,拉起老人的手。外公!男孩说。

老人的表情有些发蒙。

老太太将那件马甲,披到老人身上。

该回家吃饭了,爸。女人冲老人笑笑,说。

打白糖的小李郎

- 唐波清 -

"打白糖喽！白糖又甜又脆，吃一口甜掉牙，吃两口舔掉下巴……"卖白糖的小李郎从村东头开始吆喝起来。在湘北地区，人们习惯管"卖白糖"叫"打白糖"。

村里人都喜欢小李郎，可小凤却不待见他。小凤是村长家的丫头，村长就她一根独苗，从小就娇生惯养。打白糖的小李郎是外乡人，每个月总要挑着货担来村子里叫卖。头一回，就在那棵大槐树下，小李郎刚进村口就被小凤蛮横拦下，她拿起一块白糖撒腿就跑。小李郎追着小凤叫喊："你还没给钱呢。"坐在大槐树下拉家常的堂客们一阵哄笑："小哥儿，你就别追这丫头了，还是找村长要钱去吧。"

小李郎挑起沉重的货担，一路寻摸到村长家。村长对小李郎赔着僵硬的笑脸,如数付了白糖钱。村长对小凤板着长脸,好一顿臭骂,有点指桑骂槐的味道。从此,小凤就记恨上了小李郎。

不打不相识。小李郎是个聪明人,再来村子时,每回先到村长家"拜码头",总要给村长家带点小礼物,不是烟就是酒。村长也是个讲情义的人,总要留小李郎吃顿便饭。喝了几回酒,村长和小李郎便成了忘年交。可小凤还是记恨小李郎,她老觉得他不是好人,总用烟酒巴结她爹,他从来没给她带过礼物。于是,小凤便趁小李郎和她爹喝酒的时候,偷吃他的白糖,一个人吃不完,便拿出去给她的玩伴姐妹们分享。

村长和小李郎酒兴正浓。村长堂客插话说:"小李郎,你能帮咱家打一场白糖吗?等过年的时候,咱也好让亲戚朋友一起尝尝。"

小李郎满口答应。小李郎在村长家住了下来。村长家聚集了很多看热闹的人,小凤和一群疯丫头也挤在里头。

小李郎对村里看热闹的人这样说:"今天下午先浸泡一桶糯米,要泡足十二个钟头,等到明天凌晨三点起床,再泡上麦芽,然后将糯米放到柴火灶上蒸六个钟头。这个'泡、蒸'的过程缓慢,大伙儿就请回吧,明天上午九点再来观摩'熬、拉'的场景,熬糖和拉糖才有点看头。"

晚上,村长一家人在等待浸泡糯米的空闲,便和小李郎扯起打白糖的闲篇。

小李郎说起打白糖,头头是道,如数家珍。打白糖十分讲究,制作技巧全凭传统经验,全凭闻、看、手感来识别。如果手艺不精,就会产生老糖或者嫩糖。关键还要讲究卫生,绝对不能马虎。如果不讲卫生，打白糖就不会白亮显眼。打糖师傅说得好："麻糖讲技巧，精细不可少，稍有马虎样，麻糖无人要。"

村长和他堂客听得很入神。小凤似乎开始不那么记恨小李郎，她头一次打量灯光下的他，五官端正，一脸红润，除了皮肤有点黑以外，几乎说不上有啥缺陷。

村长堂客好奇地问："咋又叫'麻糖'和'麦芽糖'呢？"

小李郎很有学问地答话："打白糖，俗称'麻糖'。为了好吃又有卖相，便在白糖的面上撒放一层芝麻。这'白糖'就是'麦芽糖'，古时称为'饴'，在《说文解字》里解释为'饴米所煎也'。听老人说故事，这'白糖'用来粘住灶王神的嘴，等灶王神到了天庭就不会向玉皇大帝报告家庭里的坏事。"

小凤听得笑出了声。小凤惊奇地问："你念过书？还懂《说文解字》？"

小李郎点点头："读过几年书，爷爷是个教书匠，他教咱读过《说文解字》，他还教咱写过毛笔字呢。"

村长瞪大眼睛，似乎不敢相信。村长使唤小凤："丫头，你赶快上代销店买毛笔和红纸，还有墨汁。"村长要请小李郎写春联。

小凤铺开红纸，小李郎润笔舔墨。只见小李郎气定神闲，笔力劲挺，一气呵成，一副对联跃然纸上：上联"白糖麻糖都是打白糖"，下联"朋友亲友均为好朋友"。

村长连声叫好。小凤刮目相看。

第二天，村里围观的人里三层外三层。小李郎将麦芽与糯米搅拌发酵，用传统"糖舂"挤压缓缓流出的糖汁；再入锅熬煮成黏稠状态，然后将糖浆倒进米筛中冷却；最后上架子拉白糖，一团团凝固成块的黄色半透明糖浆，反复拉伸搅打，小李郎如同甘肃拉面师傅的架势，左右开工，来回摆动，上下飞舞，糖浆逐渐变白，小李郎仿佛就是一个魔术师，说变就变，神秘莫测。村里围观的人纷纷竖起大拇指。

小李郎挑着货担回了老家。小凤时不时地想起小李郎，想起他谈天说地的专注神情，想起他书写对联的潇洒动作，想起他拉打白糖的高超技艺。小凤自个儿也没弄明白这种莫名其妙的心思，咱为啥要想起小李郎？

春节前后两个月，小李郎一直没来村子。小凤有些烦躁，她有时候竟然鬼使神差地走到大槐树下张望。

三月阳春。"打白糖喽……"熟悉的吆喝声，迷得小凤春意盎然。

小凤一路疯跑，第一个站在小李郎的货担前。老人、女人、小孩，越聚越多。小李郎摘下头上的大斗笠，慢慢揭开一层盖在白糖上的薄膜，一大块豆腐似的金黄色的"白糖"呈现在阳光下。小凤忍不住咽下口水。小李郎取出一把小榔头和一柄小铲子，用小铲子放在"白糖"上面比画，用小榔头"笃、笃"地敲打铲子柄。小凤觉得这种"笃、笃"的敲击声，美妙动听，悦耳动人；这种声音是对"白糖"的期盼，也是对小李郎的期盼。

晌午时分，小凤引着小李郎进了家门。这回，小李郎除了给村长带上烟酒之外，还给小凤送了一条鲜红的大围脖。

那天，小李郎和村长喝醉了，可小凤没喝酒也醉了。

戴礼帽的女人

– 岑燮钧 –

　　舜江老东门外开店的女人中，就数这一位看起来优雅，几乎没人见过她不戴帽子的样子。冬天，戴一顶米色的绒线帽子，右边的帽檐上还缀着一朵花。春秋季，帽子的样子就更多了。就是夏天，也戴着一顶薄丝质的帽子，帽檐撑开来，像倒覆的一片荷叶。出门去，戴着帽子，袅袅娜娜的，倒也好看。可是，在家里，她也如此。透过落地玻璃，经常见他们夫妻俩在打牌，她戴着帽子，像一个在沙龙聚会的贵妇人。

　　他们开的是一家名酒专营店，也许是搞批发的，店里少有人来。黄昏时候，隔壁烟杂店的女人最忙，咋咋呼呼着；他们最闲，斜射进来的夕阳的光返照出来，店堂里显得迷离惝恍。她对着玻璃茶几，要么并着两腿，侧弯坐着，像个老淑女；要么一条腿搁在另一条腿上,就缺一根烟夹在手指上了。男人出一张牌,她也出一张牌,让人感觉又温暖又清冷。有时,烟杂店的女人会突然闯进来:"哟,你们夫妻俩,倒是悠笃笃的!"她是来避难的。她们店里,人进人出:一边,媳妇在骂孙子;一边,顾客等得心焦,想让她帮着收个钱。她只管进货送货,懒得管这个活:"管不好的了,管了今天还有明天呢,哪像你们,进的是高档酒,干的是高档活,清静!"

到了夏天,烟杂店的女人去进货送货时,也戴了一顶像沙漠女人戴的帽子,遮太阳。人家在她媳妇面前夸赞她,她媳妇努努嘴,瞟了一眼隔壁,意思是学人家的样呢。大家就嘿嘿一笑。那倒是,人与人之间是不一样的。名酒店的女人戴着帽子,没人觉得她不伦不类。她什么活都不干的,除了伺候一只京巴狗;就是她老公,也只是拾掇拾掇花草,仿佛他们就该这么悠闲似的。他们很少跟人来往。有时看见她去附近小公园散个步,也是一个人走,孤零零的。她目不斜视,仿佛就为走路而走路。跟这里的土著不一样,他们买下这个店堂,也就两三年的样子。

有一回,烟杂店的女人终于忍不住了,问道:"我从未见过你们的孩子,他不来的吗?"

"他到英国读博士去了,已经有三年没回来了。"她说话的时候,有点小小的得意,又有点小小的感伤。

"啊哟,那是让人羡慕的,读书这么好!你看看我家孙子,写个作业,跟杀猪似的,还要全家总动员呢。"

这时,她男人走过来:"你们也好的,每天团团圆圆。你看我们两人,大眼对小眼——不知什么时候才能抱孙子呢。"

"我是每天烦死，奶奶长奶奶短，每天缠着我，一会儿要这个，一会儿要那个，我是对我孙子说——找你妈去！"

他们的孩子去读书时，男人是支持的。自从去年开始，男人也有点后悔了。为的啥事？就为的这疫情。自从新冠病毒肆虐以来，他们天天看新闻。这英国的疫情，牵着他们的心，这不，连首相都传染上了，这疫情有多严重啊。

"我是不吃安眠药根本就睡不着，你看我，脸色难看不？"她朝向烟杂店的女人。

烟杂店的女人把这事说给媳妇听之后，媳妇说："难怪哉，像个英国人，戴着个帽子，好像电影里的一样，原来她儿子在英国读书啊。"

每天晚饭后，他们依然在筒灯下，一对一打牌。他们很少把店里的灯开得金碧辉煌，让人怀疑他们是吝啬，舍不得点灯。店堂暗沉沉的，只有靠近落地玻璃的地方，才有亮光，两人仿佛是活体模特，在玻璃里展览着。

终于有一天，她对烟杂店的女人说："我儿子要回来了！"这几乎是唯一的一次，她主动跟人说事。

"那好啊，这次回来了，可别让他再走了！"

女人有那么一两秒走神了，然后讪讪地笑了一下："我也这样想……"

他们门前的一辆白色宝马，从来是干干净净的，男人有事没事总擦一擦。这一天，他又在擦车，烟杂店的女人问道："干啥去？"

"接儿子去，隔离结束，下午去宾馆接一下。"

他们什么时候来的，她不知道。第二天问道："你儿子回来了？""回来了。"戴礼帽的女人难得露出了笑容。"咋没看见他呢？""在楼上呢。"这自然是好的。儿子来了，男人忙碌了很多，每天上街买菜。女人整天地消毒啊，拖地啊，他们两人面对面坐着打牌的时间就没了。但是，女人依旧戴着礼帽，除了她男人，估计没人见过她盘在上面的头发——两鬓只露出少许，染黄的，根部稍有花白的痕迹。

有好几次，烟杂店的女人被家里的事烦死，就踱到她家来，问道："你儿子呢？""在楼上。""怎么不下来呢？""在学习呢，在上网课……""还回去不？""我是让他在国内找个工作，他说要回去，就要实习了，去世界五百强企业呢。"她的语气有点无可奈何，又好像有点为儿子骄傲。烟杂店的女人自然是夸赞她儿子一番。但是，与别人不同的是，这个女人也没多大劲头接这个话茬儿。她一眼不眨地看着烟杂店的女人的孙子过来找她，硬拉着她回去。

不知过了几个月，这个戴礼帽的女人，又与她男人一对一地打起牌来。他们的儿子飞走了。

夕阳的光照进名酒专营店的店堂，有种暗暗的金黄色，又温暖又清冷。隔壁烟杂店的女人在发牢骚，她总是这样的。这个女人的心思全不在隔壁人家上，她对着玻璃外马路上的车来车往发呆。她拿下礼帽的时候，突然，烟杂店的女人闯了进来，她愣了一下，大咧咧道："哟，你怎么顶上的头发全白了？"

"岂止是全白了，还掉发呢，不戴帽子，根本就走不出去。"

"我是想，你干吗一直戴着帽子。"

"愁白的啊！"

点　赞

- 颜士富 -

安全科就俩女人——罗慧和范梅，一个科长，一个科员。

人少就显示不出官的优势，什么工作都一起上，分不出高和下。

她俩都在办公室时，有事干活，没事就聊聊天下大事，关系挺融洽。

这样工作多少年，两人都感觉挺好。

微信朋友圈诞生后，渐渐地就改变了她俩相处的关系，没事的时候很少谈论，每人都抱着手机刷朋友圈。

朋友圈给人们的生活带来了丰富的信息量，当然，也能映射出一些人的情绪变化。比如朋友圈里一项小小的点赞，就藏着很深的玄机。

罗慧城府深，既不发朋友圈，刷朋友圈时也很少给人点赞。

如此，不会给任何人情绪带来波动。

范梅就不同了，每天打开朋友圈，首先晒晒自己的照片，还有一些心灵鸡汤式的感悟，显摆着自己的文采。

罗慧路过了，只是看看而已，并不做出反应。时间长了，罗慧也会在朋友圈发些工作动态方面的消息。范梅路过了，一看了之。

某一天，范梅晒出自己小宝贝的生日照，罗慧路过了，顺手给了个赞。范梅兴奋不已，感觉领导给自己面子了。于是，立即打开罗慧朋友圈，一赞到底。

罗慧看了，一笑了之，感觉范梅挺有意思。

其实，罗慧并不刻意去为某某点赞，有时感觉内容有趣或值得一赞，就点一下，对那些无聊的话题就忽略而过。

范梅就喜欢发些无聊的东西，比如中午小鸡炖蘑菇之类的也要在朋友圈晒晒。

罗慧刷到范梅的朋友圈时就不屑一顾。

没有了赞，范梅很纳闷，罗慧为什么不给自己点赞呢，范梅百思不得其解。范梅太在乎了。于是她不知是有意还是无意，也不再继续为罗慧点赞了。

小事毕竟是小事，如果把小事无限放大了，上升到做人的高度，就会影响到两人相处的关系了。

从此，罗慧对范梅冷不冷热不热的。因为工作上的一点小事，罗慧就批评，口气很硬。一时间闹得空气有点紧张。

两人的关系就这样僵着。

有一天，组织上来考察罗慧，罗慧可能要调出安全科，是提拔还是平调,范梅不知道,她走了,科长的位置就空下来了,对于范梅来说,这也是一个机会。罗慧走的时候,会不会给自己说些好话呢?

一天晚上,范梅约了自己的闺密,想让闺密为自己支着。

闺密如约来到一个茶吧,两人面对面坐着。范梅说,事情是这样的,开始吧,科长好像也不发朋友圈,也不给任何人点赞,有一天,她竟给我点赞了,我一激动,就每天给她点赞。鬼使神差了,她又不给我点了,我想嘛,这个也是礼尚往来,从此,我也不再为她点赞了。说到这儿,范梅叹了口气说,没想到,她也在乎这个。

闺密听后,说,小样,还跟领导分庭抗礼了。

哎,范梅说,事已至此,你替我把把脉,看看如何改善这种僵局。

闺密略一沉思,说,表现不能太露骨,那样会让对方更看不起你。

快说吧,找你来就是想让你支着的。

用一种微妙的方法,潜移默化,自然水到渠成。闺密说,在哪儿跌倒,就从哪儿爬起吧。

经闺密这么一点拨,范梅恍然大悟。她每天晚上回到家,做的第一件事,就是打开罗慧的朋友圈,一赞到底。

有时夜里一觉醒来,也不忘打开罗慧的朋友圈,看看有没有新的动态。范梅如此坚持不懈。

数日下来,两人的关系并没有得到改善。

罗慧的调令终于来了。罗慧走了，公司又派了一位科长来。范梅失望了。

在走的时候，罗慧冷不丁来了一句：幸灾乐祸！

其实，范梅到最后也不明白，是点赞给她惹的祸——罗慧母亲去世的消息，她在下面来了个大大的赞！

饭 盒

– 曾颖 –

我在报社上班时,有一位年轻同事小宇,与我一样,在搞新闻的同时,不务正业地喜欢文学,我们俩像在非洲偶遇的老乡,在不通语言的异乡,偶尔交谈一下,回味回味乡音,安慰一下孤独的心。

有天午饭时,我们又坐到一起,小宇说:"我刚看了你写的妈妈做菜的文章,忍不住大哭了一场。"

那不过是一篇回忆妈妈做凉拌猪头的文字,行文甚至有些自以为的幽默,怎么会惹得对方大哭一场呢?我表示困惑。

他说:"那是因为从小到大,我就没有吃过妈妈做的饭菜!"

"你妈妈……在你出生时就走了,你从没见过她?"

"不,她没走,我见过……"

接下来,他给我讲了一个不可思议的故事:

妈妈是个疯子,流浪到我们村。奶奶见她模样还算标致,就把她洗干净换了衣服,给我爸留下了。我爸自幼患病坏了一条腿,年过三十都没说上媳妇。奶奶想,如果疯子乖,就做媳妇,如果不乖,等她生个娃,就撵她走。留小不留大,村里有人家就这么干过。

一年后,就有了我,中途疯子闹的周折和笑话,自不必说,总之,把她留下来当媳妇的想法,是没办法实现了。奶奶于是找了个拖拉机,把妈妈哄上车,塞给她几个馒头和一个布娃娃,就把她送到了十几里外的乡镇了。

但没过几天,妈妈就又回来了,以疯子特有的执着,跋山涉水,跳桥翻墙,更黑更脏地站在离奶奶不远的地方,直勾勾地看着奶奶手中的我。

这样反复了好多次,让奶奶最终失去了把她往外送的信心和力气。

这时候,我也一天天长大了,开始在村小读书。学校九十几个孩子,彼此都知根知底的,我是疯子生的,不仅不是秘密,反而是随手可以用来打击我的武器。对我来说,妈妈不是妈妈,而是触碰不得的伤疤。

但妈妈却不管这些,她总会在离我不远的地方,干一些令我尴尬的事,或用乌黑的手捧几个山枣让我吃,或冲着笑骂我的孩子吐口水,或在不远的地方冲我花痴般的微笑……

而所有行为中,最让我无法接受的,就是她给我送饭。

那时候,村小没有食堂,甚至连代蒸饭的伙房都没有。离家近的孩子,可以回家吃,而远一点的,就早饭多吃一点,晚上早点回家吃饭,饿的话,就在小店买根火腿肠或辣条垫垫。我就属于这一类,在没看过别人所谓正常生活之前,我觉得人的生活都是这样,一日两餐,中间加一包辣条或薯片,也没什么不好。

但我的妈妈,并不同意这点。从我进学校开始,就在为我的午饭打主意,于是,我的噩梦,便一个一个如滔滔江水绵绵不绝。

每天中午,下课铃一响,就能看到妈妈端着一个不知从哪里捡来的铝饭盒,那饭盒像她的脸和手一样脏兮兮的,泛着黑色的油光,盒子里究竟装着什么,我从来没有看清楚过,因为每次见她,我都像见了瘟神,唯一的反应就是逃,撒开脚丫子,翻墙越户,没命地逃。我实在太害怕听到那几个讨厌鬼同学扯着怪哭嗓子喊:"小宇宇,吃饭饭喽!"

据看过饭盒的同学们说,那饭盒里有时是泡饼子,有时是汤饭,有时是菜叶,有时是黑漆麻古的糊,有时甚至能看到青蛙死不瞑目的头。这些东西,不知来自哪里,我也不愿意去深想,反正不可能来自什么正常的地方。

很长一段时间里,午餐成为我的噩梦,我不仅要忍住饥饿东逃西窜,还要忍气吞声听同学们幸灾乐祸的笑闹,为此,我不知吵了多少嘴打了多少架,我在心里恨疯子,恨给我疯子妈妈的老天爷,恨讥笑和嘲弄我的所有人。我多希望疯子不再往学校送饭,为此,我甚至祈求老天爷刮风下雨打雷下雪,甚至希望疯子摔伤甚至死掉。

但这一切,并没有发生,即使老天爷偶尔开恩降下一场大雪,但仍不妨碍她端着一盒冒着热气的东西,嘴里鼻里喘着粗气,头发和睫毛上挂着冰凌,笑呵呵地扑将过来。这时,她的脸和手,不再是黑色,而变成鲜艳的粉红……

老天爷靠不住,只有自力更生,去阻止这个噩梦的延续。

读四年级的某一天,心里估摸着不再那么害怕的时候,我决定主动出击。

那天,我悄悄寻到疯子住的山洞里,将她用来煮东西的锅砸烂,三块石头垒成的灶踢平,还把我见的次数最多并深恶痛绝的铝饭盒,踩成一块平板。疯子当时正好不在,我的突袭行动高效而顺利地完成了,我想,疯子和她那些可怕的食物,再也不会来骚扰我了!

然而,老天爷并没有让我得意太久,第二天中午,下课铃响起的时候,熟悉的场景又一次上演——头发蓬乱、手脸黑黑的她,又一次捧着一盒热气腾腾的东西,笑嘻嘻地从远处跑来。唯一不同的,是那个被我费尽九牛二虎之力砸平的饭盒,局部恢复了功能,天知道她是怎么做到的。

在讨厌鬼同学们拖着嗓子喊的"吃饭饭"声中,我奔逃着,发誓要离开这个令我难堪和痛苦的地方,越远越好。

在我寻死觅活的要挟之下,父亲终于答应让我进城读书,虽然路程远了很多,还要住校,但一想着要逃离疯子,以及由她带来的不愉快经历,我就兴奋异常。

住校半年之后,我听说疯子死了。我对此的感觉,是如释重负。总觉得于她于我,都是一种解脱。这种感觉保持了很久,直到有个亲戚告诉我说疯子是饿死的,我才感觉到惊异——因为在我的记忆里,她是能做吃食的,虽然并不十分干净,但至少是能填肚子的。

如果说是死于肠胃炎，我倒更愿意相信一些，但饿死，有点玄。

那亲戚说："那些食物，是为你做的。你在时，她每天做，也能跟着吃一点。你不在了，她做了也没意义，就不做了……就饿死了。"

亲戚的这句话，像一大片乌云，塞到我心中，第一次对疯子，对那个我一直没承认过但的的确确是我的妈妈的可怜女人，产生了愧疚的感觉。我甚至为当初的奔逃，发自内心地追悔起来——曾经，有上千次机会，我可以停下来尝一口她做的东西，那样，我也不再是一个从没吃过妈妈做的饭的可怜孩子，但我都逃走了。

那天，我专程跑到砸锅的小山洞，想找到那个饭盒。

但山洞已被清扫了，什么都没留下。

仿佛那个烂饭盒和我的疯妈妈，从没来过……

黑色的潮水

— 赵悠燕 —

再过七天便是除夕了。季一诺家里突然来了很多人,他们像海里的鱼,在这幢硕大的房子里进进出出。他们不说话,脸上挂着凝重的表情。季一诺饥一顿饱一顿,没人管他,他乐得跑到院子里跟小狗玩。

他不喜欢待在屋子里,里面的气氛让他想到黑夜里的大海。

你爷爷快死了!一个人从房子里走出来,狠狠地对季一诺说。也许是因为他跟小狗玩得太开心了,嘴里发出了哈哈的笑声。

季一诺不睬他。爷爷躺在床上一年多了,屎尿落床,他走进爷爷的房间,总会闻到一股酸臭味。奶奶和姑妈不停地给他换床单,有一次,他看见爷爷赤裸的身子,吓了一跳,他瘦弱干瘪的身子像一截枯木,他转过身,立刻跑掉了。

下午，阿宝老裁缝来了。他是这个镇上最有名的裁缝师傅，据说他给人做衣服不用量尺寸，只是目测一下，唰唰唰在本子上写下字来。过了几天，一套崭新的衣服便套在客人身上，合身妥帖。

现在做衣服的人渐渐少了，但阿宝老裁缝的手艺还在。这些年，他专门给人做"寄老衣"，大白天，镇上的人一看见阿宝出现，便知道他要去的那户人家有人要过世了。

季一诺家的堂屋里，姑父早已卸下了门板。两根长条凳上架着那块原木色的旧门板，成了一个支起的案台，上面放着阿宝老裁缝带来的工具，剪刀、尺子、划粉、针线、熨斗，一大摞黑色白色的布堆在一起。旁边，是一台老式的脚踏缝纫机。

季一诺隔一会儿跑进去看，他听见剪刀沿着黑布前行的声音，暗沉得像爷爷的呼吸，他起伏的胸腔里似乎藏了一个自动发声的哨子。季一诺的手被人牵到爷爷跟前，爷爷看见他，凹陷的眼珠子咕噜转了一下。他轻轻触碰了下那双青筋绽露的手，凉凉的，吓得立刻缩回。他觉得有点难为情，不由低下了头。

奶奶说，老头子，马上就要过年了。无论如何，你要吃了年夜饭再走啊。

季一诺听见爷爷胸腔里的哨声更响了。旁边人安慰哭泣的奶奶，寄老衣没做好，他不会走的。

季一诺去看阿宝老裁缝，把刚才那段话告诉他。阿宝说，我知道我知道，你爷爷不会那么快走的。

阿宝老裁缝走进房间，旁边的人赶紧端了椅子给他坐。他在床前俯身贴着爷爷耳朵喊，老哥啊，你穿的寄老衣没几天是做不好的，再等等啊。

季一诺看见爷爷微微点了下头，奶奶抬起泛着泪花的双眼，感激地看着阿宝老裁缝。

过年的鞭炮声此起彼伏地响起来。这天，爷爷突然想喝小米粥，季一诺扔掉手里正玩的陀螺，跟着人跑进房间。他看见爷爷靠在床上，脸上泛着微润的红光，姑姑端着碗站在他跟前。爷爷喝粥的声音很响，呼呼噜噜，仿佛粥在他口腔里唱了小调。

爷爷出生于大户人家，家里规矩很重，吃饭不能发出响声。爷爷把一辈子吃饭的响声都聚集在喝粥上了。

阿宝老裁缝过年没回家，吃了年夜饭后，又干起活来。他手里拎着一件成型的黑色直襟棉袄，正低头吃力地盘眼、锁扣。

阿宝老裁缝几乎跟爷爷一样老，不知道他死的时候，谁给他做寄老衣。

听见季一诺这样问，他笑起来，我老早就给自己做好啦。阿宝老裁缝说，今晚我不能睡觉，得赶紧把这些活干完。熬得过三十熬不过初一啊。

第二天，季一诺醒来的时候，觉得周围出奇的安静。他一咕噜起床，跑到爷爷的房间，床上空荡荡的，爷爷不见了。他又跑到堂屋，看见爷爷已经穿上了阿宝老裁缝做的新衣服，衣服很合身，不大也不小，爷爷的脸在一身黑衣裤的衬托下显得煞白。

堂屋里站了好些人，他们沉默着，季一诺想起礁岩上的藤壶，它们聚集在一起，默不作声，丑陋，让人心惊。

阿宝老裁缝不见了。季一诺知道爷爷死了,突然,一股忧伤的情绪蔓延上来,如黑色的潮水要把他淹没,他几乎透不过气,不由咧开嘴,哇的一声哭起来。

一双手立刻捂住了他的嘴巴,他的耳边响起一声严厉的断喝:大年初一,不许哭!

花草之眼

- 聂鑫森 -

秋风送凉，雁字南飞。

蓄着短发的杨帆，再次走向这个自行车修理铺，已是十年后。

上午十点钟，株洲工业大学的校园里很安静，学生们都上课去了。她推着一辆刚买的"永久牌"自行车，经过校门口的传达室，再折向右边的一溜砖瓦平房，在一个窄小的门脸边支好车。

店堂里，放着好几辆待修的自行车，一个头发斑白的汉子，正蹲着修补戳破了的车胎，洗白的蓝工装上油污斑斑。在店堂上端的小桌上，放着一个插了一枝洁白芦花的绿瓷小花瓶，一个侧身而坐的女人，面对着芦花，久久静默。

杨帆眼里兀地有了盈盈的泪水。

车师傅和他妻子还守着这个修车铺。

杨帆十年前从黔西一个小县，考上这所大学的包装设计系，师姐们就说起了这个夫妻店，还说他们已经在此修车好几年了。

车师傅叫车百里。妻子叫蓝姑，是个盲人。

从穷乡僻壤来的杨帆，怎么也没想到大学的校园有这么大，从宿舍区到教学区，要走三十几分钟；到食堂吃个饭，到图书馆去借书，都有不短的距离。自行车成了校园里最受人欢迎的交通工具。"永久""凤凰""飞鸽"……什么型号什么牌子的车都有。

杨帆不敢奢望。一个贫困农家的女儿，下面还有两个弟弟，读书钱全靠父母从土里刨出来。好不容易考上大学，学费和生活费都是由县教育局担保向银行去借贷的。同学问她怎么不去买辆自行车，她说："在家走路爬山练出了脚力，方便哩。再说车子出毛病了，我不会修。"懂事的同学连忙附和地点点头。

杨帆真的需要一辆车，可以节约出许多时间，去读书听讲座，还能去校外看展览看风景。她决心从牙缝里省出钱来，买一辆只要可以凑合骑就行的二手自行车。她从修理铺前经过时，总会情不自禁地停下来，看码在墙边的自行车零散配件，笼头、车架、钢圈、踏脚，很多都生锈了。

一天中饭后，她走进了修车铺。车师傅在校正钢圈，蓝姑在"看"花瓶里的一枝杜鹃花。

车师傅问："小同学，你要修车？"

"不……不。是……是那枝淡蓝色的野菊花把我引来的，真好看。大嫂看花的样子，也很美。我叫杨帆，刚进校不久的新生。"

车师傅笑了，蓝姑也笑了。

"我发现你每天都在花瓶里插上花或者草,你对大嫂真好。"

"我从乡下来这里打工,带着她,为的是让家里老人减轻负担,也赚些钱寄回家去。这些花草,老家的屋前屋后都有,蓝姑看不见,但闻得出它们的气味,心里就不发愁了。"

"你们的爱,就在这个花瓶里,真让人佩服。"

车师傅忽然问道:"杨帆,你没有自行车?"

"嗯。家里穷,买不起……"

"你要是不嫌弃,我用这些旧配件,给你组装一辆车,不好看,但肯定能骑。"

"我怎么会嫌弃!我该付多少钱?"

"不要钱。"

"那怎么行?"

"怎么不行!只是一堆不值钱的废铁。没事时,你就来和蓝姑聊聊天。"

"好!"

几天后,杨帆有了一辆自行车。她高高兴兴骑着它,去教学大楼去食堂图书馆,去校外看美展看博物馆,看湘江风光带。隔三岔五,她会在中午时分去修车铺,帮蓝姑洗衣扫地,或者为车师傅递送工具。

蓝姑告诉杨帆:"花瓶里的花和草,一天一换,都是老车亲自去采的。老车说,我看多了,心上会长出明亮的眼睛,什么都看得见。我真的什么都看见了!"

杨帆也觉得一个个不同的节令,是在花瓶里更替的,她看得很清楚。

杨帆以优异的成绩读完了本科，然后回到贵州，供职于贵阳的一家包装制造厂，从事包装设计。一眨眼，她32岁了。

这次来株洲参加一个关于包装设计的学术研讨会，她原本是不想来的。谈了三年的男朋友，因开车去一个矿区调查矿源存量，连人带车被一辆逆行的大卡车撞到山崖下，脸部严重受伤，经治疗刚刚出院。按他们的计划，再过两个月，就要结婚了。杨帆的闺密劝她要慎重考虑，天天面对这样一张丑脸，哪里还快活得起来。

男朋友力劝她去株洲，散散心也是好的。"你常说忘不了当年的车师傅，为你拼装了一辆自行车，有机会要去看看人家，还要买一辆新车送去，或许有买不起车的贫困生入学，车师傅可以免费让他使用。"

于是，杨帆就来到了株洲，来到了母校的修车铺。

她喊了一声"车师傅"，再喊了一声"蓝姑大嫂"。

车师傅转过脸，茫然地望着杨帆，不知道来的是谁。

蓝姑转过脸，靠近鼻子的芦花轻轻一抖，飘出丝丝花絮。她说："这个声音我记得，是杨帆妹子来了！"

车师傅一拍脑袋，说："果然是杨帆！"

"车师傅和大嫂，一点儿都没变，还是这么精神。"

车师傅笑了，说："杨帆，你都变得让我认不出了，我们怎会不变，那不成妖怪了？"

蓝姑说："杨帆妹子声音没变，还是又清又亮。"

杨帆跑过去，抱住蓝姑的双肩，眼里有盈盈泪珠在闪，说："你们是老了不少,可花瓶里每日一换的花和草,还是这么不离不弃……"

画蟋蟀

– 周东明 –

画匠在松州城很出名，画匠喜欢画蟋蟀，他画的蟋蟀像真蟋蟀一样，活灵活现。

画匠为了画好蟋蟀，秋天，每天晚上都去田间草稞、屋脚墙根捉蟋蟀，或者去松州城的北市场，看斗蟋蟀，揣摩蟋蟀的种类、个头、颜色和体态。

这一天，是农历七月二十三，天已入秋。画匠来到了松州城头道街北市场东北角，那个斗蟋蟀的大棚，看斗蟋蟀。

画匠还没走到棚子跟前，就看见富七爷手里举着个青白色的陶罐，高声喊道，我的八将军天下无敌！富七爷喊完，哈哈大笑。

画匠知道，富七爷所说的八将军是一只蟋蟀。不用说，富七爷的八将军今天斗蟋蟀时，得了头彩。富七爷是松州城里的大户，据说富七爷手里捧的那个陶罐，是前清官窑出的玩意儿，买的时候，花掉几百块大洋，富七爷陶罐里的八将军值多少钱，可想而知了。

画匠走到近前，往富七爷的陶罐里一看，八将军头大腿长，头顶上那根斗丝，长且直，在蟋蟀里俗称金麻头，此类蟋蟀好逗，骁勇善战，是蟋蟀中的上品。

这时，富七爷又举起陶罐，大声叫道，还有谁不服气，也来试试啊？

画匠看看周围，有几个人怀里抱着陶罐，你瞅我我瞅你，没人吭声。眼瞅着就要散场了，画匠笑笑，说，真没人来？好，我来。

富七爷看看画匠空空的双手，疑惑地问，你也斗蟋蟀？

是。

你蟋蟀呢？

在这儿呢。

画匠说着从怀里掏出一张纸，托在手掌之中。

人们围拢一看，是一只画的蟋蟀，周围的人见了都哈哈大笑。

笑过之后，再看，画匠画的这只蟋蟀，看上去个头不大，但是头顶两眼似墨，又黑又亮，眼角成方形，两侧利齿，上长下短，内行人一看，知道这也是蟋蟀中的上品，俗称铁铡刀。

富七爷一看，画匠手里托着个画的蟋蟀，嘿嘿一笑，说，你别逗了，画的假蟋蟀，也能和我的八将军斗蟋蟀，敢似我欺负你了。

七爷，您别说真假，咱们以输赢来定，好吗？

好。富七爷把陶罐放在台上，画匠将画的蟋蟀，放入陶罐里。

富七爷用马尾丝，拨动一下八将军的触须，就见八将军，两只后腿一拱，两根触须一抖，振翅长鸣。

斗蟋蟀有规则，如果一方蟋蟀振翅长鸣，对方不应，便是输了半局。你想想，画匠画的蟋蟀哪里会振翅长鸣，八将军第二次振翅长鸣后，围观的人都睁大两眼，紧盯画匠画的蟋蟀。

富七爷的八将军再长鸣一次，画匠画的蟋蟀就要输定了。

富七爷瞅着八将军，笑得很开心，笑得很轻狂。

这时，再看八将军，铆足了劲，立须抵头，冲向铁铡刀，真假蟋蟀格斗即将开始。围观的人屏住呼吸，鸦雀无声。但是当八将军冲到铁铡刀跟前时，看见铁铡刀纹丝不动，那上长下短的利齿，铡刀一般，八将军跃跃欲试几次，冲到铁铡刀跟前，都退了回来，最后回头一跃，跳上了罐沿儿，仓皇逃之。

立时，全场哗然。

有人说，神了，画匠画的蟋蟀，斗败了富七爷的八将军。松州城人这回信了，画匠画蟋蟀，画得和真蟋蟀一样。

画匠不但画画出名，画匠抠门儿也很出名。

画匠家淘米做饭，都要用酒盅量米，每人不过三盅米。画匠说，吃饭不过八分饱，体轻神逸，长寿。

他老婆说他抠门儿，他说，吃不穷喝不穷，算计不到就受穷。

画匠画蟋蟀出名，方圆几百里没人不知没人不晓，上他家来买画的人，就多了。

画匠卖画也抠门儿，别人卖画是按尺论价卖，画匠卖画是按画蟋蟀的只数论价，而且从不讲价还价。

一进他家的屋，就看见墙面上挂着几个大字，减价者，亏人利己，余不乐见。

画匠有个远亲妻侄，来找他买画，临期末晚，赖着不走，以为是画匠的妻侄，非要画匠再多画一只蟋蟀，画匠不肯。画匠妻子搭腔了，让他看在亲戚面上，多画一只吧。

画匠歪头侧脸地瞅了半天，不好驳妻子的面子，只好擩笔蘸墨，几笔就画出一只蟋蟀。

可是妻侄一看，那只蟋蟀卷须闭眼，伸腿耷翅，死了一样，是多画了一只蟋蟀，可是画面不美了。就问，姑父，这怎么是个死蟋蟀？

画匠耸耸肩，说，秋天蟋蟀价钱贵，活蟋蟀得多少钱，好贵了。

这件事传扬出去后，人们再去画匠家买画时，就都不会再自讨没趣了。

一天，一个穿长衫戴眼镜的人，来找画匠买画。

来人问，卖画怎么论价？

画一只蟋蟀八块大洋。画匠说。

哦，有已经画好的吗？来人问。

有。画匠说。

可以选一幅吗？

可以。画匠说着拿出一卷画稿，交给了来人。

来人在画稿中看了一会儿后，眼睛盯在一幅一只上半身趴在罐沿儿的蟋蟀的画，画中的蟋蟀低头卷须，两眼无光，落荒而逃的样子。

来人端详一会儿，问，这幅画多少钱？

四块大洋。画匠说。

哦！四块大洋是不是少了点？

不少，一只蟋蟀八块大洋，这是半只蟋蟀，当然是四块大洋。

来人看看画面，随后，在衣袋里掏出十六块大洋要递给画匠。

画匠先是一愣，而后一笑，把来人的手推了回去，说，画半只蟋蟀就四块大洋，多一文不收。

来人走后，画匠老婆问他，人家多给你钱，为啥不要？

我给人家画了半只蟋蟀，怎么能多收钱呢，这是规矩。

他为啥又要给你十六块大洋啊？画匠老婆又问。

画匠没有理会老婆问话，自言自语地说，我的画遇上行家啦。

过了若干年，在一次画展上，画匠当年画的那幅半只蟋蟀画，被展出了，题款却是《两只蟋蟀》。

画展结束时，这幅《两只蟋蟀》拍卖了八百万元。

江边村的小丑

– 顾振威 –

江边村是没有小丑的,自从江友好去了一趟城里后,江边村就有了一个让人笑掉大牙的小丑。

江友好的三个孩子都在城里,他们或声泪俱下地恳求,或苦口婆心地劝说,或不言不语地冷战,都没能让父亲在城里扎根。为了不给子女增加负担,他固执地守着日益瘦弱的乡村。

这天江友好去了城里,向子女提了三个让人感到不可思议的请求:一是要洗洗牙,二是要美美容、理理发,三是要买身西装、买双皮鞋。父亲的理由倒也冠冕堂皇:做了一辈子泥腿子,土得掉渣,黄土埋到眉毛了,也该武装武装了。

节俭了大半辈子的父亲怎么会有如此荒唐的想法?大儿子犹疑着问:"爹,让你来城里你不来,整天守在乡下,你是不是看上谁了？"

父亲一怔，旋即"嘿嘿嘿"一笑："心里早就有人了，好日子也快来到了，到时候你们都得回去。"

父亲心里有人了，他想晚节不保了，避开父亲，兄妹三个偷偷召开了家庭会议，进一步统一了思想：既然父亲对母亲不忠，就该给他个温柔的惩罚。为了不让父亲的一世英名毁于一旦，兄妹三个一致决定：牙，不洗；容，不美；发，不理。至于西装、皮鞋，嘿嘿，这些还是可以有的，不但要有，还要给他增加一个黑色的礼帽。

在城里待了两天的父亲衣锦还乡了。他头上戴着大儿子曾经戴过的宽边礼帽，身上穿着二儿子曾经穿过的八成新的黑色西服，系着猩红的领带，足蹬小女儿买的黑色皮鞋。帽子宽大，为防止风儿捣乱，他时不时地用手按着帽子。西装肥胖，皮鞋瘦小，父亲走起路来一瘸一拐的，要多滑稽就有多滑稽，要多搞笑就有多搞笑。

他常到人多的地方去，见人就咧着大嘴说："大儿子的礼帽，时髦吧？二儿子的西装，好看吧？小女儿买的皮鞋，结实吧？都是好孩子，都比着孝顺！"

78岁的江爷爷撇着嘴说："这叫老来俏，憋屈一辈子，老了老了想风光风光。"

80岁的刘奶奶大牙笑掉了两个，她笑着让父亲赔偿。其实刘奶奶的大牙早就松动了，稍有风吹草动，咋能不光荣下岗？

突然有一天，大儿子接到了父亲的电话："我感到好日子到了，你们回来一趟吧。"

大儿子有点愠怒地挂了电话。几天后他接到了堂弟打来的电话，说是父亲不行了，让他们兄妹三个火速回来。

大儿子如遭雷击一样懵了，一个定下了好日子、心里想着结婚的73岁老人，怎么会说不行就不行了？

带着这样的疑问，兄妹三个结伴回到家里。

父亲真的不行了，只是短短的一个月不见，父亲就病得不成样子了，瘦得皮包骨头，脸色惨白如纸。他吃力坐起来，竭力挤出笑，喘息着说："半年前就查出了毛病，还是晚期，治也治不好，不想白花冤枉钱，就瞒着你们。我的好日子到了，你们谁也别哭。"

"好日子？啥好日子？"小妹哭泣着问。

"和你娘见面的好日子呀，我想她想了40多年啊！她走时还不到30岁，双眼皮，俩大眼，大辫子半尺多长，见人就笑。她漂漂亮亮的，我真怕她不认我这老胳膊老腿啊。我去见她，就该打扮打扮。"

二儿子哽咽着说："爹，您放心，我们一定给你洗洗牙、美美容、理理发，再买身新西装、买双新皮鞋。"

父亲眯缝着眼喃喃着："这些年苦呀，撑不下去了，我就想起她临走时拉着我说过的话：'这辈子，你就是当牛做马，也要把三个苦命的孩子给我照顾好。'你们都长大有出息了，我可以放心去见她了。"

换鞋时，看到父亲脚上红霞霞的肉，小妹心疼得滴血："鞋小挤脚，您咋不换双大的？"

"傻闺女,你买的鞋,我咋舍得扔?别说是小鞋,就是脚镣我也戴在脚上。"

父亲的遗像已经照好了,遗像上的父亲戴着黑色礼帽、穿着皱巴巴的西装,要多滑稽就有多滑稽,要多搞笑就有多搞笑……

门外的秋雨淅淅沥沥地下着,下着……

江水悠悠

— 杨丽平 —

其实,它是条河,还不大。可这里的人都叫它"江"。江从北而来,将这座城分为东西两边。东边叫"江东区",西边却不叫"江西区",而叫"江心区"。连接两个区的有四座桥,其中一座是已上了年代的双孔石拱桥。桥上,人来车往,络绎不绝。桥下,却是另一番风景:河水清悠,静静流淌,野花众多,次第绽放,野草则是四季常绿。花草丛中常坐着三五垂钓者。老江便是其中一个。

对钓鱼,老江说不上喜好,但他是最常到桥下垂钓的。老江对谢师傅说:"无聊,在家又闷得慌,出来了,也不碍着年轻人。"老江是个已退休的乡村教师,老伴去年走了,儿子不让他一人在家待,非得把他接到身边。老江的儿子是他的骄傲,自背上书包那一刻起,便一直是别人家的孩子!儿子研究生毕业后不仅找到一家心仪的公司,还觅得一位做医生的媳妇。这儿媳不但长得好看,家境更好!亲家是江心区一家汽车城的老板,儿子的婚房、新车可都是亲家掏钱买的,相比之下,老江总觉得自己寒酸、高攀了。

儿媳叫小瑜,职业好,单位好,相貌好,可就是有点瞧不起农村人。老江每次进家门,还有饭前,小瑜都会提醒他先去洗手!还常埋怨老江:"爸,您记性真差,老是要我来提醒!"老江爱抽上几口,小瑜警告:"少抽烟,真忍不住了得到阳台上抽,不能在公共场所,尤其是电梯里抽。"小瑜还把老江从老家带的衣服全打包了,说是不要再穿它们了,带着老江到商场一口气买了好几套新衣服。老江心里那个气呀!"有钱人家的孩子就这样浪费钱吗?"

儿子听了,笑劝他说:"爸,生活好了,就得提高生活质量!"

对小瑜的众多不满,老江忍了,可一家人一起吃饭,小瑜也要多摆好几双筷子!"说是公筷,说是卫生,明明就是嫌弃我!"每想起这些,老江总是很气愤!

"是你多虑了,叫你洗手,使用公筷,是讲卫生,城里人,都讲究。"谢师傅是老江认识不久的一个钓友,比老江小一岁,比老江早十几年来到这城市。谢师傅原是个的士司机,因年纪大了,就没再开车了,常与老江一起在桥下钓鱼。谢师傅的老伴有重病,家境也不算好,老江便常从家里带了烟与谢师傅分享,谢师傅的烟瘾比老江大。只要钓到鱼,老江也会把鱼统统给了谢师傅,反正,小瑜是不要他钓的鱼的。老江第一次到这儿钓鱼就钓了条大红鲤鱼,一看就知是满肚鱼子,想让家里的保姆红烧了,可小瑜一回来,就把鱼拿走了,说:"这鱼多可怜,还是放生了。再说,江里钓的,不一定卫生。"老江就知道,小瑜讲究,嫌弃这鱼是他从江里钓来的!

老江对钓鱼虽说不上多喜欢,但钓鱼技术绝对有两把刷子。儿子带老江到店里买钓具,老江一看那一整套的行头,立马掉头就走,说:"费事!费钱!"老江的钓具很简单:一把塑料小凳,一个小绿桶,一把小铲子,一根细竹竿。细竹竿便是钓竿,鱼饵是直接用小铲子在河边挖的蚯蚓,穿在鱼钩,还会蠕动呢,老江说:"这样鱼儿更易上钩!"谢师傅跟着老江学钓鱼,笑说:"以后可以靠卖鱼为生了!"

这天下午,老江又约谢师傅一起到桥下钓鱼。老江神采奕奕,满面春风。

"老哥,看你样子,可是遇上啥喜事了?"

"喜事没有,就是自由了。"原来,小瑜去支援抗疫了,老江为不用每天见着小瑜而高兴呢!"唉,每次见到她,我都浑身不舒服,现在不用担心她嫌这嫌那了,乐得自在呀!"说完,把穿好蚯蚓的钓竿潇洒地在空中甩出个美丽的弧形。

谢师傅看着老江,张口欲言,又止。

这时,谢师傅的手机短信提示响了。他掏出手机,看完,想了想,还是把手机递给了老江。"老哥,知道给我发信息的是谁?"

老江伸过头,见上面的名字是"瑜医生",下面的号码也挺眼熟,惊讶地看了眼谢师傅:"是我儿媳小瑜?"

谢师傅点点头。老江惊愕了!"你与小瑜认识,怎么一直没听你说!"老江埋怨,更愤然。他在谢师傅面前可说了小瑜的许多不是呀!这谢师傅竟然一字都不提他认识小瑜!

"你先看看短信。"谢师傅提醒。

"谢师傅,您的钱我会准时付到您账上,辛苦您继续陪我爸,只要他约了您,您都尽量陪陪他……"

谢师傅看着老江,说:"是瑜医生请我来陪你钓钓鱼聊聊天的。她担心你一个人刚从老家来,没朋友,不习惯。瑜医生不让我告诉你,我原本也不打算告诉你的,可见你对瑜医生的偏见有点大,才忍不住说的。"

"你和小瑜是亲戚还是……"

"不是。我老伴得了重病,孩子们工资又低,前段时间,我到医院去做护工,想挣点钱贴补家用。瑜医生见我这么大的年纪还在做累活,就让我来陪你,工钱还很高呢!瑜医生是个好人!"

老江没说话,他心里很不是滋味。

"活了快七十年,竟不如一个年轻人!"想到这儿,老江赶忙拿出手机。

"孩子,注意安全,我们等你平安归来!"老江点了"发送",动作轻快。

天蓝、水清、花香、草绿……老江突然发觉,眼前的这江,还真的叫"江"!

接头暗号

– 王伟锋 –

拂晓，老钟起床，腰里塞着短斧，悄悄摸上野马岭。

老钟隐身伏在一块大石后查看。野马岭上，血迹斑斑，可见昨夜双方交火之惨烈。但老钟仔细看了，没发现游击队的踪迹，或者有价值的线索。很显然，战场被清理过。老钟暗自懊悔，自己来晚了。

昨天夜半，密集的枪声忽然响起来。老钟从睡梦中惊醒，侧耳倾听，坏了，像是从野马岭传来的。没多久，枪声渐稀，零星的几声枪响过后，浓得化不开的夜，重又陷入深沉的死寂。

下山的路上，他想起一处隐秘的山洞，摸了进去。

山洞里的人，已经奄奄一息了。老钟认识，是游击队的李队长。老钟的儿子，也在队伍上。李队长几乎用尽最后的气力，交给老钟一个绣着荷叶的烟荷包，用微弱的声音告诉他，去镇上裁缝铺，接头暗语是："今晚有出远门的大船吗？"答："有。渡船上是新修的桅杆！"暗号对上了，就把这个烟荷包交给对方。

"要是……裁缝铺……有敌人，就去找疯，疯……"

"风什么，李队长，风什么？"

然而，无论老钟怎么呼喊，李队长再也没有任何声息了。

老钟紧紧攥着烟荷包，抹着眼泪下山。离开前，他用短斧砍来许多枝蔓，把遗体严严实实掩盖住，三鞠躬，说："李队长，对不起了，以后再给您修墓立碑。"

老钟回家换了衣服，乘渡船来到镇上。

镇上倒显得平静，除了鬼子、二鬼子正常的巡逻，就是为数不多的乡亲低头匆匆购买些日用急需品。一个不知哪里来的疯婆子，拄着根竹竿，端着豁碗，笃笃笃在前面走，边走边对路人说："可怜可怜我吧，给点儿吃的吧。"

老钟警惕地躲在暗处，仔细观察裁缝铺许久。

觉得没什么异样，又摸了摸腰间的烟荷包，这才决定前去接头。他压低头上的斗笠，若无其事地踩着石板路，低头慢慢向裁缝铺走去。

快到裁缝铺时，一阵吵嚷声传来。

"疯婆子，找死啊！快滚，滚远点儿！"

随着一声呵斥，只见两个衣着体面的人，推推搡搡地把疯婆子从裁缝铺轰了出来。疯婆子跌倒，手里的竹竿和豁碗摔在地上。那碗骨碌碌地，在青石板上滚出去老远。老钟吃惊地左右看看，心知有变。

老钟赶上前去,替疯婆子捡起竹竿,又把滚落的豁碗追回来。疯婆子唠唠叨叨,对着那俩人骂个没完。看到疯婆子,老钟想起了自己的老母亲,他把豁碗递过去,说:"老人家,您在哪儿安歇?俺送您过去。"

疯婆子夺过豁碗,抱住,突然一把攥住老钟的手腕。

老钟一惊,看起来瘦弱的疯婆子,竟是有把子力气。

疯婆子目光一凛,迅疾低声道:"别说话,跟我走!"

出镇子很远,确定安全无虞了,疯婆子才指指老钟腰间的烟荷包,举起竹竿做威胁状,厉声道:"说,哪里来的?"见老钟慌乱,又压低声道,"今晚,有出远门的大船吗?"

老钟恍悟,回道:"有。渡船上是新修的桅杆!"李队长的遗言里,万一裁缝铺有变,应是要他找这疯婆子。老钟遂镇定下来,将烟荷包从腰间解下,郑重交到疯婆子手里。

"李队长呢?"疯婆子急切地问,"他怎么样了?"

老钟望向远处的船渡口:"他,牺牲了……"

疯婆子无言,艰难地哽咽了一声,转身踉跄走远。

第二年,抗战胜利,镇上插遍了红旗。

渡口的老船工年事已高,老钟接替他撑起了渡船。大军南下的时候,老钟和乡亲们摇着橹,送走了一船又一船的解放军战士。看着这些年轻的朝气蓬勃的面孔,老钟就想起牺牲在前线的儿子,禁不住热泪盈眶。

夜来大雨,湍急的河水,迈着铿锵的脚步奔向远方辽阔的江面。

晨光给天际抹上一把红晕,哗哗的流水声里,老钟蹲在船尾,给病中的老母亲熬中药。急剧的咳嗽声不时从船舱里甩出来,老钟听得心惊肉跳。老母亲病势严重,总不见好,老钟隐隐有些担心。

"船家,过河吗?"岸上忽听有人喊。

老钟抬起头,眯着眼,隔着稀薄的河雾打量。来人穿军装,女的,有些面熟。

女人微笑道:"大哥,可找到您了。怎么,不认识了?"见老钟沉吟不语,又说,"我是李队长的爱人。解放了,想接老李回去……今晚,有出远门的大船吗?"

女人说着,用力抹了抹脸上的泪水。

老钟忽然就泣不成声了。他极力按捺起伏的心绪,站起身高声回答道:"有,有啊!渡船上是……新修的桅杆!"这句话,老钟在睡梦中,已经自问自答不知多少遍了。

锔 匠

- 曾宪涛 -

锔匠还有吗？现在已见不着了。我们那儿小时候常见，他们挑担走街串巷，口里吆喝着，钯碗钯盆喽——所以，我们叫钯碗钯盆的。

那时家里碗盆打破了，舍不得扔，叫锔匠锔好再用。

小时候爱围着看钯碗钯盆，锔匠先把打破的器皿拼好扎牢，拿出金刚钻，拉胡琴一样拉动着缠在金刚钻上的弓弦，钻好孔，订上钯钉，抹上白色灰膏，就成了。那句"没有金刚钻，别揽瓷器活"就说这个。

胜利爷爷就是锔匠，他从老家来后，邻居们有活就交给他干了。

钯碗钯盆是不被人瞧起的，胜利爷爷也就不被瞧起。

胜利父亲下井，自认为是国家职工，也瞧不起钯碗钯盆。胜利倒是喜欢，爷爷干活就爱在旁边看，还想学，父亲就训他，就揪他耳朵提溜边去。父亲不在，爷爷才教他，爷爷农村来的，活漂亮，从不糊弄人，没钱也给锔。

我们瞧不起胜利，不光是因他爷爷，还嫌他笨，流鼻涕，穿得脏破。特别是国庆，最好欺负他，两人妈吵过架，国庆从不跟他玩，也叫大家都不跟他玩，还撵他，钯碗钯盆去吧！

我们煤矿子弟刚工作都下井，后来都陆续通过关系上了井，唯有胜利在井下直干到煤矿破产。

矿破产后各找各的门路。国庆早就辞职下海，生意都做到了海外，回来请我们吃饭，从不叫胜利。

胜利只会挖煤，又没门路，啥活也找不到。

女儿倒是学习好，都说能考上重点大学。老婆提起这就抹眼泪，数落胜利无能，没钱咋上大学。胜利蹲地上一声不吭，忽见床底爷爷留下的工具，拽出来，冒出一句，我钯碗钯盆。老婆抹泪扑哧一声，你傻！胜利没理，收拾好工具，还真在院门口路边钯起碗来。

围不少人看，孩子最多，没见过，好玩。

当然没生意，胜利从小喜欢，就当玩。城管见了，也当他玩，还看会儿。

这天来个人，车上抱下个陶瓷鱼缸，画面游鱼生动，非常漂亮，只是几道裂纹。

能修吗？最喜欢这鱼缸，舍不得扔。

还真来了活。胜利连说，能，能。

头件活一定要干漂亮些，他想起爷爷讲过的锔活秀。过去有那独具匠心的锔匠，利用名贵紫砂壶上裂纹的走向，将钯钉锔出花枝图案来，修好后反倒比原来更具身价，后来就有人故意将紫砂壶装黄豆注水撑裂，再请高明的锔匠锔成花纹图案，锔活成了艺术。

胜利有了想法，便根据鱼缸的裂纹，把钯钉锔成水草的样子，配上原来的游鱼，画面竟有了立体感。

鱼缸修好，周围发出赞叹，那人问价，胜利说，随便给。那人竟掏出二百元，胜利嫌多，留下一百。

回家给老婆钱，老婆不信，在场邻居做证，老婆才笑了。

以后还真有了活。锔工艺品，锔敝帚自珍的老器皿，还有故意打破瓷器，带孩子来看锔活玩的。

女儿考上了重点大学，两口子又喜又忧，就在为孩子筹借上学费用时，一个陌生人带着件唐代青花瓷瓶找上门来。

没见你出摊，就找来了。陌生人说，这是我们公司的稀世珍宝，裂纹本来有，越来越严重，听说你能修，还不影响完美。

一句稀世珍宝把胜利吓住，他不敢接招。

你慢慢来，修得好，公司会给你很高的报酬。

想到女儿要用钱，胜利接下了。他认得这叫青花瓷，别的就不懂了。瓶上绘的是王维那句"明月松间照，清泉石上流"的诗境山水。胜利看过松泉石上的裂纹，有了设计，钯钉锔在松针、树干和岩石边的草丛里，分别构成松枝、树干疤痕和草茎，钯钉与画面天衣无缝。

陌生人取货来了，看罢拿出张支票道，这是公司给你的报酬。

支票是十万元，胜利惊呆了，连连摆手，竟话也说不出。对方把支票放在桌上，瓷瓶经你这一修，真是无价了，十万也不多，少了，传出去，宝贝掉价，公司名誉也受影响，你必须收下。

瓷瓶取走了，支票留在桌上。

老婆没见过支票，问发呆的胜利，这钱能取出来吗？不是骗咱的吧？

这事很快传遍了全城。

这是座煤城，早年过度开采，煤矿都已破产，留下大片塌陷区。市里决定把塌陷区建成湿地公园。因为是古城，公园中建一个仿古水镇，设些怀旧摊点，吹糖葫芦、捏面人、戗刀磨剪子等，有关部门就找到了锔匠胜利。

胜利有了固定工作和收入，游览者锔器皿，还另有提成。都说胜利老了，转运了。胜利说，托爷爷的福。

湿地公园全部完工剪彩的日子，市领导和各投资商都来了。一投资商驻足胜利摊前。

胜利抬起头，竟是国庆。

多年没见了，还是那年他在国外，母亲生病，是胜利连夜用平车送到医院，还帮着照料到出院。国庆回来，对胜利几乎是感激涕零，请是请不动，想酬谢门也没有。胜利记仇。

以前是父母不愿离开老邻居，这一回国庆坚决把二老接走了，从那时起他们就再没见过。

胜利问罢国庆父母，便埋头继续做自己的事。国庆见他不想理自己，便随来宾走了。

庆典过后，水镇展厅多了件青花瓷瓶，胜利认得是他锔的那件稀世珍宝。馆长说，瓷瓶不值钱，是仿品，有价值的是这锔匠的工。

馆长不知锔匠就是胜利，还对胜利说，瓷瓶就是那天跟你说话的投资商捐送的。

两封急电

– 白旭初 –

这是 1987 年我采访老红军周世朝时,他讲了许多故事中的一个片段。

1948 年春,我西北野战军第一、二纵队在彭德怀司令员的指挥下一举拿下凤翔城后,又越过凤翔城与宝鸡市的守敌交上了火。

野战军司令部设在一座小村庄里,刚扎下营,司令部电台第 3 台就忙得不可开交,电文一窝蜂般飞来,一下绷紧了大家的神经。电文上说,从西安方面窜来一股敌人,趁我后续部队没有迅速跟上的空隙,再度占据了凤翔城。我军处在腹背受敌的危险境地。

电文送到司令部后,负责电文上传下达的通信参谋迟迟不见返回。

等待中的分分秒秒都无比漫长,新来的小报务员业务能力不差，但见到的阵仗少点，有些着急了，对身旁的周世朝说，主任，还没回音，这咋回事？

报务主任周世朝更是惴惴不安，前胸后背都是敌人可不是小事，但司令部做出新的决策需要时间呀。

平静预示着紧急。

为确保通信万无一失，周世朝对小报务员说，把耳机给我，我接替你的工作。

就在这时，电台通信室的门开了，挤进一个人来。

周世朝一看，立马起身，庄重地行了一个军礼，同时大声道，司令员好！

司令员回礼后，倒背着手，边走边看，神态十分悠闲。他向每个人问好，还看了看收发报机，摸了摸周世朝头上的耳机。

周世朝不禁纳闷，腹背受敌的，司令员没事儿一般，怎的一点不着急？

忽然，司令员看了一下表，把手上的一张纸展开后放到周世朝面前，十分严肃地说，请发电报！

周世朝一看电文，啊，紧急电报！平时拍发电报都是通信参谋与他联系，今天司令员亲自前来，事关重大啊！

收报方距离司令部约两百里地，周世朝立即用紧急代号呼叫，由于远处隆隆炮声的干扰，声音微弱，第一次联络失败了。

请你在十分钟内必须把电文发出去！司令员又简短地说了一句。

第二次周世朝终于叫通了。周世朝业务能力强，每分钟能拍发一百二三十个字，不一会儿就把司令员的电文拍发完了，前后只花了两分多钟。

司令员严肃的脸上顿时露出了笑容,和蔼地说,叫什么名字?

周世朝回答,周世朝。

多大了?

29岁。

哪里人?

湖南大庸县。

司令员听罢,风趣地说,呵,知道知道!是跟着贺龙一起杀出来的"土匪"嘛!

司令员的话引得大家哈哈大笑,司令员也跟着笑起来。这笑声像一阵温暖的春风,驱散了大家心中的愁云。

不久,胜利的消息传来了。在司令员的指挥下,野战军第一、二纵队,经过一天一晚的奋战,终于攻克了宝鸡市,炸毁了敌人一座庞大的军火库,缴获大批军用物资。

夜深了,远处的枪炮声渐渐稀落下来,每个人的脸上都洋溢着胜利后灿烂的笑容。

周世朝正与战友们说笑着,突然间,司令员又跨着大步走进了电台通信室。进门后,司令员却一声不响,不停地踱来踱去,面色严峻。

司令员反常的情绪,把周世朝弄糊涂了,心里嘀咕:咋啦?部队不是刚刚打了大胜仗吗!

周世朝正想着,司令员已走到他面前,看了一下表,声音洪亮急促地说,发特急电报,一定要在五分钟内发出去!

周世朝的心怦怦直跳，马上用特急代号呼叫对方，十分的顺利，只用了一分多钟就叫通了。

司令员口授电文，周世朝飞快地按动着电键，电文是：敌人一个师在凤翔截我后路，令第一、二纵队火速返回黄龙山集结……

司令员见电文顺利发出，随即命令周世朝：三分钟后，电台与司令部一起转移。

周世朝问，司令员，我们是要撤退吗？

不。是前进。司令员回答说，有时候撤退就是前进！

说完，司令员疾步跨出了门。

绿洲往事

– 谢志强 –

夜袭

父亲说起一件垦荒年代的故事。

白天热得穿背心裤衩,晚上冷得盖厚被子。冷尿多,热瞌睡。夜间起来解手,以为面前是人堆,其实那是胡杨林。砍胡杨,平沙丘。都是千年的胡杨树,根很深。甚至,挖出一棵胡杨,也要费好几天的工夫。后来,种上了苞谷,住进了地窝子,苞谷苗长出来,像一片湖,地窝子倒像大沙丘。

夜晚起来解手,要从地底下上去,不浪费,对着苞谷撒尿。有一天深夜,父亲上去解手,突然发现,地窝子周围都是高高的影子。战争年代,父亲曾夜袭过敌人的营地。他转身跑回地下——地窝子,他喊,我们被包围了。地窝子的战友都惊醒了。枪已入库,他操起坎土曼,冲上去。朦胧的月光里,他发现敌人已撤退了。战友们都埋怨他,好好的梦被打断了。

第二天,天蒙蒙亮,他去察看,曾经砍掉的胡杨树,不留一点痕迹,周围都是一望无际的苞谷,还不到膝盖那么高。父亲觉得可能是累糊涂了,站着解手竟然也会打瞌睡。很可能,砍掉的胡杨还在怀念这个地方吧,我们占了它们的根据地。

怀表

连队里两个人有表。连长戴手表,我父亲揣怀表。有人说,一个养马的,还需要掌握时间吗?马匹也有一个连的数目(其中有战马)。

父亲的怀表是战友牺牲前送给他的。他时不时地将怀表贴着耳朵,好像在听战友的心跳,听战友说悄悄话。他不让我碰那块怀表。可是,怀表突然失踪了。

马厩是儿童和动物的乐园。职工养的鸡会钻或飞进马厩,小伙伴儿还带着狗来玩。小伙伴儿起劲地帮助寻找怀表,弄得鸡飞狗跳,尘土飞扬,马儿们惊慌不安。父亲制止了混乱和盲目的行动。等安静下来,我说,爸,我来帮你找。

父亲从不把我放在眼里,他流露出"死马当作活马医"的表情。我像连队卫生员的听诊器,一会儿跳上了饲料槽,一会儿趴在有马粪的圈里,侧着头,贴着耳,终于听见垫圈草里的声音——怀表还在走。它在一匹大肚子的母马脚下的草底下。幸亏还没到该上发条的时间。

父亲说，小子，这回，你的脑袋怎么好使了？我说，马厩里安静了，怀表走的声音就能听见。父亲的脸上浮出"我怎么没想到"的表情。我追加一句，你说过，有一次战斗，你的耳朵贴着大地，听见敌人的坦克开来了。

颤抖的胡杨

垦荒年代，连队这一片绿洲，还是荒漠，父亲看中的那棵胡杨的枝，可以当椽子，盖地窝子。那一天，没有风，荒漠仿佛屏着气，所有的一切都凝滞不动，叶子泛着光亮。父亲挥斧，砍到第三下，感觉不对劲儿。他看见树的另一边，同样一根粗枝，在颤抖，满枝的叶片在抖动。他被吓着了，他又试了一斧，同样的情景又出现，好像砍这边的一枝，那边的在疼痛。

父亲惊愕了。一棵树上的两根符合椽子标准的粗枝，竟然像举起的两条胳膊，做出一种欢迎的姿态。

所有的胡杨都被砍倒了，父亲护着那一棵胡杨，不让砍。他没说出理由（谁能相信呢），但他向连长提了一个建议，在树梢上挂起军旗：收工了，就不会迷路。

箭头

星期天一大早，父亲突然要我拿上渔具，一起出发。收割了的稻子已堆在晒场，排碱渠的水也停了清了。我早已将渔网晾在高粱棚顶——明年再用。现在渠里已没有鱼了，他却要捞鱼。父亲一定发现了一个有鱼的地方。

我不作声。我知道父亲的脾气，不能提出异议。像一个侦察小分队，父亲扛着三角的渔网，我拿着铝合金的桶和一根棍子，棍子用来赶鱼。田野里空旷、静寂，满地是齐刷刷的稻茬，没有流水的声音，树在掉叶子。

我跟随着父亲，沿着机耕路，路上的泡土，一踏就起尘烟。经过我捞过鱼的水渠，父亲没有停下来的意思，他大步走，我得小跑跟着。排碱渠道经沙漠里的海子，水已枯。我真想提醒：已到了绿洲的尽头，再走，就进沙漠了。我不敢作声。已经没有鱼的时节出来捞鱼，让父亲自己醒悟吧。小孩没有发言权。

一踏入沙漠，我终于沉不住气，说，沙漠怎么会有鱼？父亲回头，这点路，你就走不动了？绿洲渐渐甩在我们身后，沙丘像巨浪，望不到边，还有枯死的胡杨。

突然，父亲停下来。沙地上有洪水冲过的遗迹，一条新疆大头鱼，有胳膊那么粗，身体已干缩，大头剩个空壳，像个标本。我发现，它的后边有一群小鱼，已成了鱼干，却保持着游动的姿势，最大的那条，仿佛率领着它们。那鱼头，像箭头，指向绿洲的方向，大概是察觉到水将消失在沙漠中，要返回，已经来不及了。

面 灯

− 刘青松 −

天刚下过雪,灶间里热气腾腾的。我蹲坐在土灶前,眼巴巴地望着那口大铁锅,心如猫儿抓挠一般,实在忍不住了便张口问娘:"快蒸好了吗?"

娘起身将锅盖掀开道缝隙看了一眼,吩咐我舀一瓢凉水来。

锅里蒸的是地瓜干和高粱面混合的面窝窝,透过水蒸气满眼都是铁锈一般的颜色,只在箅子正中间端坐着一只白白嫩嫩的面灯,面灯小巧精致,花蕊似的格外显眼。看到它,我就不由自主地吞了吞口水。

今天是元宵节,灯笼早就糊好了,只等这只面灯出锅,然后浇上半勺熬好的菜油,插上灯捻,就可以挑着灯笼出去放灯了。等玩够了,灯油也差不多烧完了,这时候就可以吃掉它了。不过,在吃之前还有一道程序,要借着最后的灯光照一照牙齿,这样一来牙齿就能不生虫。

带着油熏味的面灯可比面窝窝好吃多了,但娘不会让我吃完,要留一半放进粮缸,待到二月二再煮汤来吃。这是因为在我的家乡有句谚语,"正月十五点面灯,二月二来下水龙",这两种习俗均有祈求来年五谷丰登、平安健康之意。当然,我们家只蒸一只面灯的做法其实是打了折扣的,按照常理最少要蒸一只面灯和一只龙灯,龙灯才是要留到二月二的。但这几年,爹的病早已掏空了家底,娘做面灯的白面还是过年时换来的,一直没舍得吃。

娘在水瓢里蘸了蘸手指,探进锅里一把就将面灯抓了出来,然后吹口气,再蘸手再去抓。娘的动作很快,不一会儿,盖箄上就爬满了张着嘴巴的"小老鼠"。娘拿起一只面窝窝给我,又从咸菜缸里摸出一疙瘩黑乎乎的咸菜,让我填饱肚子再去放灯,并告诫我,只准在街上玩,不许去别人家里。

我不解,就问:"二宝家也不能去吗?"

娘的脸色立刻就变了,瞪我一眼说:"不能去!"

我便撅起了嘴。二宝是我最好的朋友,他爸爸是工人,过年时工厂里发了糯米面和红糖,拿来做甜甜的汤圆,可好吃了。二宝早就给我说好了,让我今天早点去他家一起吃汤圆。但我娘却狠狠地戳着我额头,眼睛红红的。唉,大人的想法真让人搞不懂。

天刚擦黑,我就急不可耐地挑着灯笼出了门。村里的孩子早已三五成群地放起了灯,大街小巷到处都是欢声笑语。这时,不知谁家燃放了烟花,大半个村子都被绚烂的烟花映衬得红红绿绿,我们一帮孩子兴奋地尖叫起来，不顾脚下雪地路滑，向着烟花来处奔去。

到了近处，我才发现烟花竟是二宝家燃放的，许多孩子正挤在他家院里叽叽喳喳地瞧热闹。我还听到了二宝和他哥的争吵声："这朵烟花一定要等红菱来了再放。"

我忽然纠结起来，站在他家门口不知该不该进去。我娘和二宝的娘不知什么原因总是看不对眼，经常站在街口吵架，这让我和二宝的友谊也蒙上了一层阴影。好在二宝的娘待我很和蔼，每次到她家去玩，她总会拿出糖果、爆米花这些稀罕物给我吃。而我娘对待二宝的态度就有些不太友善，不仅见面就驱赶二宝出门，还不让我和他说话。为此，二宝总是一副委屈巴巴的样子。

踌躇了半天，我终于还是遵从了娘的意思，转身离去。但还没走多远，二宝就追了出来，叫着我的名字："红菱，等等我。"

我回头，恰好看到二宝脚下一滑，整个人如小牛犊一般撞到我身上……

这下，不仅我的灯笼瘪了，面灯也掉进了路沟里。我趴在冰冷的雪地上，一想到回家要被娘责怪，忍不住放声大哭起来。我一哭，二宝顿时手足无措，他嘴唇嗫嚅了半天，忽然爬起来就一溜烟地跑了。我的哭声就更大了，一边哭一边骂着二宝是小狗。

不一会儿，二宝的娘来了。她先是拽过身后伸头探脑的二宝，在他屁股上狠狠打了几巴掌，然后就扯起衣襟为我擦泪，又将我散开的羊角小辫扎好，搂我到怀里。她声音软软的，糯糯的，就像那碗溜滑香甜的汤圆。

在我离开她家的时候,二宝嘻嘻笑着将一只面灯塞到我怀里,说是给我的聘礼。那时的我对二宝的鬼心思毫无所觉,只记得那只面灯很大,我是用两只手抱着回家的,二月二的时候,娘给我煮了整整一大锅的疙瘩汤。

直到很多年以后,我依然还记得满口香喷喷的滋味。只是,二宝却变懒了,总是嘿嘿笑着躲到包饺子的俩老太太身后,不肯陪着我和孩子下楼去放灯。

名 字

– 李海燕 –

那天是一九四八年农历九月初五。

他担着一担柴走在通往锦州城的路上。前一天那场烂场雨下得很大,把路都泡软了,他的裤腿上,沾满了泥巴。迎面走来一伙当兵的,把他截住了,一个凶巴巴的军官说,好你个王柱子,真会装啊。

我叫刘盛林。

他挨了一记响亮的耳光。再敢嘴硬,老子一枪崩了你!

崩了我,我也叫刘盛林。他小声嘟囔道。

一支手枪顶在他的脑门上,临阵脱逃是死罪,隐姓埋名罪加一等!

一个穿着黑色大氅的人,从一辆吉普车上下来。那个军官收回顶在他脑门上的手枪，对着那个人行个军礼，团长，抓住一个逃兵。

我不是你们的逃兵，我只有十六岁，是去……那个团长摆摆手说，这两天就要有大动作了，留下他在战场上效力吧。

两个兵一左一右押着他，他想刚才赦免他的团长所说的大动作，应该是狗剩子昨天说的事。

昨天狗剩子跑来告诉他，别去锦州城卖柴了，城里到处是兵，听说要打大仗了。他说，我家断粮了，我明天说啥都得去一趟，不然一家人就得饿死。其实，还有一个重要的原因，他不能跟狗剩子说。

一个星期前，他爹突然半夜回来了，带回两个身受重伤的人。他爹非常严肃地说，林子，这两个人就交给你和奶奶了，就是掉了脑袋也不能说出去。他也非常严肃地跟他爹点点头。他爹留下的药用完了，有一个人昨天开始发起了高烧。

天还没亮，他和奶奶就起来了，奶奶把两块糠饼子揣进他怀里，叮嘱他一定要多加小心。他说，奶，你放心吧，下半晌儿我准转回来。奶奶说，这兵荒马乱的，我咋放心哪。放心吧，以前我还帮我爹送过信呢。

那时候他爹还没走，经常让他把屯子里的茂山大爷和景玉叔找到家里来。他把人找来，他爹就让他到门口去放风。有一次他爹让他送一封信到打火山。打火山离他家十几里路，山上松林密布，松涛像怪兽一样号叫着。他在松树里转了大半天，才找到那个山洞，把信交给他爹说的那个大胡子手里。大胡子夸他勇敢，问他叫什么，他把胸脯挺得老高，我叫刘盛林，是刘青山的儿子。不久后的一天夜里，他爹带回来一斤猪头肉，他爹说他送信有功，是大胡子奖励给他的。后来，他爹就走了，带走了茂山大爷、景玉叔和一些人，一走就是一年多。

现在他连锦州城的影子还没看着，就被这伙人当逃兵给劫持了。他回头看看自己砍的那担柴，孤零零地歪在路边的水沟里，奶奶见不到他，会急疯的，买不来药，那两个人会死的。如果那两个人死了，咋跟爹交代呀。想到这儿，他鼻子一酸，掉下泪来。

天阴着，云彩压得很低，一行人在泥泞的路上歪歪斜斜地走着，傍晚时分，才在一个村庄的后山坡上停下来。坡上有一座寺庙。

他跟着那伙人进到这间庙里，他看见中间有一个台子，上面卧着一个披着半截红色袈裟的金身大佛，大佛微闭双目，面容慈祥。那些当兵的不管三七二十一，怀里抱着枪，横七竖八地卧在大佛的前面。他用眼睛清点一下，42个人。我得找机会逃出去。他想。

夜深了，凉飕飕的秋风刮进来，他抱着肩膀，等待时机。门口有俩人站岗，他只好放弃从这儿逃出去的想法。

放下武器，缴枪不杀，我们解放军优待俘虏！他一怔，醒了，天已蒙蒙亮，喊话声来自庙门外。

屋子里一阵混乱，昨天打他的那个军官说，慌什么，机枪上房顶，其他人做好战斗准备！

他回味着外面传进来的喊话声，咋像我爹的声音呢？他趁着混乱，溜出庙门。不远处有一堵矮墙，有一面红色的旗子，在秋风中飘扬着。他冲着那儿挥动着手臂，我是塔山堡子的刘盛林，你是刘青山吗?

林子——

是他爹在喊他的小名。他不顾一切地向他爹跑去,一边跑一边喊,爹,他们有42个人,两挺机关枪上房顶了——

突然,他的身后传来砰的一声枪响……

在塔山烈士陵园里,战斗英雄刘青山墓碑的背面刻满了碑文,碑文上写着,刘青山1938年加入中国共产党,在乡里坚持开展农民武装斗争,在塔山阻击战中牺牲。旁边就是刘盛林的墓碑。

母亲走失

– 徐全庆 –

中午下班回到家,母亲不在家里。打她的手机,手机在家里。我意识到了不妙。

这两年,母亲常常犯迷糊。走在街上突然就不认识路了,总是要问几个人才能到家。有时需要我们去接。这就很麻烦,因为母亲迷失方向后,周围的一切她都会很陌生,而她又不识字,说不清她在什么位置。这时候,就要她把电话给陌生人,让陌生人告诉我们她的位置。可今天她连手机也没有带。

妻子也已到家,又等了半小时,母亲还是没有回来。我们决定分头去寻找。

出了小区,看到一个卖小吃的,我向他打听。我一边比画着母亲的个头,一边说,七八十岁,这么高,上身穿……

我说不下去了。我突然意识到我记不清母亲穿什么衣服,是紫红色的棉袄,还是蓝灰色的棉袄?我给她买过好几件棉袄,但她每天穿的哪一件,我似乎从没在意过。她的裤子应该是黑色的,印象中这几年她穿的裤子都是黑色的。她的帽子我倒是记得,紫红色的绒线帽,是我和妻子给她买的,但这几天比较暖,她还有没有戴我没印象了。我努力回想早上吃饭时她的穿戴,却怎么也想不起来了。

没有她的照片吗?卖小吃的问。

我拍了一下自己的脑袋,怎么没想到拿一张母亲的照片?

我一边往家赶,一边想,母亲的照片应该放在什么地方。这让我突然意识到另一个问题,母亲照过相吗?我在记忆深处苦苦搜索,可始终想不起来。我心里开始发毛。但很快我就镇定了,母亲身份证上有照片。

回到家我就开始翻找母亲的身份证。我找遍了可能放身份证的所有地方,都没有找到。却找到一顶帽子,灰色的羊绒帽。我一下子糊涂起来,我印象中给她买的帽子是紫红色的,怎么会有一顶灰色的?是我一直记错了,还是之前她戴过灰色的帽子?打电话问妻子,妻子说她只记得给母亲买过帽子,至于什么样子的实在没印象了。

我又问妻子知不知道母亲有什么照片?妻子想了好一会儿说,去年我们全家去看花展,你不是给妈拍了几张照片吗?是的,我确实拍过。我翻开手机查找,花展的照片倒是找到了,却没有母亲的。于是想起来了,有一段时间,我的手机比较卡,我清理手机内存,很多视频、照片被清理了,母亲的照片就是那时删除了。

懊悔的同时我也心存了一丝希望,因为我想起当时我发过微信朋友圈。我一点点翻看,终于找到了当时发的朋友圈,我发了还不止一条。但照片多数是女儿的,也有我和妻子的,甚至还有一些纯风景的。但没有母亲的。

我确信我找不到母亲的照片了。只好向家人求助。我们姐弟四人,现在是一个很大的家庭,有一个叫徐家大院的微信群。我在群里发了消息,问谁有母亲的照片。我没敢说母亲走丢的事,我怕他们埋怨我没有照顾好母亲。很快大家都回复说没有。大姐还问了一句,你找妈的照片干什么?我说没事,我下载了一个软件,可以从现在的照片测算小时候的模样,我想知道妈年轻时长什么样。大姐"哦"了一声没再说话;几个晚辈争着要我把软件链接发给他们,他们要拿电脑测算结果和小时候的照片比照一下,看看电脑测算得准不准。

没有照片我也得上街去找母亲。我猜测着母亲可能去的地方,逐个去找,都没有找到。我瘫坐在一个菜市场门口,犹豫着要不要在"徐家大院"说母亲走失的事。

这时,我的手机响了,是母亲的,她已经到家了。我立刻跑回家,问母亲去了哪里。果然如我想的一样,母亲又犯迷糊了,这次她甚至忘记了我们小区的名字。我问,你是怎么回来的?母亲掏出一张照片,说,有个人从我身上翻到这张照片,就把我送回来了。他说他认识你。

那张照片是我和女儿的合影。

朋友是票友

— 刘怀远 —

民国年间,在我们这一带,筱梅芳算是名人。

筱梅芳有四十岁了吧,面白无肉无须,爱唱《贵妃醉酒》,传说神似一位名角。不过这里离着京城有两千多里,谁也没亲眼见过亲耳听过名角的戏,那这所谓的神似,无非是人们的臆想,或者直接是本人臆想传播出去的。小地方有小地方的好处,大家都说好的,那肯定就是好了。

涂大材愿意结交人,尤其愿意结交名人,有学问的朱夫子被说成是他朋友,画画儿的张刷子被说成是他朋友,自打和筱梅芳见过两面,也会在人前说,唱戏的筱梅芳是我朋友!

不知道筱梅芳的职业是什么,只知道他跟几个兴趣相投的人每半月聚到汉江边一次,在一段宽阔地咿咿呀呀地唱半天。涂大材就是顺着空中百灵鸟般盘转的戏文找去，结识了他们。以后每次聚会，涂大材都兴冲冲地跑去，跟着忙前忙后。涂大材既不会唱也不会演，更不想学，不为别的，就图听筱梅芳的一句"海岛冰轮初转腾"！

过了霜降，天就冷了，江风把脸吹得发青。涂大材见衣服单薄的人有些瑟缩，就说："大家到我鱼馆唱吧，上午也没生意。"

涂大材是"涂家鮰鱼馆"的老板，大家就去了。

涂大材让管事的小崔泡来一壶白茶，茶香氤氲中，暖意融融中，大伙儿很是惬意地唱到了中午。涂大材把大家留下来，安排到最好的包间，提来老酒，上了红烧鳜鱼、沔阳三蒸、珍珠圆子等硬菜，最后上了一大盆鮰鱼汤，这里的招牌菜。筱梅芳舀了一勺浓稠的白汤，轻轻吹了，含在口里，再缓缓咽下去，感觉口、舌、喉咙都融化在汤的鲜美里。

转眼就到了票友们的第二次聚会，大家来鱼馆又唱了一上午，正迟疑着走不走，涂大材豪爽地再次把大家推进了包间。鮰鱼汤上桌时，筱梅芳建议："咱们改成十天一聚怎样？"

下一次，大家再唱完，没看见涂大材的身影，筱梅芳还是带领着大家走进了包间，随后招呼小崔："可以上菜了！"

"那您点菜吧！"

"就按每次涂老板招待我们的吧，鮰鱼汤一定要有！"

吃饱喝足，一行人就散了。

等涂大材回来，小崔说："那帮唱戏的吃完没付钱就走了。"

涂大材说："算我请客吧，也不是每天来。"

每次来，票友们在包间里边吃边说边笑，外面小崔急得直搓手。鱼馆的生意好，客人多得安排不下，有的一张桌子已经招待了两拨客人，而包间里这帮白吃的爷们，还叽叽嘎嘎地没完没了。

小崔实在忍不住了，就跟涂大材说："咱做的是生意，这白吃白喝的到什么时候是个头啊？"

涂大材微微叹口气："我总不能拉下脸来把人赶走吧？"

小崔说："既然是当朋友来的，也得为您着想啊，可……"

涂大材摆摆手："慢慢来吧。"

小崔说："请神容易送神难，我看您怎么送神吧！"

下次再来，票友们唱完了照例要去包间。涂大材满脸堆笑地说："这些天我店里的生意兴隆，全仰仗各位的捧场，很多客人就为白听戏才来这里就餐，所以，我想请大家就在大厅落座，边吃边唱上几段，让各位食客多些雅兴。我呢，也给各位一点辛苦费。"

"好啊好啊。"大家在靠大厅北墙的一张桌子前坐下，边吃，边一人一段地唱起来。

完事，涂大材给每人发了两块银圆。两块银圆可以买十斤猪肉了，大家很高兴。

筱梅芳提议："从十天一聚改成五天一聚！"

大家拍手称好。

如此唱了三次，这天唱完，是小崔提着钱袋子过来叮叮当当地给大伙儿发钱。

筱梅芳说："搞错了吧？喊你老板来！"

小崔说："老板有事去了，走时吩咐我每人发两个的。"

"发两个不错，是银圆，不是铜板呀。"

"我一跑堂的，手上只有铜板。"

"一个铜板只买两份报纸，你是在打发叫花子吗？"

筱梅芳把铜板往桌上一扔。众人也跟着把铜板叮叮当当地丢在桌子上。

大家腆着肚子，气呼呼地出了鱼馆。

有人嗔怪着这个没数的伙计。筱梅芳说："不管怪谁，这是他涂大材的店，也不必和涂大材说什么，咱今后不来唱了，想来白听戏的客人一少，鱼馆的生意就差，涂大材就自然明白错在哪里，到时候会像请祖宗牌位似的恭请咱们回来。"

票友们纷纷赞同。

时间一天天过去，涂大材让大家失望了，他既没来道歉，也没来邀请。大家再聚，只有去江边。寒冬的江风料峭，没唱几句，大家都没了兴致，各自回家。

原来涂大材是个粗心的人呢，这么长时间他竟然没有意识到什么，该给他提个醒呢。

于是，下次聚会结束后，大家就很有声势地从正午的涂家鲷鱼馆前经过。

挂着"涂家鲷鱼汤"金字招牌的门前，一拨一拨的客人像鱼一样向里面游动，涂大材在门前朗声招呼着进店的每一个人。

筱梅芳提了提嗓子，边走边唱："海岛冰轮初转腾，见玉兔，玉兔又早东升……"

高亢柔美的戏文像飞出去的一只大鸟，扑打着翅膀在空中盘旋回绕，这可是涂大材最喜欢听的那两句啊。

那一刻，大家都看到涂大材呆住了，像今人常说的被按了暂停键。但只片刻，涂大材就回过神来，却目不斜视地跟在一批客人后面进了店。

筱梅芳望着涂大材的背影，舌尖上泛起鲴鱼汤的味道，腿不由自主地往前迈了一步。他一拍那条不争气的腿，同时听见身后一声叹息："能有鲴鱼汤喝就行了，可偏谈什么钱啊！"

"谁谈钱了，是涂大材非要给钱的！"

是啊，本来好好的，为啥偏要给钱呢？

前 夫

— 杨静龙 —

"呼啦啦一片地响,你的黑眼睛变成蓝色,变成一片秧田……你用蓝色的眼睛瞅我……"

阿奇嫂的哭诉声在秋夜里飘荡。八月的乡村,一丝微风,几片落叶。女人们的抽泣声仿佛男人们劣质烟的烟雾,散去了,又聚拢来。

阿奇嫂是一个哭灵师,东乡柳堡人,四十出头,长得瘦削,嗓门却亮堂,姑娘时喜欢唱几句越剧,后来嫁了人,又改嫁了。后面的男人叫阿奇,夫妻俩开了一个送葬哭灵的公司,叫"送送你"。公司除了夫妻俩,还有两个员工,一个敲锣,一个吹唢呐;吹唢呐的兼放音响,敲锣的兼打杂。阿奇开一辆面包车,公司的一应家什全装在了车上。到了现场,阿奇就是总指挥,阿奇嫂只管一个字:哭。

头天晌午,一辆小车来到柳堡,车上下来婆媳两人,请公司

"送"一个男人。婆婆谈妥了价,儿媳掏出手机付定金时,手一抖,手机摔在地上。儿媳愣了愣,捂住脸,哇一声哭起来,泪水从她指缝间漏出来,沿着两颊往下淌。儿媳三十多岁,长得俊俏,伤心的模样让人心疼。阿奇嫂问她名字。

"潘小娥……"漂亮儿媳嘤嘤道。

"你男人……得的什么病?"阿奇嫂不想问这个问题,但不问不行,她要为每一位亡者送上属于他们自己的灵曲,而不是千篇一律,就好像每个人都应该穿上他自己最贴身的衣裳一样。阿奇嫂读高中时读过很多文学作品,作文写得好,现在就像一个行吟诗人,现编现唱,走遍十里八乡。这也是"送送你"公司受人欢迎的最主要原因。

漂亮儿媳泣道:"打稻机漏电,他碰了电线……"

夏收时节,收割机脱粒机都泡在水田里,电死人的事时有发生,这几年土地流转、农田大户承包,这种事已经很少发生了……可事情还是发生了。

婆媳俩办完事,开车走了。阿奇嫂目送着车子开出柳堡,转个弯不见了,才扭过头来说:"阿奇,这个单,优惠。"

阿奇的目光碰到了妻子的目光,说:"噢。"

……夜色渐浓,阿奇嫂的哭诉声时高时低,像门外的秋风,一会儿闯入灵堂,一会儿又退了出去。阿奇递过来一杯菊花茶,她接过茶杯子,没喝,随手放到灵桌上。

哭诉声持续不息。

"呼啦啦一片地响,你的身体化成千万道光芒,刺伤了眼……

在那一边，你看到一片黑暗，星星没有在夜空闪光，月亮也没弯成一枚鱼钩……"

眼泪在阿奇嫂眼眶里打转，终于滴落下来，她扭过脸，抹了一把。不一会儿，又有眼泪滚落下来，她不再管，任它在脸上流。

"你的身子化成千万道光芒，黑眼睛变成蓝色，你看不见我了吗？我是你的妻子潘小娥，是你的白发老父母黄发小儿子……"

阿奇嫂的声音轻了下去。她的双手搂住自己的胳膊，又垂下来，撕扯着衣服，仿佛一道火焰在身子里燃烧起来，要穿透她的胸膛，要从她的喉咙里窜出来。

阿奇嫂的嗓音变得嘶哑了，像秋风中的树叶，微微颤抖着。

灵堂里人挨着人，一些人坐着，一些人蹲在地上。一直嘤嘤而泣的潘小娥，突然哇一声哭起来，哭声像风一样掠过灵堂，像水一样淹没了人们。所有的女人都放喉大哭起来，男人们不停地抽着烟，感慨叹息。

"早听说'送送你'公司哭灵哭得好，果然百闻不如一见……"

"阿奇嫂真像她自己碰了电线一样……"

"那是动了真情了……"

阿奇又拿起茶杯，递给阿奇嫂。阿奇嫂接过来，半凉的菊花茶在杯子里晃荡了一下，放回到灵桌上，她还是没有喝。

潘小娥的婆婆走过来，拿起那只茶杯，放下时茶杯底下多了一只厚厚的红包。

有人开始焚烧冥钱。

"我把眼泪和钱烧在一起，送给你。等到你的眼睛重新睁开，无常就会变成神仙,蓝色变回黑色,星星闪耀,弯月如钩,你看见我了吗?我是你的妻子潘小娥……"

哭诉声嘶哑,缥缈,在劣质香烟的烟雾里战栗着。

灵堂里突然起了骚动,有人惊叫起来:"小娥昏过去了,小娥昏过去了……"

唢呐手适时放起了音响,是一曲《心经》。在曼妙的吟唱声中,潘小娥缓缓醒过来,哭灵仪式也在循环播放的《心经》乐音中结束了。

在返回东乡柳堡的路上,阿奇嫂再一次从丈夫手中接过茶杯,菊花茶已经完全凉透了,她喝了一口,又喝了一口。

"茶杯下面的红包,我没有拿……"阿奇轻声说。

阿奇嫂瞅了丈夫一眼,说:"我看到了……"

阿奇又说:"打到手机里的款子,我也没收,一天后会自动退回去的……"

这一次,阿奇嫂没有吱声,她的目光注视着车前方。夜色深沉,车灯在前面几米远的地方跳跃,一对野兔从路边的草丛里跳出来,在路当中愣怔着,眼睛在车灯下发出蓝幽幽的光芒……

那一年夏收,阿奇的邻居在水稻田里碰了电线,他看到了蓝色的目光,看到了浑身着火一般的战栗。后来,他娶了这位邻居男人的女人……

阿奇熄了车灯,把乡道让给野兔。

"送送你"公司员工们坐在黑黝黝的面包车里,谁都没有吱声。秋风抚摸着夜树,弯月像一只鱼钩吊在半空里。

突然,面包车里响起嘹亮的唢呐声。

鹊 起

- 津子围 -

天气好的时候,老庞总是出现在街心公园,坐在斜角那条磨出本色的木椅上。从青草发芽到花瓣缤纷,从树叶遍地到雪地暖阳,时间长了,不仅很多人认识老庞,连梧桐树枝上的喜鹊,见到老庞都不停地欢叫。

椅子另一端坐的是苏颖奶奶,她和老庞谁都不瞅谁,眼睛望着前方,仿佛前方有无尽的景色和岁月。他们眼前是一片老街区,是整个城市最早生长的地方,难得地保留了下来。从空中俯瞰,那里成了四面围着高楼的"天井"。老建筑的年龄很大,外墙已经上了包浆,却有着温暖祥和的气场。

"喂喜鹊了吗?"苏颖奶奶问了一句。

老庞好一会儿才说话:"早晨喝的牛奶有点儿凉,烧心!"

"小不点儿去幼儿园了吗?"

"这个月的退休金昨天到账的!"

两人你一句我一句,前言不搭后语。

"生二女儿时你不在身边……"苏颖奶奶说。

"昨天下雨了吗?前天,前天好不好?"

"我说二女儿,你扯什么雨。"

"你老糊涂了?老二不是儿子嘛!"

"你才老糊涂了呢……那时候你一出海就三四个月……"

"我从没出过海……那是支援三线建设……"

"海上三线?"

"说你糊涂了还不服气,海上哪有三线?是西北,大西北!"

"编,老了老了,怎么还会编了呢?"

"我虽然不算铁骨铮铮,但也是一条硬汉,好几次要见到死神了,咬咬牙,还是回来了。"

"你是条硬汉,家里可苦了我了,一家老小,省吃俭用,那些日子都不知道是怎么捱过来的。"

"你是不容易,付出太多了,你劳苦功高,是这个家的大功臣总行了吧?"

"我可不图你表扬……要说苦累,你也苦累,我记恨你的是,你从不把我放在心上……一两个月也不写个信,好不容易盼到一封信吧,写得跟电报似的,就说生老二的时候吧……"苏颖奶奶开始唠叨了,一旦进入唠叨节奏就不容易停歇,还不免掺杂着抱怨。说到一半儿,一只喜鹊落在苏颖奶奶脚下,她连忙去照顾喜鹊,喜鹊飞走了，苏颖奶奶问："我刚才说到哪儿了？"

老庞瞅了瞅她，沉着脸说："说完了！"

夕阳暖融融地照在"口袋公园"的树上、草坪上，椅子和两位老人留下拉长的影子。苏颖奶奶过来搀扶老庞，她贴着老庞的耳边："我真是倒了八辈子霉，怎么偏偏嫁了你，受了一辈子罪！"老庞侧过脸偷笑着，如孩子般顽皮地伸了一下舌头。

一连几天，老庞没见到苏颖奶奶，他似乎找不到谁去问问，身边显得空空荡荡。"老东西，跑哪儿去了呢？"

不知什么时候，苏颖出现了，她有些迟疑地走到老庞身边。苏颖问老庞："您是庞大爷吧？"

老庞愣愣地看着苏颖，他一时又记不起自己是谁了。

"我是苏颖，我奶奶让我来找您的。"

"你奶奶？"

苏颖似乎明白了，她蹲在老庞跟前，问："大爷，您是不是总坐拐角这条椅子？"

老庞摇了摇头，又点了点头。

"经常跟您坐在这条椅子上的老太太，是我奶奶。"

老庞点了点头，又摇了摇头。

"我奶奶周五进医院了，昨天晚上才醒过来，她让我给您捎个信儿。"

"你奶奶住院了？要紧吗？"

"现在没事儿了，已经过了危险期……"

"你刚才说你奶奶……也坐在这条椅子上？"

"是啊。"

"经常坐在这条椅子上?"

"是。"

"你确定?"

"以前,我从远处看见过您,见您和奶奶聊天,只是没这么近距离……"

"走!"老庞用力站起来,"……哪家医院?"

"我奶奶没想让您去探视,她只是让我给您传个话儿。"

"走,你带我去!"老庞拉住苏颖的胳膊。

苏颖不好违拗,只好拉着老庞的手。这时,他们身后传来清脆的铃声,驻足间,自行车锻炼者从他们身边快速闪过。铃声使得老庞的意识水洗过一般清晰起来——老婆自行车把上挂着尼龙绸菜袋子,站在街口对他微笑,那是她最后一个微笑,是的,他老婆在二十年前就离世了。

老庞步履蹒跚,跟着苏颖向外马路走去。两只喜鹊倏地从草地上鹊起,跟随在老庞和苏颖身后,仿佛起舞。

三碗面

— 李立泰 —

媳妇听说簸箕柳区这次要征四十个青壮年，都补充到冀南七分区二十四团。

征兵动员会县里开了区里开，区里开了村上开，层层发动。男人当民兵队长，工作那么积极，平常是说别人的主，他能落后啊，一准报了名，别看他不吭不哈，该吃的吃该喝的喝，她也装没事人，没戳透这事。这回当兵跑不了啦，准有他。

打鬼子，枪对枪、刀对刀、你打我、我打你、你攮我、我砍你，死人还不跟喝凉水一样？枪子儿不长眼，说打死谁，老天爷一句话的事儿，小鬼儿生死簿上一勾你就那边去了。

她想到这心就打战，不寒而栗。家里老的老，小的小，儿子才十三，十亩地，他拍拍屁股就走了，她要侍弄。

媳妇扭过去身子，背靠背，嘴噘得老高，能拴个驴。

"你别生气，不能听他们瞎说，我不去，没报名。"她一听这话，扭过脸来。"真的？俺不信。你当民兵队长，能没你？"

"看看，我能骗你吗，我啥时候骗过你啦。在村上工作也是抗日，我组织担架队跟二十四团打'老吴（顽匪、汉奸）'，受伤战士及时抬下来救治，减少多少伤亡？李团长都夸咱村担架队敢上前线，敢听炮响，敢抬血人，敢在死人堆里走。"

她眼里含着泪儿，抚摸着他温暖宽厚的胸膛，说："俺知道你带领担架队上去，跟打仗差不多。但，俺心里还踏实点，就怕你走，整天提溜着心。哪天俺娘们儿俩摸不着你了，不敢想日子怎么过。"

他不敢再表白什么了。他说的那些，跟媳妇的话比起来太苍白了。

这几天他仍然为参军的事在村里忙活。他儿子听小伙伴儿们说："你爹要参军走了，你知道吗？"立马跑到村部找他爹，问："爹，听说你要参军走？"他对儿子说："别听他们乱说，没影儿的事，这回没我，过几天我去县里受训。"

一直坚持到临走前一天，他才跟爹娘揭锅。娘掉泪，爹叹气。他说："爹、娘，咱是老解放区，觉悟不能比人家低。参军打鬼子又不是光叫我自己去，别的人家当儿的能去，我不能去啊？再说，我走了，种地的事，村上组织帮工队，落不到后边，家里还有她哩。"老人这关过去了。

媳妇见他回家拿东西，换洗的衣服、烟叶啥的，知道他要走，咋想法拦他，就说："李臣孝你个没良心的，撇下俺娘俩儿不要了，你要走，我就跳坑死了。"

他一听媳妇说这，想，关键时刻压不住，就走不成了。李臣孝嗓门提高八度，喊："你要不叫我去打鬼子，我就跳井死了！"

妇道人家的拿手戏是大哭。媳妇"哇哇"地呼天抢地起来。随哭随唱歌般的念叨："俺没法过了，我的那孬命唉——"

他说："你愿意叫我站狗熊台啊？我告诉你，你别哭，我一两年就回来。你要再哭，我一辈子也不回来了！"媳妇一看这，就不敢哭了。"我再告诉你，我要待了狗熊台，咱全家，咱爹娘、你、小小儿，都别想在村上抬起头来。"

下午她怂恿儿子又去拉后腿，他小小儿找到村部，跟他说："爹，你去参军怪好的，吃白馍馍，我也去。""好！好哇！你来得正巧，正缺个通信员哩，去吧。"他儿子一听傻了眼，这招儿也不行，就回了家。

晚上，统一叫他们回家道个别。规定凌晨鸡叫三遍准时集合，去区里报到。

李臣孝在北屋跟爹娘说话，娘坐炕上看着熟睡的小小儿，上面椅上老爹，他爷俩一袋袋抽了半夜烟。爹说："我没啥说的啦，别挂家，他娘们儿有我和你娘哩，管好自己，打仗多加小心。"

他说："爹、娘，你们保重。打跑鬼子，儿回来再孝顺你们！"

娘撵他："回屋去吧。跟人家说说话。"

他回到屋里，媳妇已睡下。其实她心潮澎湃地睁眼听气儿哩。他进屋坐到杌子上继续抽烟。看她一眼，说："还生我气呀？"

她猛一扭脸，弓腰撅腚对墙去了。

"男人这辈子还不是就吃'三碗面'吗？人之间要有情面，给男人留个脸面，在外边有点场面。"他说给她听。

"明天区里欢送我们，戴大红花，有的骑马，有的坐轿，有的坐车，路两旁村民列队，队伍后鼓乐、秧歌欢送。区里搭彩台，唱戏、扭秧歌、举行隆重的欢送仪式。区长讲话发表祝词，鼓励新战士英勇杀敌立功，荣耀乡里！"他自顾自地说着说着，鸡叫头遍了。

她突然抬起头，泪水渐渐地说："俺想通了还不行啊！"

他着实出乎意料，媳妇说出这话。他说："俺对不起你，上有老下有小的。等我回来，再、再、再疼你！"

"别瞎叨叨啦！"她从炕头桌摸了颗枣，朝他砸去。

"憨玩意儿，还不抓紧哩……"

啥都没看见

- 吴嫡 -

老张是个清洁工,专管一段路,和同组的人轮流上日班和夜班。这天晚上,轮到他上夜班,他正在街边扫地,见不远处有个小伙子正要穿马路,突然一阵轰鸣声响起,一辆跑车风驰电掣地开过来,随着刺耳的刹车声,瞬间把小伙子撞出去很远。小伙子在地上翻滚了好几圈后,一动不动了。

老张抱着扫帚,惊恐地看着这一幕。这时,跑车司机发现了老张,下了车,来到老张面前。老张一下子就闻到了他身上的酒气,只见司机戴着口罩,一顶篮球帽压得很低,他用威胁的口气对老张说:"你看见什么了?"

老张迟疑地说:"你撞了人,赶紧报警吧!"

那人摇摇头说:"不,你啥都没看见!没看见车型,没看见车牌！记住，我知道你在这段路上扫地，我能查到你是谁！"说完，他拿出一沓钱塞在老张手里，然后转身上车，一溜烟跑掉了。

老张惊魂未定，愣了一会儿，打电话报了警。救护车赶到后把小伙子拉到医院抢救了，一同抵达的警车上下来几个警察，问老张是否看见是什么车以及车牌号，老张摇摇头说："啥都没看见。"警察就让老张回家了。

回到家，老张数了数那叠钱，刚好一万块，他摇摇头，把钱塞在了被子下面。

第二天，新闻报道了这起车祸，说由于这个路段没装摄像头，找不到肇事车辆，警方悬赏五千元，希望有目击者能够提供线索。还说小伙子仍昏迷不醒，很可能会成植物人，小伙子的家属也公开悬赏一万块，希望有目击者能站出来。

老张看了新闻后，在屋子里坐立不安。当天又轮到他上夜班，去上班的路上，经过一条巷子时，忽然被一个高个大汉堵住了。大汉戴着口罩，捂得很严实，恶狠狠地说："老头，你是不是想给那起交通事故提供线索啊？"老张哆嗦了一下，小声说："人家家属出一万，警方还出五千呢。"大汉在口罩后面哑了一声，从口袋里掏出一万块钱递给老张："拿着！已经两万了，比悬赏多。你要敢说啥，要你的命！"说完就跑了。老张惊魂未定地把一万块钱揣到兜里，继续去上班。

又过了一天，家属的悬赏上升到三万了。老张估计，又会有人来找自己了。果不其然，当天半夜就有人敲老张的房门，等老张打开门时，屋外却没人，只有扎得整整齐齐的两万块钱放在门口，还有一把锋利的匕首放在钱上。老张明白，这是肇事者派人送来的，之前的两万，加上这两万，仍然比警方和家属的悬赏要多。老张照旧把钱塞在了被子下面，同时把那把匕首放在了枕头下面。这一晚，他翻来覆去睡不着觉，又是兴奋又是恐惧。

等天亮了，老张打电话请了一天假没去上班，接着坐在床上，把钱拿出来，仔仔细细数了一遍，然后拎着袋子出门了。

第二天，老张在那个路段扫地时，刚好有记者在那里做跟踪报道，老张主动凑到记者面前问："听说家属的悬赏又提高了？"记者赶紧把摄像机对准老张："没错啊老同志，家属悬赏已经提高到五万了！"

老张直勾勾地盯着摄像机，大声说："如果我看见了什么，我肯定去提供线索！加上警方的悬赏，一共五万五了！"五万五这个数字他说得特别大声，把旁边的记者都吓了一跳，心说这老头真是财迷，挣不着的钱都这么兴奋。

当天晚上，老张坐立不安，磨蹭到半夜才躺下。他从枕头底下摸出那把匕首，握在手里，手心全都是汗。他相信那个肇事者一定会关注这新闻，也一定能听明白自己的意思。

果然半小时后，他的门再次被人敲响了，老张隔着门问："谁？"门外传来一个恶狠狠的声音："装什么糊涂，快开门！"老张颤抖着问："钱带来了？"外面的人不耐烦地说："我告诉你，老东西，这是最后一次了。以后不管那家人悬赏多少钱，你都不准再加价了，否则老子宰了你！钱我给你放在门口，记住我的话！"很快，门外传来那人转身离开的脚步声。

老张急了，猛地拉开门，果然有两摞钱放在门口，一个高大的身影正往外走。老张大喊一声："这钱不够！"那大高个被激怒了，回过头咬牙切齿地冲着老张就过来了。老张哆嗦着拿出匕首举在胸前，大高个稍一迟疑，抽出一把刀，仍然逼了过来："你这个贪得无厌的老东西，我看你是找死！"

正在这时，几个警察从房顶上、路边的沟里蹿了出来，大高个还没反应过来，就已经被几个人死死地扭住了。一个警察打开手电筒，照在大高个的脸上，老张认出了他，正是那天在巷子里堵住他的大汉。

经审讯，大汉不是肇事者，他只是个地痞，是肇事者雇来的。而肇事者是本地有名的商人陈尚。大汉说，其实本来撞了人赔点钱没什么，主要是陈尚那天晚上喝了酒，怕罪加一等。

警察找到陈尚，陈尚只好承认肇事逃逸的事。当他见到老张时，忍不住破口大骂："你这老东西，也不是什么好人！你三番五次收我的钱！警察同志，他这是敲诈！"

被撞伤的小伙子的家属们听了，纷纷指责老张财迷心窍，为什么不早点向警方提供线索。

这时警察站起来了，神情严肃地看着家属们说："你们知道老张同志为了帮你们，有可能丢掉工作吗？"家属们顿时蒙了，这和工作有什么关系？

警察拿出一张诊断书，说："老张同志来报案时，还带了这个医院证明来。他在半年前，视力就出了问题，白天还好，到了晚上，啥都看不清。他这样的情况，是没办法继续上夜班的。但清洁队有规定，每个员工必须日夜班轮换。老张为了不丢掉饭碗，一直隐瞒这事。那天晚上，他并不是收了钱才说啥都没看见的，而是他真的啥都看不见啊。他只看见了一辆车，但看不清车型、颜色，更别提车牌号了。肇事者给他钱时，戴着口罩和帽子，他也看不清。"

警察顿了顿，接着说："后来，肇事者又派人给他送钱，他觉得机会来了，第一次送钱他还不敢肯定，第二次又送钱，他就明白了，只要家属继续提高悬赏，他放话出去，对方肯定还会来送钱。所以他才找到警方，劝你们家属提高悬赏金额，他还主动接受记者采访，暗示对方多给钱。你们知道他要冒多大的风险吗？我们埋伏时不敢离得太近，怕被歹徒发现，老张同志要单独面对歹徒至少好几分钟的时间！"

家属们听了，又是震惊又是惭愧。最震惊的是陈尚，他目瞪口呆地看着老张，嘴里翻来覆去就一句话："原来你真的啥都没看见啊！"

尽管老张拿到了赏金，但他却高兴不起来，因为他更看重那份工作，没了工作，就要坐吃山空了。他跑到班长那里，解释了一大通，说自己其实眼睛没那么差，上夜班不成问题。

班长斜眼看了他一会儿说："你眼睛都这样了，还让你上夜班，出了事我得背多大的锅？你就别上了。"看老张真急了，班长哈哈大笑道："队里知道你的情况后，联系了医院，你的病是在社保范围内的，赶紧去做手术吧。另外，好几个同事都愿意轮流替你值夜班，把白班换给你。咋样，是不是该请吃饭？"老张一下子又啥都看不见了，不过这次不是因为天黑，而是因为眼泪。

收脚印

— 肖曙光 —

萧家冲有个传说，一个人临死前，会去曾经到过的地方，把留在那里的脚印收回去，不留一点痕迹在人世间。傍晚时，阳气低的小孩，在暗淡的夜色里能看见那人的影子。

不管这是不是迷信，徐大娘是相信的，因为小时候，她就经历过这样的事。那天，晚饭后，她走出屋子，向暮色中的田垄望去，她盼望能见到当老师的父亲，但这天不是星期六，父亲不会回来。如果回来，一定会给她带芝麻饼、柚子糖之类的零食。

她有点失望，正要进屋，忽然，瞥见一个影子在田垄中，虽然模糊不清，但从身形看像父亲。她擦了擦眼，那影子慢慢向她走来。是父亲！她惊喜不已。进了屋，连忙告诉母亲。母亲哪里肯信。她拽着母亲出来，打眼一望，田垄陷在一片昏暗中，不见父亲的身影。看花眼了。母亲斥责道。到了半夜,就接到父亲不幸坠楼的消息。

父亲是回来收脚印的。徐大娘一直这样认为。

那么这回,他是来收脚印的吗?徐大娘不敢信,也不愿意信。

徐大娘认识他纯属偶然。那天,她在家里做饭,一个人风风火火闯进来,说,到您这里搭伙,行吗?

徐大娘答应了。两人聊起了家常。徐大娘告诉他,村里穷,一些年轻人外出打工了,儿子媳妇两年了也没回来过。

上面没派人来帮你们?他问道。

来是来了,只到村里转一转,乡里接待吃顿饭就走了。徐大娘说。

菜炒好了。一碗酸菜。一碟豆腐。

太寒碜了。徐大娘有点不好意思。

好吃!香哩。他竟然吃得津津有味。

徐大娘笑了,你是第二个夸我家饭菜香的人。

第二个?第一个是谁?

第一个呀,好多年了。徐大娘说,听我婆婆说,是土改的时候,搞土改的干部来我家吃饭,他们夸我家的饭菜香,我婆婆经常提起哩。

那个时候,老百姓把自家最好的粮食拿出给干部们吃。干部呢,把饭菜偷偷地倒进锅里,或者拨到主人家儿女的碗里。他感叹道,那时干部不搞特殊化,实心实意帮群众,干群关系融洽。

是哩。徐大娘应和道,又问他,你咋知道这些?

我爷爷曾是名土改干部,经常跟我讲那些事。他说。

正吃着饭,乡长推门进来。看见他,乡长眼神有些慌乱,您……咋在这里?那边,我们都准备好了。

不去。不去。他摆摆手,又埋头吃饭。

乡长红着一张脸站在那里,表情很尴尬:招待不周到,您多包涵。

你们呀,一边扶贫一边铺张浪费,太不应该了。贫困群众需要扶贫,干部这里出了问题,也需要扶贫。他一脸严肃地用手指一指脑袋说。

吃完饭,他留下饭钱就走了。徐大娘后来才知道,他是来村里开展扶贫工作的。临近中午,乡里安排吃饭,被他拒绝了。

在他的帮助下,村里百亩果园建起来了,满山满坡种上了柑橘、樱桃、水蜜桃树。观光农业开办起来了,吸引城里人来这里休闲旅游。村里还成立了合作社,每家每户的土特产,可以通过合作社的网络平台销售。徐大娘在外打工的儿子媳妇回来办起了养鸡场。

他来养鸡场,徐大娘特意宰了只鸡,想请他吃顿饭。上回那顿饭太不像样了。徐大娘满是歉意。

他哪肯吃,说,您的生活好了,我吃啥都开心。

徐大娘偷偷往他车里放了两盒土鸡蛋。几天后,他竟然把钱给了她,说,我是名党员领导干部,不能坏了规矩。

这天傍晚,孙子悄悄告诉她,看见张伯伯了。

徐大娘一惊,他不是回去了吗?怎么又回来了?

薄雾笼罩下的村庄,安静寂寥,哪里有他的影子?但孙子语气很肯定:在山坡上见到他。

按说也不奇怪。好几次,徐大娘看到他在山岗上、田垄里、果树旁转悠。村里角角落落里都留下了他的足迹。

徐大娘寻了一个遍,还是没见到他。问村主任有才,有才说,晚上有一个会,他早就回去了。

想起多年前的往事,徐大娘心神不定,一夜没睡好。天亮时,又问有才,有才打了几次电话,他都没接。出啥事了?徐大娘心里很忐忑。

这时有才告诉她,微信里说县城方向昨晚出了车祸。

天啦,不会这么灵验吧?徐大娘悲伤地说,难道……

怎么了?有才问。

难道张副县长昨晚是来收脚印的?徐大娘声音里带着哭腔。

不是,不是,有才喃喃道,不要迷信。良久,又指了指心窝说,他的脚印是收不走的,早就留在我们这里,是吧?

徐大娘点点头,眼眶里满是泪水。

正说着话,一辆轿车冲破晨雾,向村里驶来。一张熟悉的面孔在徐大娘的眼里清晰起来……

收录机

— 唐风 —

我们农村有句俗话:"女大三,抱金砖。"母亲比父亲大了三岁,真不知抱的什么。反正这些年,除了我们兄弟三人儿马般一天天长大,家庭确实没有什么太大的变化。

母亲六十岁生日,父亲提出"庆六十",母亲却是极力反对。最终,母亲拗不过父亲,"庆六十"的事情终于定了下来。

其实,母亲年纪不算太大,"庆六十"也就是因为有着二叔与小姑。

二叔,母亲过门那年还不足六岁,夜间,冷不丁地尿床,母亲时常提醒:"尿不?"二叔十六岁参军入伍,转业落户到深圳。二叔每次回来,总是带着大包小包花花绿绿的食品,印制着 ASAR 的罐头,吃,我们都找不到开口的地方。

二叔不厌其烦地解释着各种食品的吃法。二叔说:"这种饮料,不是大口大口地喝,要用吸管一些一些地吮。"我们听得目瞪口呆,心想着,深圳人不嫌太麻烦?

父亲土里刨金,刨的总是土,金很少,我们的学杂费都是二叔打理,未到开学,二叔便汇来一笔可观的资金。所以,二叔是我们话题里炫耀的一面旗帜。

小姑是乡村教师,每月二十八块五的工资,当然,是不能与二叔同日而语,当然,我们也不能与小姑同日而语,小姑是介于二叔与我们之间的工薪阶层。小姑不能像二叔那样大把大把地寄钱,我们的各种作业本,小姑却是承担下来。

我们家里的大事小事都要和二叔商量。小卖部安装着村里唯一一部电话机,父亲来到小卖部给远在深圳的二叔打电话,征询着二叔的意见:"你嫂子'庆六十',你看,庆还是不庆?"

二叔很干脆,反问:"庆,为什么不庆?"末了,二叔问父亲,"家里缺少什么?别怕贵,尽管说来!"

二叔这么一说,父亲慌了:"我回家商量商量……"

在农村,有钱人家过寿辰,大多放一场电影或请来鼓书艺人演唱。我们与父亲商量来商量去,冒出一个念头:让二叔带回来一部收录机,这样等于搬来了一台戏,想听什么就听什么。我们催促父亲给二叔回电话,父亲挠挠头:"若是让你二叔带回一口不锈钢钢精锅,我去说;收录机这洋玩意儿不是我玩儿的鸟,我说不出口!"

我自告奋勇,一溜小跑来到小卖部,抓起电话说道:"喂,二叔,我是狗蛋!"

一直忙音,小卖部的人"扑哧"笑了:"不拨号,你就是比狗蛋大一号的驴蛋,二叔也不会理你!"

真是狗咬汽车——不懂得科学。我再次拨打,传来了二叔熟悉的男中音。我很激动:"二叔,我们想要一部收录机!"

二叔回应:"好的,好的,买'红灯'牌的吧,名牌!"

我很小心地问一句:"贵吗?"

二叔说道:"三百!"

好家伙,等于我们家养三头猪的价钱,我浑身一激灵:"二叔,不用买了!"

"咋不买?你这孩子!"二叔把电话挂了。

二叔果然带回来一部收录机,还有包装精美的磁带。

收录机让我们犯了难,因为农村没有通电。二叔解释:"收录机是交直流两用的。"言罢,便去小卖部买来六节干电池。"咔嚓",二叔打开收录机,反复问着母亲:"听歌还是听戏?"

二叔随便一捯饬,李谷一就唱起了湖南花鼓戏《补锅》;磁带翻转装进去,侯宝林便说起了相声。母亲夸赞吃着深圳饭的二叔真能。侯宝林嘴皮子挺溜,慢慢地,舌头发软,支支吾吾听不清说的什么了。母亲心急地问二叔:"咋回事?"二叔说:"干电池电量不足,磁带转不动了。"

母亲一惊:"听这东西比吃烧饼夹肉还贵啊!"

二叔走后不久,小姑却把收录机带走了。二叔是小姑的二哥,小姑听几天,情理之中。没承想,小姑一直不把收录机送回来。每当说到收录机，我们恨恨地说一句："这个小姑！"

我提出把收录机讨回来，母亲坚决阻止："谁听不是听啊！"

母亲的话，我很是气愤。当然，我更气愤小姑。忍无可忍，我偷偷地去了小姑家。

收录机罩着金丝绒外罩，在小姑家的堂屋里摆放着。我提出搬走收录机，小姑脸一沉："收录机不能搬！"

想不到，小姑要将收录机据为己有。我与小姑大吵大闹，小姑气得泪花闪闪："你这孩子，这般不懂事！"

小姑依然给我们买作业本、文具盒、钢笔之类的学习用品，我们哥弟却是背后议论着："一部收录机值多少钱？作业本、钢笔值几个臭钱？"

1980年，家家户户通了照明电，小姑把收录机送了过来。此时，我们的母亲业已过世。

小姑召集我们听一段录音。收录机里响起母亲的声音：

"一节干电池五毛钱，六节三块钱，不到三个时辰就干不动活儿了。三块钱可是我们全家一天的柴米油盐钱，不听歌能活，不吃饭不能活啊！我们买起马备不起鞍啊！我托付你小姑把收录机封存起来了……"

跳 闸

— 王德新 —

跳闸了！全区停电。

控制中心气氛紧张，仪表墙上的报警灯焦急地闪着红光。调度，安检，抢修，一干人集合待命，如临大敌。总工老毕赶来，启动预案，坐镇指挥。

"赶紧巡线。"老毕发出指令。

"已经派出一拨了。"抢修队汇报。

"再去第二拨！"老毕下令，然后一头撞进中控室，支棱起耳朵听仪表墙的嗡嗡声。

第一拨巡线回来了，没发现问题。

老毕看线路图，食指点着一个个节点，问，这个楼子查了吗，那个楼子查了吗……楼子就是变电站。有人就回答，查了，查了。

老毕又点住一个位置："这个呢，查了吗？""也查了。"有人答。老毕一连问了七八个点位。

第二拨人马回来了，仍然没发现问题。

老毕眉头锁着，沉思一会儿，掏出放大镜在图纸上找寻着什么。

老毕像是自言自语，说："是大鸟，是大鸟……"这也是大家预料到的，以前发生过多次跳闸，就是大鸟引起的短路。只是这次没有在电线下找到电死的大鸟。想必被狗叼走或者被人捡走了吧。处理故障这事儿，有时合理想象也是必要的，这是一条经验。老毕做出了决定："强制送电！"

强制送电开始，操作员小心地扳动闸柄，一推，接着是咔吧一声响，竟再次跳闸，红灯依然闪烁。

老毕决定亲自出马，巡线。

老毕带了两个小伙，带上仪器，驾一辆皮卡出发了。

一路巡来，还真没发现疑点。巡到钢厂时，老毕的心颤动了一下。这一片太熟悉了，不用睁眼老毕都能看清每一米电线、每一座楼子。当年的钢厂多红火啊，林立的烟囱冒着浓烟，像参天大树一样富有生机，轧钢的声响震耳欲聋，像春雷一样动听迷人。后来不同了，后来讲环保，钢厂迁到乡下去了，现在这里成了仓库，里面存着杂七码八的货物。电用少了，楼子就关了，别看放眼望去五六个，其实都报废了。望着这些报废的楼子，老毕不禁心潮澎湃，墙上白色粉刷的号码依稀可见，"3号"，老毕眼窝一热，老毕不会忘记，正是他主持了3号楼子的报废。这都过去多少年了。老毕的心又颤了一下，像有啥事要发生，似有一辆火车从最深处驶来，开始那样遥远，那样渺小，若有若无，渐渐地，声响越来越大，直至风驰电掣……之后，忽然静了下来，静得能听见细胞说话。老毕让停车，老毕下了车，盯住了"3号"。

目光在凝聚，凝聚，老毕的目光凝聚在"3号"顶部的一截电线上，这是一截普通的电线，是电网连接3号楼子的外线，挺短。老毕激灵一下，头皮发麻。老毕想起来了，十五年前报废3号的时候，剪了楼子的内线，剪掉内线，那变电器就断了奶，就算完活，而外线呢，有时剪，有时也不剪，那时规程也不细，不剪的话，外线就在楼子里留了个短短的茬头。

老毕预感到了什么，让一个小伙子去瞧瞧。

小伙子不以为然，嘟哝了一句："屋子里怎么会有大鸟……"就漫不经心地踏着荒草过去了，小伙子从窗子里往里瞅，忽然听小伙子一声嘶叫，连滚带爬地往回跑，小伙子面色如土，已说不出话来……老毕不知道是怎样飘过去的，室内昏暗，但那个骇人的场景还是看清了，哪里是大鸟，是一个人，正挂在电线在室内的短短茬头上，一动不动……

那是个半大孩子，许有十四五岁，触电的右手烧得焦黑。这一场景，在老毕的眼前挥之不去。老毕一下苍老了，那股精明劲儿不知哪里去了，木呆呆的，像换了一个人。

原因调查启动了，老毕和公安局的人参加。公安们很快查清了，是偷电线的，像这样的报废变压站常常被撬，为的就是一截截铜丝铁线。不用问，这是一起盗窃触电引发的跳闸故障。断这种案子，有时合理想象比事实更靠谱，这也是公安们的经验。

半大孩子的家在南部山区的一个村子。老毕和公安去了一趟，那个穷困潦倒的家刺痛了老毕，低矮潮湿的两间瓦房里，只有一位老奶奶在坐等孙子回来。老奶奶听完公安的通报，一动没动，像个泥塑一样。

老毕不知道是怎样告别那个家的，想不起来了。

老毕要写报告了。报告有两个方向。一个方向是公安的方向，最后的结论是"盗窃触电引发的跳闸故障"，是故障，不是事故，更不是责任事故。另一个方向是老毕的方向，结论是，电业公司报废变电站时残留了外线，导致一名未成年人触电，属责任事故，要处分人。老毕考虑了两天，两眼熬得血红。两天后，老毕提交了报告，然后沉沉地睡去。

老毕醒过来的时候，孙子正陪在床边。一见老毕醒来，孙子兴高采烈，向门外喊着："爷爷醒了，爷爷醒了。"就跑出去喊医生，打手机叫家里人来。

原来老毕已经在医院昏迷了五天。

"孙子，我的宝贝孙子啊！"老毕心里翻滚着。当年正是孙子出生那天，老毕急着回家，没有安排人剪掉外线。这些，老毕都已写到了报告里……

偷 青

- 朱海峰 -

他远远地躲在树后,看着女人挎着筐慌慌张张地钻进苞米地,随后就传来"咔嚓,咔嚓"掰苞米棒子的声音。

这块苞米地离屯子最近。其他地块都种的谷子和糜子,种得最多的是甜菜。队里的习惯,苞米都种在离屯子较远的坝外,分布在月亮河北岸。今年开春的时候,队长偏要在村头种一片苞米。好多社员不解,还不都得丢净了。

眼下正是八月初,苞米已经灌完浆,正是烧着吃煮着吃的好时候。

女人还真麻利,一会儿工夫,挎着满满一筐苞米从地里钻出来。她站在地头,静静地听了听,又警觉地向道两边望了望,确信没人,她将筐用力向胯上提了提,便迅速朝屯子的方向走去。

他悄悄地从树后探出头，观察着女人的一举一动。打算等女人走近时，来个人赃俱获。

也许是太沉了，女人挎得很吃力，她时不时地换一下胳膊。

他在心里暗骂：贪心的娘们儿，下手忒狠，掰了这么多，也不怕累死你。骂完，赶紧"呸呸"两声，还轻轻打了自己一个嘴巴，掰几穗苞米，至于咒人家死吗。

他长这么大从没骂过人，更没与人红过脸。那天，队长找到他说："选来选去就觉得你最合适，今年看青就你了。"

队长说得斩钉截铁，可他听得忐忑不安。他红着脸说："队长，我不行。"

队长却手一挥："磨叽啥，不行也得行。就这么定了。"

女人已经走近了，此刻，只要冲出去，就可以人赃俱获。可等他看清了女人，赶紧将头缩了回去。这不是老鸢媳妇吗，老鸢够不幸的了。去年就因为偷青，被看青的追撵，不慎摔到坝下，一直瘫巴在炕上。家里家外，现在都靠这个女人苦苦支撑。四个挨尖儿的丫头片子，正是长身体的时候。一定是揭不开锅了，不然，老鸢媳妇不会干这种偷鸡摸狗的事儿。

想到这，他不由叹息一声，腿沉重得像灌了铅，怎么也走不出树后了。眼睁睁地看着女人从他眼皮子底下走了过去，走回了屯子。

月光如水，无风亦无声。

他望了一眼黑黢黢的苞米地，索性坐到树下，掏出烟口袋，一边卷烟一边哼唱起来："穿林海，跨雪原，气冲霄汉。"他就会哼这两句,哼完恰好烟卷好了。他叼在嘴上,掏出火柴点着,又接连吧嗒了好几口,直到烟头的火旺起来,他又深吸一口,重重地吐出烟雾。

他长长喘息一口,自言自语道:"这青真不好看。"他记起,自打苞米灌浆以来,已经连续三天有人偷青。

前天半夜,他从坝外巡查回来,刚走到这片苞米地头,就听到苞米叶子哗啦哗啦的声音。不好,有人偷苞米。他急忙闪到树后,等人钻出苞米地,他看清偷苞米的竟然是王瘸子。王瘸子是地主,解放后被没收了全部财产,挨斗时,被打断了一条腿。他要是家里能揭开锅,才不会这么大胆子来偷青。这要是被抓住送到队里,还有活命吗?还是放他一马吧。他目送着王瘸子扛着一袋儿苞米一瘸一拐地回了家。他摇了摇头,队长要是知道了,就是罚他,也认命了。

最匪夷所思的是昨晚,当时刚入夜,他进到地里查看,没承想,与往出走的秦大奶奶撞了个正着。秦大奶奶那是谁呀?烈士的母亲,现在领着一个七岁的孙子相依为命。他啥也没说,看了看秦大奶奶的筐里,也就装了七八穗,他一转身,又掰了七八穗,装进秦大奶奶的筐里。秦大奶奶惊愕地说:"这怎么可以?再说我也拎不动啊。"

他一哈腰,拎起筐,挎在腰间,咚咚咚……帮秦大奶奶送回了家。

得,看青的帮偷青的唱双簧,还给送回家,这不是监守自盗是啥?这活儿还能再干吗?

第二天，他去找队长："您还是让四愣子干吧，丢多少您罚我好了。"

队长诡秘地哼一声："你还提四愣子，去年要不是他虎吵吵地瞎撺，老蔫能摔下大坝，至今还瘫巴在炕上吗？让你干你就干，我就信得过你。"

话说到这个粪堆儿上，他还能咋整，继续看吧。

秋收的时候，村头那块苞米地只收回一点儿秆儿禾。真让一些社员说对了，整块地的苞米丢得一干二净。

队长非但没处罚他，还说，这青他看得有水平。社员们也乐呵呵地提议，应该给他奖励工分。队长竟然同意了。只有他自己糊涂着。

我和老龙的过期友谊

-安勇-

那年春节,老龙第一次拎着礼物来串门。我们俩天南海北唠了小半天,茶叶泡得没了颜色,才意犹未尽地分了手。我感慨老龙是个讲究人。老婆把东西摆弄一遍,嘴撇到耳丫子,讲究个屁,他根本没拿你当回事,送的都是过期玩意。我一看,还真是,茶叶是两年前的,还开了封,藕粉过期了半年,盐水火腿过了仨月,顶数桂花鸭新鲜,过了半个月。

我把那些东西扔进垃圾桶,心里又愤怒又窝火。我出门穿大街走小巷,看到超市就进,有志者事竟成,终于在一个偏僻的小卖部里找到了。一袋过期四个月的茯苓饼,一袋过期五个月的蛋黄派。小卖部老板热心肠,把货架翻了个底朝天,又找到一袋过期两个月的卤鸡爪子,一袋过期一年的锅巴。我高高兴兴付了款。

几天后就是元宵节，我拎着东西去看老龙。国内国际唠了小半天，茶叶泡得没了颜色，才意犹未尽地分手。二月二，龙头节，老龙又拎着东西来了。我俩聊到了童年趣事，都笑得前仰后合。老龙走后，我检查他带的东西，红肠和巧克力都过期了两个多月，盐煮花生米过了一年。我把东西扔进垃圾桶，心想，看来得做好打持久战的准备了。

我向亲戚们求助，弄到了一袋过期酱牛肉、一只过期盐水鸭。捱到劳动节，我去看老龙。我们俩从读书聊到工作，恋恋不舍地分了手。端午节老龙来了，拿的啥就不细说了，反正也是过期的。从端午节到中秋节，三个多月没啥节日，我心里也越发苦恼，不知找啥借口能去看老龙。得知老龙切阑尾的消息，我急三火四去了医院。老龙感动得眼泪在眼圈里直打转，抓住我的手一个劲喊兄弟。中秋节，老龙康复如初，拿着礼物来看我。我看也没看扔进垃圾桶，琢磨着国庆节该给他送点啥好。

兄弟姐妹三叔二大爷家里有过期的东西都会主动送给我。我如获至宝，精心储存起来，盼望着节日来临，好把它们送给老龙。看到我和老龙的友谊物资丰富，我心里有一种巨大的满足感。有时候，我会不由自主地想，都说婚姻不是两个人的事，而是两个家庭的事，友谊同样不是两个人的事，而是两个家族的事。想想看吧，如果没有亲戚们大力支持，我和老龙的友谊咋能如此稳固地发展下去呢！

不知不觉间，我和老龙的友谊已经持续了十年。

如今，我们已经变成了最亲密的朋友，跨过最初的愤怒和报复后，我和老龙的友谊已经站到了新的台阶上。换句话说，礼物虽然是过期的，友情却始终在保鲜期。尽管觉得自己的见解深刻，但每次老龙走后，我还是第一时间把他送的礼物扔进垃圾桶里。我觉得老龙应该也是这样干的。

那天是重阳节，我送走老龙回到屋里时，小外孙子手上拿着一块萨其马正吃着呢。我急得直跺脚，让他赶快扔掉，过期的东西不能吃。女儿问，老爸你看生产日期了吗？我说，用不着看，老龙送来的东西都是过期的。女儿说，老爸你错了，这些东西没过期。

我当时就傻眼了，好多疑问像风车似的在心里转腾。老龙是这次拿的东西没过期，还是以前拿的东西也没过期呢？他是从什么时候开始给我拿不过期的东西的呢？他发现了我给他送的是过期的东西吗？如果他发现了，心里是怎么想我的？如果没发现，那些东西他是不是都吃进了肚子里？

这些疑问我无法回答，但我知道，我和老龙的友谊已经结束了。

我娘这辈子

- 张凯 -

我爹我娘，相识在朋友的婚礼上。那时结婚都简单化，新郎新娘的行李搬到一起，再把各自的朋友请来，发发喜糖、抽抽香烟，就是一家子人了。

我娘漂亮，有风韵，有内涵，追她的小伙子一拨接一拨，我娘就没看上一个。我爹是乡下人，木讷，老实，言语金贵。老大不小了，媒人说过几个姑娘，见面时，我爹头一低只搓手，硬是说不出话来，结果都一样，人家姑娘看不上。

朋友的婚礼刚结束，我爹壮了壮胆，走到我娘跟前说："明天中午，我请你到淮滨饭店吃饭，好吗？"我娘看着木讷且红着脸的我爹，很是吃惊。出于礼貌，我娘还是答应了我爹。

第二天中午，我娘如约来到淮滨饭店，这时我爹已找好位置坐下等我娘。我爹我娘对面坐着，没啥话说。我爹头微低，眼皮上翻，木讷讷地瞅我娘。我娘被他瞅得心里发毛。我爹我娘间的气氛十分尴尬。我娘一心只想尽快结束，马上回家。就在我娘要开口说回家的当口，女服务员端来两碗白开水，说："请二位喝碗茶。"我爹突然说："服务员同志，我喝白开水习惯和辣椒面，麻烦你把辣椒面拿来。"

喝白开水和辣椒面，我娘愣了。服务员"啊"的一声也愣在那儿。我娘和服务员的目光都集中到我爹身上。我爹不知所措，尽量把头往怀里藏。服务员把辣椒面拿来，我爹把辣椒面放到碗里，用筷子搅和搅和，就大口大口地喝了。

我娘特别好奇，问我爹："你喝白开水，和辣椒面干啥？"我爹沉默了很久，一字一顿地说："农村人，家里很穷，喝凉水和辣椒面好喝。现在我都几年没回家了，喝白开水和辣椒面，就当是我想家吧。"

我娘听了，浑身起鸡皮疙瘩，头发直往上竖，两眼发酸，但心被实实在在地打动了。我娘暗想，打记事起，她第一次听到一个大男人说想家。我娘就认定，知道想家的男人是顾家的男人，顾家的男人就是好男人，好男人都是可靠的男人，可靠的男人就能跟他过一辈子。我娘忽然就想和我爹多说几句话。最后，我娘没有拒绝我爹送她回家。

后来，我爹我娘频繁约会。他们再到饭店吃饭，每次我娘都对服务员说："请拿些辣椒面来好吗？我的朋友喝茶喜欢加辣椒面。"我娘渐渐感到我爹实际上真是好男人。我娘认为，我爹的大度、细心、体贴，是好男人的标准。我娘暗自庆幸，幸亏当时出于礼貌没拒绝，才没和我爹擦肩而过。再后来，我娘我爹结婚了，从此过着四十多年没有硝烟的幸福生活。我爹也喝了四十多年和辣椒面的白开水，直到我爹得了那场病。

一天，我娘在箱底发现了一封信，信封上写着：家里的亲启。我娘流着泪拆开信，信的内容，让她吃惊，让她痛不欲生。

家里的：

家里的，我就要走了，但你要原谅我欺骗了你四十八年。

家里的，还记得我第一次请你吃饭吗？当时尴尬透了，也不知道是怎么想的，我竟对服务员说拿辣椒面来。说都说了，只好将错就错，硬着头皮喝。没想到你竟好奇，你这一好奇，我竟喝了四十八年和辣椒面的白开水。知道吗？喝和辣椒面的白开水，咽的时候辣得嗓子疼，喝到肚子辣得胃难受，屙屎辣得屁眼疼，好在都习惯了。

家里的，你知道不？每次你把和辣椒面的白开水端给我，我都想告诉你，我再也不喝了。可还是忍住了，我那是怕你生气呀，更怕你会离开我啊！现在我什么都不怕了，我知道过不了多长时间就会死喽。

家里的，人死后，生前所做的错事，哪怕是欺骗，总会被活着的人原谅的，对不对？

家里的，我这辈子能和你做夫妻，是我祖上修来的德，是我一生最大的幸福。如果有来生，我还要娶你做我的老婆，只是我再也不喝和辣椒面的白开水了。

家里的，我走后，你多保重。但别忘了，每天还给我弄一碗和辣椒面的白开水。

戏中寒

– 赵淑萍 –

马天芳是个京剧表演艺术家。最近,他应邀在青岛表演经典剧目《南天门》。在戏中,他饰演义仆曹福,在主人曹正邦被权奸所害后,他携曹小姐出逃,走雪山时脱衣为其御寒,自己却冻死途中。

这天,正值酷暑,戏里戏外,简直是冰火两重天。舞台上,大雪纷飞,寒风瑟瑟。马天芳玄衣白须,扮相形神俱佳,演唱酣畅朴直,雄浑苍劲,动作洗练洒脱。当戏入高潮时,马天芳已经一脸的汗,被灯光一照,闪闪发亮。此时,台下鼓掌声、呐喊声一浪高过一浪。突然,有一种异样的声音从人群中传出,原来有人喝倒彩,很快又带动了一片观众一起喝倒彩。马天芳循声望去,记住了最先喝倒彩的那张面孔。

他一下台，就在脑海里迅速过了一遍自己的戏，并没有发现任何纰漏。他甚至问了在侧幕后观看的人，大家都觉得没有任何闪失。马天芳很纳闷，等到全戏结束，演员谢幕时，他往台下看去，发现那人还在，也跟其他观众一样在拼命地鼓掌，他更纳闷了。于是，大幕一合拢，马天芳就急急下台，径直走向那人，请他留步，并邀至后台。看座，沏茶，并恭恭敬敬地问："敢问先生尊姓大名？"

看客说："我姓辛名达。如果不喝倒彩，又怎能接近大名鼎鼎的马天芳先生呢？"

不等马天芳说话，辛达就把马天芳的籍贯、家世如数家珍："您祖上是簪缨世家，令尊迷上了戏，就跟着戏班走了，因此他被永远逐出了家族。您从小学艺，博采众长，小小年纪就声名驰骋。"看来辛达对马天芳了如指掌。辛达又说："我和令尊大人一样是票友，我佩服他的勇气，可我永远只能做一个票友。"

马天芳为他续了茶，说："先生对我了解细致入微，不胜荣幸。只是今天的事，还望先生指点迷津。"

辛达说："指点岂敢，只是，戏中大雪纷飞，老曹福衣衫单薄，应当是打寒战、起鸡皮疙瘩，怎么可以大汗满面？"

马天芳说："我唱念做打，盛夏里怎么能不出汗，又怎么能冻出鸡皮疙瘩？"

辛达呷了一口茶，说："机会难得，在下只求一事，明日上演，是否允许鄙人客串一回？一则满足平生夙愿，二则切磋剧情。先生意下如何？如有差错，在下一人包揽。"马天芳答应了。

第二天，《南天门》再开演时，马天芳穿了便装，坐在了最前排，目不转睛地盯着辛达。只见辛达饰演的曹福，举手投足都是马天芳的韵味。待戏到高潮处，辛达瑟瑟发抖着，不仅手和脸上都没汗，脖子上还起了鸡皮疙瘩。马天芳惊讶不已，等到全戏结束，他到后台拜谢辛达，并表示了叹服之情，称其为一戏之师。但辛达说："谢谢您圆了我的一个梦。论技艺，我怎能跟您相比？控制出汗是容易的，少喝水，练功，就是了。"

离开青岛前，马天芳到辛达住处告辞，可辛达因受寒卧床，日益严重，已经住院。马天芳赶到医院，辛达看到他，蜷身坐起，居然打了一个寒战。而此时，窗外是猛火日头。马天芳不解："大热天，你怎么会得寒症？"

辛达说："戏中寒，冻伤了。但是，我终于了了心愿。"

马天芳从未见过如此"入戏入道"的票友，一出戏，自己流汗，他却冻伤。马天芳回上海后，还给辛达寄去了调理的中药，问候病情。而辛达的回复，总是云淡风轻。后来，有知情人告诉他，辛达的寒症持续了半年之久。即使病愈，每逢人提到马天芳，提到《南天门》，辛达还会不自禁地打寒战。

小叔木江

— 陈振林 —

那个我正读大三时的暑假,阳光每天都灿烂。我想着阅读一本好书,充实自己的暑期生活。

"读《源氏物语》啊,很好的一本书。"我的小叔木江对我说。

我转过脸,他正对着我笑。我一惊,小叔木江他怎么会知道《源氏物语》这本书呢?十多年前,只读了初中二年级的他就辍学了,去了南方打工。后来,回家结婚生子。如今,守着一间小卖店,照看着六岁的儿子上小学。

"我读过《源氏物语》的,觉得很不错,所以推荐给你读读。"他又对我说,一脸的真诚。他比我大十岁,虽说是小叔,但我们说话也比较随意。他的情况我知道的也多,当年他上学时,说是成绩不大好,也常常和同学打架,读到初二年级时课本也不知道丢哪儿去了，于是干脆不上学了。

但小叔木江既然说了，我也就上书店去买了一本《源氏物语》。在当天晚上，开始了我的阅读之旅。其实我之前就知道，这部日本女作家紫式部的代表作品，以日本平安王朝全盛时期为背景，描写的是主人公源氏的生活经历和爱情故事。

三天之后，小叔木江找到我，说："你开始阅读《源氏物语》了吧？里边的情节和人物能够分清不？"我笑了笑，其实我才开始看，自然是不能分出人物关系的。他也笑了笑，将一张八开的白纸递给我。白纸的上边，是一张《源氏物语》人物关系图，用黑红两色的钢笔勾画而成。"知道不？这张图曾花了我一周的时间呢。借给你用几天吧。"他说完，又回到了他的小卖店。

我在心里开始佩服他了，没有想到，初中没毕业的他居然能够画出这样一张高水平的人物关系图呢。我继续我的阅读生活。就在我将这部小说阅读一半的时候，小叔木江又来了。他并不急着走，我为他倒了一杯茶。他和我探讨着小说的人物和情节，时不时地，也和我争论一番。他说："你是中文系大三的学生啦，你说说，紫式部在作品中塑造了众多高雅美丽的女性形象，你最喜欢哪一位？怎样理解小说中的紫色？"

我说："当然是紫姬这个人物啦。紫式部对紫色因缘表现得最直接，她赋予了桐壶、藤壶、紫姬这三位女主人公与紫色相关的名字，并赋予了三人相似的容貌。"

"这是通过紫色这一色彩，对象征人物的同一性的一种表现手法。"小叔木江接过我的话，补充说道。

我听了，更有些惊讶，这"同一性"是个专业术语呢，他怎么也懂？我连忙问他："小叔，你不会后来上过大学吧？"他连连摇头，说："我心里真是想上大学，可以看好多好多的书呢！可是，我确实只读过这一部《源氏物语》长篇小说。"

一个月之后，我将《源氏物语》看完了，我去将他借给我的人物关系图还给他。他正清点着这个月里小卖店的账务，就随手递给我一个笔记本。笔记本有些破旧，一打开全是密密麻麻的字，有的大，有的小。我仔细一看，内容全部与《源氏物语》有关，有的是情节概述，有的是人物评价，有的是写法琢磨，还有阅读时的疑惑。

"这全是我那一年胡乱写下的笔记，那一年，我21岁，正在深圳一家电子厂做仓库保管。"他转过脸，对我说。

一会，他的账务完成了，又和我说起《源氏物语》。他让我说自己的见解，我说："就是这《源氏物语》，开启了日本文学的'物哀'时代，并影响了包括夏目漱石、川端康成、宫崎骏在内的大批日本各个领域的艺术家，对日本文化造成了深厚的影响呢。"

"可是，'物哀'我还不够懂，到底是什么呢？"他开始问我。

"物哀是……"我正要说，他的妻子我的小婶进屋来了。她说："物哀是日本江户时代国学大家本居宣长提出的文学观点，他也是专门研究《源氏物语》的，写过一本注释书。"

小叔木江笑了："对《源氏物语》，我们家的梅子是个专家呢。"

小婶梅子笑得更厉害了，对我说："那一年我也不过22岁，刚刚大学毕业，在深圳那家电子厂做行政，却迷上《源氏物语》，你家做仓库保管的小叔,每天都来找我,和我一起说话,说要一起研究《源氏物语》,我也不明白,这个初中没毕业的家伙,居然能看懂这高深的《源氏物语》……"

我在心里笑了。我知道,眼下,一个初中生教着一个大学生读完了一部长篇小说。而在当年,也只是因为一部长篇小说,却开始了一段美好的爱情。

小 妖

– 吴安安 –

在我们这里的乡下,不论大人还是小孩,都企望能抓到一只能给他们带来好运气的小妖。小妖是什么呢?谁也说不清。春草从地里冒出来时,小妖就不知从什么地方,欢欢喜喜地钻出来了。它瘦瘦的,眼睛奇大,长得很像一只没有翅膀的蜻蜓,如果不看眼睛,只看它的长胳膊细腿,更像一只能弹跳出老远的虾公。

小妖比变色龙还善于变幻色彩,它要是在草丛里休息,颜色就是青绿的;要是在土地上爬行,颜色就是土黄的;它要是躺在屋顶的蓝瓦片上,那它的小身子就是瓦蓝色的;它也能漂在水面上,无论小河小溪小沟里,只要有片能放得下它的树叶子,它就能优哉游哉地泛舟玩耍。总之,它能在不同的环境中玩视觉失踪。

因此,小妖绝非想抓就能抓到的,得看它跑到谁家,那家人发没发现它。

那天早上,大长腿爷爷揭开院子里的木缸盖想舀水,就见浮在水面上的葫芦瓢里,正悠闲自在地睡着一只小妖。大长腿爷爷的眼睛瞪得比牛眼还要大,伸手就要捉葫芦瓢里的小妖,小妖一下弹跳出水缸。大长腿爷爷甩开长腿奔了几步,就扑蚂蚱逮蝈蝈般把小妖捂盖在了手掌下。

"呵呵,你什么时候住在我家了?看来我还有发财的机会。"大长腿爷爷脸上笑开了花,小心翼翼地擎着小妖,在阳光下左看右看,"这小东西,恐怕真要给我带来好运了。"

"只要你放了我,要什么我都答应。"小妖细声细气地说。在大长腿爷爷两根粗糙的手指里,小妖吓得半闭上眼睛,身子一会儿白一会儿绿,紧张得不知道变什么颜色才好。

"在没有捉到你之前我就想好了,我要你给我送来两担钱。"大长腿爷爷张口就说。大概他把小妖当成聚宝盆或者摇钱树了。

关于聚宝盆和摇钱树的传说,老人们给我们小孩子讲得太多了,听得我们耳朵都起茧子了,自然不想再听,我们对小妖的故事更感兴趣,都想有那么一个机灵古怪的小妖。

大长腿爷爷把小妖放在地上,小妖三弹两跳就没踪影了。到了晚上,大长腿爷爷警醒着,侧耳倾听屋外动静。半夜时,就听见院子里传来"啪嗒啪嗒"沉重的脚步声,同时还响着"吱呀吱呀"的声音。这动静一听就像是个大汉挑着重担。

"两担钱来了,我给你放哪儿?"屋外响起一个大汉的声音。

大长腿爷爷又喜又怕,不敢出去接钱:"放门口吧。"

就听门口传来放下重担的砸地声,那大汉瓮声瓮气地说:"两担钱放门口了,我走了。"

听脚步声出了院子,大长腿爷爷才开屋门去看两担钱,找来找去,只见在门口的一小块青石墩子上,一条小细竹篾的两端,用线吊系着两枚小铜钱。

大长腿爷爷因为这样的两担钱,成了我们那里的笑话,我们再看到大长腿爷爷时,就喊他"俩小钱爷爷"。俩小钱爷爷也不羞恼,反倒笑嘻嘻地说:"它那小样儿,能给我挑来两个钱,也是费了九牛二虎之力了。"

小妖被俩小钱爷爷勒索了俩小钱后,就不在他家住了。我们都望眼欲穿地等着小妖去自己家里住,什么水缸里浮个葫芦瓢啊,灶台上放个干净的蛋壳啊,只要是小妖喜欢住的物件,我们都特意布置出来,甚至在街门或者屋门下面,给它挖通一条小道,企望它能不受阻地进到我们家来。

村庄里的细腰婶,惜言如金。秋天时,细腰婶无意中发现小妖住在自家皂角树的空皂角壳里,晃晃悠悠得像住在摇篮里。细腰婶装作什么也没有看见,平常该干什么就干什么,连丈夫和孩子也没有告诉。

一天晚上,细腰婶从皂角树下走过时,住在皂角壳里的小妖跟细腰婶说:"东南地的瓜田里,有三只猪在啃你家的甜瓜。"

细腰婶急忙赶到瓜田里,真的有三只猪从村子里跑出来,在祸害她家的瓜田。细腰婶赶来得及时,地里的甜瓜才没有受什么损失。

又有一天,细腰婶看见小妖爬下皂角树,背着空皂角壳,好像在另觅地儿安置新家。细腰婶依旧装作没看见的样子,正要走过去,小妖说:"后天会有许多鸡蛋大的冰雹从天上落下来,你最好在你家的屋顶上铺上木板和秸草,你家里将有两只鸡被冰雹砸死。我也要搬家了,皂角壳可挡不住冰雹。"

细腰婶当即就和丈夫在屋顶上铺上木板和秸草,并且告诉村民防冰雹,村民都不相信,说好好的天气,怎么会有冰雹。细腰婶这才把小妖住在她家皂角树上的事说了。

到了后天,天上果然砸下来许多鸡蛋大的冰雹,幸亏村民早有防备,除了庄稼受损,人畜都没有大碍。细腰婶家的两只母鸡,因为下冰雹时正在外面觅食,被冰雹砸死了。

从那以后,我们虽然都知道村庄里住着一只具有神通的小妖,可不知道它究竟住在谁的家里,因为我们都在跟细腰婶学习,知道也不说,至于那些不知道的人,更无从说起了。反正谁家的孩子异样聪明,或者谁家做事有先见之明,我们都会暗中猜测他家住有一只小妖。

醒 来

- 张洪霞 -

感觉她越来越像小孩儿了,喊她"妈",她不答应,喊她"金枝",她却回应得清脆响亮。

那天傍晚,金枝跳完广场舞,气喘吁吁地跑过来说,你快看,那件衣服真好看!她指着前面穿着孔雀蓝上衣的大妈。

看她眼里扑闪的火苗,我就知道,爱美的金枝是看中那件衣服了。我搂过她,说,明天休息,带你去商场买新衣服。

第二天逛完商场,已是中午了,我们去了商场四楼的美食城。此时的美食城里一片繁忙嘈杂,每个窗口都排着长长的队伍。

终于看到靠窗那儿刚空出一张桌子。我安顿金枝坐下,把淘了一上午的大包小包往她身边一放,说,我去排队,买你爱吃的水磨豆腐,还有酥肉。走出两步,我不放心,转过身又在她耳边千叮咛万嘱咐，你可别乱走啊。她撇撇嘴，笑了，两只手不由自主地搂紧了那堆衣物，说，傻丫头，我不会乱走的，我还得守着我的新衣服呢。

我喜欢看金枝吃水磨豆腐的样子，满脸都是知足的笑，她说这儿的水磨豆腐吃着有小时候的味道。开始的时候，我不明白为什么每次她都让我买酥肉，却一口也不吃，最后只好打包回去。有一次，她突然跟我说，其实酥肉是给大美买的，大美从小到大最爱吃酥肉了……

我端着豆腐和酥肉，躲开来来往往的人，边走边抬眼望去：天哪！金枝不见了，座位上空空的。我嘴里喊着借光，三步并作两步向那张桌子奔去，同时大脑在飞速地转着，她去了哪里？到了近前，看见那些大包小包的还都在，我问桌对面埋头吃饭的男人，坐在这儿的老人呢？男人抬起头看着我，摇了摇头。

我环顾四周，除了满满登登吃饭的人外，就是此起彼伏的吆喝声。我的心揪在一起，汗水瞬间流了下来，我恨不得打自己一巴掌，我怎么能把金枝一个人留在这儿。

我迈着发飘的腿穿梭在桌子间，一张张地看过去，没有。我绕过大厅，往电梯口跑去，也没有。就在我茫然无措地回转身时，我看到了金枝，她正坐在一张靠着柱子的桌子旁。

我的心终于扑通一声落了地，刚才那股紧张劲儿在一身冷汗中放松下来。但片刻间，我的心又不由自主地揪了起来，因为我看到金枝正满脸慈爱地看着她对面一个穿白大褂的女孩。

女孩一边看手机，一边漫不经心地用筷子夹菜，慢悠悠地往嘴里送，金枝的眼睛随着女孩的筷子一上一下地转动，嘴里还不停地说，慢慢吃，不急啊！女孩戴着耳机，全部心思都在手机上。

我轻声喊，金枝，她不吱声，拿手在她眼前晃，她也无动于衷，就那样直勾勾地盯着女孩看。我知道这个时候我就是硬拽都拽不走她，只好坐在女孩旁边等她。

过了许久，女孩就像水里的鱼儿冒出水面呼吸一口新鲜空气一样，终于从手机里钻了出来，刚一抬头，就和金枝直勾勾的眼神撞了个正着。女孩侧过头，看了看我，然后拿起手机，头也不回地走了。

金枝目送女孩消失在拐角处，还痴呆呆地望着，我看到她满脸的疼爱，继而是失落。

突然，她站了起来，喊了一声：服务员，打包。

周围的目光齐刷刷地向这边射过来，我满脸通红，小声对她说，不能打包，这不是我们的。金枝把手放在嘴边，嘘了一下，说，这是大美吃剩下的，带回去她晚上吃。下了夜班，大美就像只小饿狼，吃啥都香。说完，金枝吃吃地笑起来。

原来，她是把穿白大褂的女孩当成了大美。

回到家，金枝顾不得她的新衣服，一直站在阳台上往下张望，嘴里还不停地说：大美怎么还不回来，医院再忙，也得让人吃饭不是？她让我给大美打电话。我说，大美有急救任务。她挠了挠花白的头发，说，你看我又忘了。天黑透了，金枝还站在阳台上，无论怎么哄劝，就是不肯回屋。

我只好拿过手机，假装给大美打电话，然后告诉她，大美马上就到家了。她一听，乐颠颠地去厨房热饭菜。爱人带着孩子进了卧室，我穿上白大褂，然后装成刚进屋的样子，冲厨房喊，我回来了。

因为金枝只记得大美穿白大褂时的样子。

大美是一名急救中心的护士，在一次出急诊返回医院的途中，出了车祸。危急时刻，大美弓着腰把正在抢救的割腕女孩护在了身下。

金枝在近五十岁时才有的大美。大美走了，她的世界一下子就塌了，几天几夜不吃不喝不睡，声声地喊着：大美，你醒来啊，醒来。在一次重度昏迷后，醒过来的她就开始神志不清了，常常处在一种混沌的状态。她一会儿以为我是大美的姐姐，一会儿以为我是大美，其实大美哪有什么姐姐，但在她混沌的意识里，她有一对如花似玉的女儿。

夜深了，我哄着金枝睡下，看着她安静地进入了梦乡，我喃喃自语，妈，你啥时能醒来啊？

可我又不希望她醒来！

我抚摸着左手腕上的伤疤，心里的雾气弥漫开来。

五年前，在大美离开后不久，我站在了大美父母面前。金枝看到我的瞬间，惊叫一声，把我紧紧地搂在怀里，说，大美，你可回来了。

盐 官

– 相裕亭 –

沈老爷察觉到小伍子胸前那块小怀表不见了。但,沈老爷一直没有去问小伍子。

沈老爷总是觉着欠了小伍子什么。

那孩子,是三房的姨太所生,小的时候放在盐河北乡他舅舅家那边,长到快要上学了才领回来。他的性情野了!捉鸟、掏鳝,晚间去盐河边照蟹是把好手,让他到南书房去读书,他就烦躁不安。沈老爷训过、骂过,交给先生严加管教过,都没有把他那野性矫正过来。

转过年,小伍子虚岁十七,沈老爷不指望他成什么大器,便将前河沿的布庄交给他去打理,目的是历练他的经商之道。岂料那孩子在乡下待得太久,进城以后,所结交的朋友也都是北乡过来混穷的"泥腿子"。其中,有一个混得还算不错的——在盐政科里当差。

小伍子领那个年轻人到家里来过,叫什么名字,没去细问,只听小伍子来回喊他"大头杨,大头杨"。

沈家人知道,那个大头杨有个远房的舅舅在县衙里做事。否则,他很难谋到盐政科里那个职位。

早年,在盐政科当差的人,都穿灰色双排扣的制服,打着白色的裹腿子,他们的大盖帽边沿上,还有一圈亮眼的白边(盐的标志)。那帮人,像兵不是兵,可拉出去以后,又像是一支整齐划一的队伍。集训时,也学正步走。但他们没有枪,正步走的时候,每个人的肩上都扛着一根黑白两色的棍棒(以备缉拿偷私盐的小贩时所用)。

盐区人,见天与盐打交道。所以,人们怕他们,也恨他们,但都变着法儿讨好他们。因为,他们手中有缉拿私盐的权力,还掌管着官方的盐引(类似于当今的税务发票)。

小伍子与那个在盐政科里当差的大头杨交往,原本是没有错的,可大头杨的德行好像不行。他看小伍子家里富裕,处处都想占小伍子的便宜。他不当班的时候,就泡在小伍子的布店里。要么,就裹和着小伍子去海边打鸟。赶上饭时,还呼呼啦啦地招呼一帮子人下馆子,每回都是小伍子跟着买单。

沈老爷想提醒小伍子,少与那帮"盐匪"打交道。可转而又想,若是想让小伍子在市面上混事,就得放手让他去造。

在沈老爷看来,只有让小伍子自己尝到苦头了,他才能悟出盐河里水深水浅；知道社会上什么样的人能交往，什么样的人不能交往。

像大头杨那样天天与小伍子裹在一起，看见小伍子手中有好玩的把件儿就拿去玩，好用的就要了去自个儿享用，显然是不靠谱儿。眼下，小伍子那怀表不见了，一准儿是被那大头杨爱了去。

那块表，是一个扬州商人送给沈老爷的。沈老爷爱若珍宝似的戴了几年。后期，沈老爷眼睛花了，每回都要拿放大镜才能看清楚小表里面的指针，干脆就收起来不戴了。没承想，小伍子翻腾出来，问都没问沈老爷，便戴在他自个儿的胸前了。

可这两天，小伍子胸前那块小怀表不见了。

沈老爷很想问问小伍子那表的去向，他甚至想告诉小伍子，别看那块表的块头小，可是德国造，少说也值三头骡子、两匹马的价儿，怎么就随便送人了呢。可小伍子好像总跟他老子拧着劲似的，不是三天两头躲着沈老爷，就是过了饭时以后，匆匆忙忙地跑回来扒拉两口饭、拿个什么物件儿，别着个脸子就走了。沈老爷思忖着那孩子心里可能有事儿。

于是，这天晚饭时，沈老爷便在饭桌前多坐了一会儿，等小伍子回来把饭菜吃得差不多时，他便轻描淡写地问了他一句，说："这两天，怎么没见着那个大头杨过来？"

小伍子别着个脸，冷不丁地冒出一句："不想提他！"

瞬间，沈老爷悟出他们两人闹翻了。

但，沈老爷依旧温温和和地问："怎么了？"

小伍子半天没有吱声。

回头，父子俩都沉默时，小伍子气狠狠地说："我要去告他！"这一回，沈老爷没有吱声。

小伍子说，那个家伙太不地道，谎说他舅舅要去四川，能帮助带一批上好的丝绸来，骗去他一大笔银子。

沈老爷插话，说："我们这边不是有苏杭的丝绸吗？"

小伍子说："他说四川乐至那边出桑蚕，丝绸便宜。"可小伍子把银子给他以后，才知道他根本没有去思量丝绸的事儿，而是把那些银子花在他的新嫁娘身上了。说到这儿，小伍子发狠说，他要到盐政科去告他，让他吃不成盐政科里的那碗饭——扒掉他那身"狗皮"。

沈老爷静静地看着小伍子，半天没有吱声。末了，他问小伍子："你把他告倒了，就能追回你的银子吗？"

小伍子脸别在一边，不语。

沈老爷说："罢了，这件事情，你就别跟他较真了。"

接下来，沈老爷告诫小伍子，交友要慎重。同时，沈老爷把事情揽过去，说他这两天抽空去趟盐政科，找找他的上司，争取把那笔款项追回来。

沈老爷常与盐政科的上司们在一起吃酒席。

小伍子原认为父亲要去追扣大头杨每月为数不多的薪水。没想到，父亲找到他们盐政科的上司后，给大头杨弄了个掌管稽查盐路的小官，让他整天带着十几个"盐警"，查路封道，缉拿盐贩。

那可是个肥差。

至此，大头杨再不用到小伍子这边来蹭吃蹭喝，每天都有人请他下馆子。期间，自然还有人给他塞"红包"、疏通"盐道"。而大头杨所欠小伍子的那笔"丝绸款"，就在那期间，陆陆续续地还上了。

两年后，就在大头杨平步青云，蓄意去做更大的盐官时，一桩盐商贿赂案，将他牵扯进去——大头杨锒铛入狱。

公判大会的时候，盐区好多人都去围观了。唯有沈老爷家，上下几十口人，没有谁去关心外面发生了什么事件。

药 品

- 余清平 -

井冈山红军医院里,脸色蜡黄的张子清师长在等医务主任王云霖。他是边哼着歌边等的。"红米饭,南瓜汤,秋茄子,味道香,餐餐吃得精打光……"这首歌,井冈山红军战士个个耳熟能详。

张子清因脚踝受伤,不得不躺在井冈山小井红军医院里。一颗罪恶的子弹"驻扎"在他的踝骨里。红军医院太缺少医疗器材,医务主任王云霖已经给他的脚踝动了五次手术,也没取出弹头。

张子清的伤口早就化脓了,腐烂的肌肉发出恶臭味。这一躺下,就是大半年,但是,他的指挥才能却没有"躺下"。每隔几天,他都要战士抬着去巡查各个哨口、关隘。

那是1928年4月27日,张子清跟着毛委员去迎接朱军长率领的湘南红军上井冈山。他指挥工农革命军第一团,在鄜县城外的湘山寺、龙王庙等地,阻击三倍于己的湘敌,激战五小时,歼敌千余人。不幸的是,在追击敌人的时候,他的踝骨中弹。

看看时间到了中午,王云霖主任还没到,张子清看了看伤口,从床铺下抽出一把小刀,咬着牙,一刀一刀,割去腐肉。疼痛令他的额头淌下豆粒大的汗珠。病房里的战士们看了,也咬紧牙关,在心里给他们的师长鼓劲。战士们的担心是多余的,因为,红军中早就传开了张师长刮骨疗伤的故事。在没有医疗器材和麻醉药的情况下,王云霖主任仅用一把小刀,在火上烤热了,先后五次直接割开他的伤口,用钳子在他的骨头上夹那罪恶的弹头,可是,无法取出弹头。

此后,张子清不再做手术了,让红军医生将精力放到其他伤员身上。他唯一的最好的消炎镇痛药就是食盐。然而,井冈山的食盐也很紧缺,他就让战士们给他储备了一些金银花等草药。敌人围困得太紧了,食盐、粮食都奇缺,红军战士不得不节衣缩食。饭虽说是大米煮的,可米少南瓜多,不过,米香味倒是不吝啬,依旧在战士们的鼻端缭绕开,菜是野菜和竹笋,没有食盐的菜难以下咽。

张子清艰难地伸手在床头下摸摸,那里有一小包食盐,这是他清洗伤口消炎的"救命灵丹药"。他舍不得用。他想自己是共产党员、红军干部,必须带头廉洁,关心战士。

张子清曾经也有过两包盐。

第一包,是红小鬼刘小虎带来的。

刘小虎是毛委员派来的联络员。刘小虎没说食盐是谁送的。

张子清自然猜得出赠送者是毛委员。那次，毛委员来探视他，看到他疗伤，痛心地说："张子清是红军的关云长！当年关云长做'刮骨疗毒'的手术，咬得牙关铮铮响。现在张子清切开脚板用钳子夹弹头，痛得昏过去也不说苦，这不是与关云长一样吗？"

井冈山的食盐是珍稀之物，红军干部不搞特殊，张子清知道，肯定是毛委员为了给他清洗伤口舍不得吃节省下来的。

第二包盐是警卫班战士们凑的。警卫班战士省吃俭用，将食盐留下给他们的张师长清洗伤口。

可是，这两包食盐，张子清一点也没用，都暗中给了王云霖主任，用于其他重伤员清洗伤口。

现在，张子清枕头下又有了一包盐，是炊事班战士们省下给他的。他又在等王云霖主任来。

张子清用小刀刚刚清理好伤口，刘小虎来了，手里捧着一个黄黑色的土钵，里面盛着米汤，还有一碗南瓜，放在小凳子上，劝说，师长，您不能不吃东西，吃了才有精神养伤。

张子清努力将嘴角向上拉伸，算是微笑，说："小刘，你也得多吃点。"

"师长，今天的菜好吃，有盐味，是特地多放的。"

平时，这些盐是有严格控制的，多数时候，南瓜汤里只有一点盐。张子清知道，今天是红军前委开会决定，为了粉碎敌人的"围剿"，打破敌人的包围，由毛委员带领部分红军去赣南开辟新的根据地。今天菜里多放盐，是让战士们吃了有精神行军。

张子清端起土钵，用嘴吹一吹，抿一口，点点头："嗯，好吃。"

下午，王云霖主任进来给张子清检查伤口。他顺势将盐包放在王主任口袋里，嘱咐说："王主任，部队要行动，战士们的伤口得仔细清洗，我这点盐，你看着用。"

"这怎么行？张师长，您的伤口急需清洗，这是您的救命盐。"

"别担心我，我留守井冈山，伤口有金银花清洗。"张子清说。

叶明之的遗书

— 张建春 —

叶明之在那么一瞬间就彻底明白，自己落入了魔掌，再也挣脱不了了。

果然叶明之经受了十八般刑具，双腿齐刷刷地断了，昏死了过去，醒来时已在一黑洞洞的牢房里了。

叶明之抬抬双手，钻心的疼袭来，一头的冷汗披麻样滚下。

叶明之发现了一双眼睛，一眼不眨地望着自己，充满了恐惧和慌乱。

叶明之还是强忍着疼，给这双眼睛递过去了一句淡淡的笑。

眼睛躲避了下，闪烁地躲避在牢房门外的旮旯里。

叶明之第二次见这双眼睛时，是在第二天的中午。牢门打开，慌乱的眼睛走了进来，是来送牢饭的。叶明之腿断了，牢饭只能送到面前。

眼睛丢下了一句："叫我黄三吧。"声音低得像蚊子哼，目光打在脚面上。

叶明之饿极了，捧起瓦盆，饭几乎是倒进肚子里的。黄三站在一边，目光还是低低的。叶明之吃完了，用手擦擦嘴，轻轻道了声："谢谢！"

黄三头也不回地走了，牢门"咣"的一声锁死了。

像一床破被絮一样，叶明之被抛在牢房里。叶明之安静了下来，把前前后后的事想了一遍，还好，没有破绽。

叶明之是在通知完最后一个同志撤离后被捕的。出了叛徒，叶明之蹬着自行车，抢在敌人前头，通知了他的上下线，在稍微喘了口气时，被按在了地上。

叶明之嘴角有了笑，笑又扯得周身疼，身上没有一寸地方是好的了。

叶明之彻底暴露了，不松口，死肯定是唯一的一条路。

不怕死。对死叶明之早就有了准备，参加地下党那天，叶明之就做好了死的准备。

黄三是叶明之每天见到的唯一活物，送饭、送水，要大小便喊一声，黄三就进来，只是黄三的眼睛无处放，不敢和叶明之对视。

叶明之有时找黄三说话，黄三躲着，叶明之就自言自语，远远开开地说一些事。叶明之知道，黄三在听，听得静悄悄的。

一天夜里，叶明之听到了低低的哭声，本以为是自己梦哭。但不在梦中，叶明之听出了这哭声来自黄三。

早晨黄三进了门，丢下稀汤样的早饭，还丢下一句话："我也在坐牢。"叶明之没接上话，黄三已走开了。

叶明之能够在牢房里挪动身体了，黄三还是将牢饭送进来，此时的黄三眼中多少有了些喜色。是为叶明之吗？叶明之没向深处想。

叶明之多了样事，黄三在牢房外时，叶明之就自言自语，有时背一首诗歌，有时讲些一点就明的道理。叶明之是说给黄三听的，黄三也明白是说给自己听的，俩人都心照不宣着，一人说，一人听。

叶明之还是知道了黄三哭的原因，黄三的老母亲被人欺负了，向死里欺负。

刚刚恢复的叶明之又一次被动了大刑，这次是双手，十指被钉了竹签。

叶明之昏迷后醒来，黄三立在叶明之身旁，这次黄三的目光没有躲避。

黄三说话了。"就认了吧，说句怂话。"黄三的话很轻柔，也好听。"不，不，不！"叶明之没多说，吐出的字硬得如铁钉。

"县长也不干？""不，不，不！"叶明之太痛苦了，每吐一个字，都是一身冷汗。

夜里，叶明之发高烧，说胡话。黄三守在一边，有时捂叶明之的嘴，有时把叶明之摇醒了。

下半夜，叶明之真正睡着了。可不久，又被哭声吵醒了，叶明之听出是黄三在哭，哭声掖在嗓眼里，闷闷的。

第二天，黄三打开牢门，这次黄三敢看叶明之的眼睛了，定定地看，看得叶明之想躲避了。黄三的目光里有东西，湿湿的。

黄三说："你梦中喊一人，我捂住了。"叶明之大吃一惊，还是回了句："谢谢！"叶明之知道喊的人应是自己的爱人加同志。

到了秋天，黄叶悄悄地落，叶明之算了算，春天入狱，半年时间了。叶明之长长出了口气：牢底坐穿吧。

黄三送来了好吃的，还有壶酒。黄三身子木木的，像是提着千斤重物。叶明之知道，自己要上路了，去好远好远的地方。

叶明之坦然，借着黄三的力量席地而坐，理了理荒草样的乱发，将一壶酒一饮而尽。

黄三忍不住落泪了，目光曲曲绕绕，将叶明之看了个遍。

黄三从口袋里掏出一张皱巴巴的纸，和一支秃秃的铅笔，递给叶明之。叶明之愣了下，摇了摇头。

"不给她留句话？""不了，该说的，都已说过了。"叶明之的笑从嘴角慢慢洇开。

黄三不舍地离开，但还是站在牢房外，黄三还想听叶明之的自言自语。

没有，一切都死寂。黄三只听到自己心的怦怦声。

叶明之被活埋了，埋得不留痕迹。

没过多长时间，黄三消失了，从监狱无影无踪消失了。

黄三花了九牛二虎之力，找到了叶明之高烧时喊着的她，又被黄三捂回名字的人。

她满脸泪水，问黄三："叶明之留有遗书吗？"

黄三哽着嗓子回答："我就是他的遗书。"

春天来了，黄三透过泪眼，好多花都开得红红艳艳。

一块猪肉

- 梁柱生 -

营渠战役初战告捷,红军打开地主粮仓,把粮食分给贫苦百姓。地主家养有几头大肥猪,红军宰杀后,除了犒劳将士们,也分一些给穷人。牛娃领到一块油汪汪的肥肉,忍不住伸舌舔了一下。自长这么大,他还没吃过猪肉!

牛娃今年十二岁,靠给财主放牛为生。红军到来后,田地分给大家,牛也分给大伙儿,每五户一头,大家轮流放牧,牛娃就解放了出来,跟爹一起侍弄才分到的田地。此时是秋天,稻子开始收割。

爹接过那块一斤多重的猪肉,切一半,用蒜苗给儿子炒了盘回锅肉,香得牛娃直咽口水。牛家平时都是吃稀饭,粥中掺野菜,所以稀饭总有一股苦涩味儿,现在分到了粮食,况且割稻是力气活儿,就特地煮了一砂锅干饭。牛娃舀了一碗香喷喷的白米饭,先就刨了几大口,他从来没有这样"哈吃"(四川话:大吃大喝)过。他迫不及待地回到桌边,夹起一片被酱油炒黄的猪肉,塞到嘴里一嚼,油滋了满嘴,齿颊互芳。真香啊!牛娃陶醉得闭上了眼睛。他细细把口中的肉片嚼烂,才慢慢吞下去。

睁开眼,却见爹正瞧着他,眼里噙着泪。"爹,你咋不吃呢?"牛娃惊问。爹揩去泪水,问:"猪肉香吗?""香得很!我从来没吃过这么香的东西!""那就多吃点儿。唉,爹没本事,你这是头一次吃猪肉,还是托红军的福,天可怜见……"

牛娃夹起一块猪肉塞到爹嘴里:"红军真好,我也想参加红军。"爹笑道:"你还没枪杆高,咋个参加红军?"牛娃说:"红军里不是有做饭的吗,我可以帮烧火呀!"爹说:"快吃饭吧,猪肉冷下来就没有那么香了。"

牛娃又撅起一块肉片吃,问道:"野猪肉也有这么香吗?"

"比这还香……"爹说着,突然顿住了,脸色也变得悲戚起来。

这时门外有人喊:"牛大伯在家吗?"随后门口光线一暗,一个红军走了进来。牛大伯一看,是梁连长,手里提着一块二刀肉(靠近猪后腿的肉),足有两斤多重。

"哟,都吃上啦?"梁连长笑着打招呼。

牛大伯连忙说:"来来来,一块儿吃!因为有好菜,所以今天午饭吃得早,吃饱了好干活儿……梁连长,你咋个又提猪肉来,我家不是分到一块了吗?"

牛大伯拿来碗筷,要给梁连长舀饭,后者制止:"我吃过了,尝一下你的手艺就行。"说着拿起筷子夹了一片猪肉吃，赞不绝口。其实，他分了一上午猪肉，现在才忙完，肚子早饿了。

梁连长说："猪肉分到最后，还剩一块，我就给你们提来了。因为我看到牛娃领猪肉时，忍不住舔了一下，后来听村民们说，他从来没吃过猪肉。你看地主阶级把人给压迫得！"

牛娃说："我一拿到猪肉，就想生啃一口……"

"这回呀，让你把猪肉吃个够！"梁连长说着指指挂到墙上的二刀肉。

牛大伯道："这咋好意思……"

梁连长说："我们也是有事相求。牛娃，你爬过鹅颈项（山名）没有？"

"经常爬。放牛时，我常爬上去找野果吃。一次还在山上逮到一只野猪崽……"

"那好，你今晚就带我们爬上鹅颈项，敲掉那里的守敌。川军妄想在通天大庙一带构筑工事阻挡红军解放营山县城，那是做梦！"

牛大伯对儿子说："你不是想参加红军吗？今晚给红军带路，就是参加了红军。你一定要把路带好，不能迷路！"

"放心吧，迷不了！"牛娃拍着胸口说。

是夜，墨蓝的天空挂着半边月亮。在淡淡月色中，红军悄悄摸到鹅颈项背后，在牛娃的带领下，攀藤蹬石而上。到了山顶，出其不意向守敌发起攻击，打了敌人个措手不及，活捉敌团长，击毙作恶多端的民团敢死队队长陈大牙。

牛娃上前连踢几脚陈大牙的尸体，骂道："还我野猪！还我娘！"

原来，牛娃两年前捉到一只小野猪，抱回家饲养。养大后，陈大牙听说了，就叫团丁过来抢。牛家父子想夺回来，陈大牙拔枪恶狠狠道："老子是敢死队队长，只要你敢死，就尽管来夺！"牛娃娘扯猪草回来，知道此事后，就到民团去说理。不但没把野猪要回来，还被陈大牙糟蹋了。她十分悲愤，就吊死在了民团门口。

牛大伯听说红军杀死陈大牙后，多年的冤仇得报，觉得更不能要梁连长送来的二刀肉，应该给红军伤病员吃。可他回家拿肉时，却没看到猪肉，也没看到儿子。

他拿上柴刀篾条上山，打算砍些枯枝给红军食堂送去，却发现儿子跪在其母坟前，前面摊着一张宽大的芋叶，上面放着那块二刀肉。

"娘，红军一来，我就吃上猪肉了，可香啦！昨晚我带路，红军把陈大牙杀死了，为你报了仇！红军还要解放县城，建立苏维埃，那是咱们穷人的政府。地主老财的田地粮食什么的，红军都分给了乡亲们。这是红军分给我们家的猪肉，爹说叫二刀肉，是猪身上最好的，你闻一下吧……"

牛大伯静静地听着儿子絮叨，老泪纵横。

祭奠完毕，牛娃提起那块猪肉，朝红军临时医院走去。

牛大伯见状，感到十分欣慰。

可吃晚饭时，牛娃却变戏法似的从卧室里拿出一块二刀肉，放到饭桌上。"爹，咱们看肉吃饭！"

牛大伯一愣："你没送到医院去？我以为你拿给伤病员们吃了哩。"

"爹，你仔细瞧后再说话。"牛娃笑道。

牛大伯拿过猪肉，感觉特别沉。睁大昏花老眼一瞅，原来是块石头，上面的色泽纹路跟猪肉一模一样，甚至还有肉皮和瘦肉肥肉哩！

"这是在陈大牙指挥所缴到的奇石，红军送给我做纪念。"牛娃得意地说。

蚁 楼

- 叶子 -

蚁楼与医院一墙之隔，但要去医院，得从泥水泛滥的巷道出去，绕到大门口。张龙新每次背着秀去医院检查，过巷道就会骂两句。有人搁了一溜火砖，进出的人像跳房子，样子滑稽。秀就在背上流泪。

蚁楼不是楼，至少不算楼。蚁楼是烂尾工程，修到二楼就戛然而止。有人租过来，在楼顶铺上防水布，远看像个包裹。屋内隔成十几平大小，租给住不起院的病人，久了人们就叫这里"蚁楼"。张龙新不喜欢这名儿，当初住进来的时候就反感，这不是把人往低处瞅么？房东让他选房子，他让秀选，秀就瞅价签，选了北边的房子。他立马否定了，说医生让多晒太阳呢，住进了朝南带阳台的房。

我住进去时，张龙新夫妇已经住了有半年了。那天我刚把房间收拾出来，张龙新就来了。他在开着的门上敲了两下，逆着光我没看清面孔，阳光把一条影子拉长，铺到我的脚前，像一块木屑嵌进光里。"我是楼上的，叫张龙新，他们叫我老张。"张龙新并没有进屋子，我伸伸腰，让了让，脚刚好踩到他的头，我等着他说话。好半天，他没吱声，我才赶紧说："叫我香米。"他这才进来，他说望我进出动静轻点儿，他媳妇一有动静就会吓得大汗淋漓。

张龙新一说话，瘦脱了相的脸上，两块颧骨不断动。他媳妇秀得了怪病，活泼泼的一个人，在广东的假发厂工作了几年，回来刚把老家的房屋翻新，就病了，医生说目前查不出病因，反正就是肌肉一天天萎缩，最后缩得像葡萄干，等死。"你呢？"他问我得的什么病，我说："血有点儿白。"他疑惑了一阵，咧嘴一笑。转头指着阳台上的凌霄花，说这花开了好看，看着人舒服一半。

从此就跟张龙新熟了。

蚁楼的人来自全国各地，各种怪病都有。只要是太阳天，蚁楼的病人都到坝子里，晒太阳。我也晒。秀见过几次，三十多岁的样子，脸色恹恹，瘫在躺椅上，身上搭条毯子，只一会儿，就睡得像个婴儿。

有天我刚输完液回来，张龙新来了，先是谢谢我的周全，然后问我，阳台上的凌霄花在哪儿买的？我没理他，我蜷在床上，难受。他竟找来了很多竹篾片，在凌霄花四周圈出了一个高高的花架。我没心情，任他忙碌。

下午出去买东西，在巷口碰上张龙新。他抱着一盆三角梅，还未开花，脑袋晃在绿叶中说："这个花期长。"

傍晚，我听见楼上"乒乒乓乓"的声响，接着是女人的号哭，秀在骂："一分钱掰成两半用，买狗屁花啊。"张龙新咕哝什么我没听清，一会儿院坝里"哗啦"一声，我心抖着一紧，跑到走廊上，花盆被摔得稀碎，三角梅倒伏，土散了一地。一会儿张龙新下来，扶正三角梅，将土拢实，缠上一层密实的草绳，草绳外糊上泥浆，他尽可能将每一处都抹得光滑，然后把三角梅放到楼门边上。见我在看，他满脸沮丧，咧了咧嘴，匆忙进了屋子。

邻居们多少有些言语，说张龙新是打着灯笼都难找的男人，有些女人啊，享得了一福享不了二福。据说秀一直闹着离婚呢。

春节我回了老家，等我再次来到蚁楼，已是初夏。租房未退，原本是春节过了就回来，但父亲拉着我去看一个老中医，折腾了几个月，病情不见好转。我开门就看见了阳台上那盆凌霄花，绿意葳蕤，屋子里有"草色入帘青"的味道，藤蔓攀爬成了一根绿柱。

我以为凌霄花早死了。

张龙新见我回来，笑着邀请我去他们家坐坐。迈进门槛，我就呆住了。阳台上一片花海，一束束凌霄花吹着喇叭，红的、粉的、紫的，旋律在阳光里摇曳。张龙新用草绳在阳台上织了一张网，藤蔓顺着经纬四面开花，秀坐在花海中，仰脸赏花，花影落到脸上，漾开一抹红晕。

张龙新给我捧了一把糖果，说："得谢你香米。"我将一袋熏腊肠放到桌子上，说："老家带的，尝尝。"张龙新有些忧愁，他说下周要去北京，医院已经联系好了。"还好，秀同意治疗了。全靠你的花。"秀给我让座,我挨着她坐在阳台上,秀说:"你看,他没少下功夫。"我看见输液管子一头缠在凌霄花的主茎上,一头连着一个大可乐瓶。张龙新像偷了什么被当场抓住,嗫嚅道:"不见你回来,花快枯了,就想了这法子……"一下子,我哭得像个孩子,倒让他有些手足无措。

每天我输完液,就爬到二楼,赏花。边赏边想一些过往,想起那个男孩儿租下房子那天,他说终于有家了,我说差盆花。我们在纸上同时写了凌霄花,我就成了这盆凌霄花的主人。没隔多久,我查出来有病,男孩儿一把扯了凌霄花,走了。我没有告诉任何人,收拾好这盆花,离开了厂子,住进了蚁楼。

张龙新带着秀去了北京,我还在蚁楼。每天给凌霄花浇水,我能感觉得到头顶上花海热烈的花语。去医院输液,路过楼门口,我蹲下来,也给三角梅浇上水。三角梅开得如火如荼。

迎 亲

- 高军 -

这几天,邻居家的武要娶媳妇了。

老张头想起这事儿,心里就堵得慌,一股无名火蹿得老高老高的。

不知道订日子的人是怎么弄的,好日子有的是,怎么偏偏选了这么个时辰呢?武的家人也是,为什么和俺家对着干呢?

但气归气,也只能窝在心里,是拿不到台面上说道的。你还能不让人家结婚,还能让人家换个日子结婚?

老婆一边抹眼泪,一边数落:"臭蛋啊,你说你咋就这么没福气啊?你怎么就这么狠心呢?你走了,我和你爹还有啥盼头啊。你看看,本来是咱家的媳妇,却叫人家娶走了;你说说,让俺们当爹娘的怎么过啊!"

那天，抗日的队伍来到村里，走村串户动员大家参军，宣传把日本鬼子赶出中国。臭蛋立刻就报了名，要上前线打鬼子去。未婚妻杏花是村里的积极分子，积极支持臭蛋参军，还亲手为他戴上了大红花，送他跨上高头大马出了村。

不幸的是，四个月后，臭蛋在朱家里庄战斗中牺牲了。遗体运回村里的时候，全村老少为臭蛋举办了隆重的葬礼，杏花哭得死去活来，窒息了好几次。

这以后，杏花还是经常来臭蛋家帮着干活儿。两位老人心里暖暖的，可又一想，儿子不在了，不能老拴着人家姑娘啊。就这样，杏花再来家里，臭蛋的爹娘就劝："孩子，我们还不老，能照顾自己，你快忙你的事儿吧，不要惦记我们了。"

后来，就有人把杏花介绍给了本村的青年武。今天，是武和杏花结婚的大喜之日。

老张头一家本来是很开明的，可今天是臭蛋的忌日，婚礼安排在这天，老张头一家人自然是接受不了，心里窝着一肚子火。

老张头在院子里竖起耳朵听着，时间一分分过去，邻居家竟然一点动静也没有，既没有赶喜放鞭炮的吆喝声，也没有主事人高声主持的话语。

老张头两口子不想出门，心里非常难过，孩子们不知去哪里疯玩了。

正在这时，十六岁的二臭蛋扑腾扑腾地跑进院子，张大嘴巴喘着粗气说："爹……爹……可是奇了怪了……武哥在村口办婚事呢，你说怪不……"

"什么？"老张头听清楚了，却不明白是怎么一回事儿。

二臭蛋继续说着，老张头才知道，原来武家在村口扎了个棚子，棚子上贴着双喜和对联，武是在那里迎娶杏花的。

双方交换手绢后，主事人就开始主持，先拜天地，再拜高堂，然后夫妻对拜。有人在一边撒着栗子、红枣等，两个新人最后进了新扎的棚子洞房。

老张头觉得很奇怪："你没听说这是怎么回事儿？"

二臭蛋嘟囔了一声说："他们都是悄悄说话的，我听着一点，好像在说，是怕你和俺娘难过，人家才在那里办喜事。"

"什么？"老张头惊住了。老婆在一边也停止了抽泣，两人对望了一眼，又都低下头。过一会儿，老张头又问："新婚之夜，也在那个棚子里过？"

二臭蛋说："说是过会儿再悄没声地回来，晚上在家里喝交杯酒点长明灯呢。"

老张头觉得心被揪了一把，心头一阵子的疼。随后，他口气坚定地吩咐道："臭蛋他娘啊，你赶紧准备点麸子。麸子代表福，咱得去给俩孩子撒福。我去买挂鞭炮，咱们得在这两个孩子回来的时候，热热闹闹地迎接他们。你说说，你说说，这两个孩子啊。你说说，你说说，武这一家子啊。"说着说着，声音哽咽起来，说不下去了，使劲抹一把眼泪，转身走了。

一切都准备好了，老张头一家人在武家门前站着，等啊等，等啊等。武家在棚子里招待完送亲的客人，才慢慢往回走。主事人陪在一边。当武家人快走到家门口的时候，老张头颤抖着点燃了鞭炮,随着噼里啪啦的炸响,空中腾起一阵阵烟雾,臭蛋他娘则将一把把麸子撒向新郎新娘。

武和杏花快步走到两位老人面前跪下,杏花不停地流眼泪,武则用前额触地给两位老人磕起响头。两位老人赶紧拉起一对新人,也跟着哗哗流泪,说:"孩子,快回家吧,咱不兴这样的。"

主事人走过来对老张头说:"明天,武就要随部队走了,杏花家觉得应该让他们把婚事办了,但今天又是臭蛋的忌日,武家就想了这么个办法,也是新事新办啊。"

看着小两口往屋里走去的背影,老张头两口子的泪水流得更快了。但这时,两位老人满脸都是笑着的。

又到苹果红时

– 李伶伶 –

水莲一晚上都有点心不在焉似的。儿子想吃烙馅饼,她说太累改天做。儿子有道数学题不会做,她连看都没看,直接让儿子去找他爸。这是以前从来没有过的事。大峰觉得水莲心里有事,辅导完儿子的作业,过来问水莲怎么了。水莲没吱声,大峰又问了一遍。水莲答非所问地说,秋萍把苹果摘了。大峰说,摘就摘呗,碍你啥事了?水莲说,没碍我事,可是她为什么偏偏在我回娘家的时候摘?大峰说,人家的苹果,人家爱啥时候摘啥时候摘,跟你有啥关系?水莲说,我摘李子的时候,都是当她的面摘的,挑好的还给她拿过去一兜。她摘苹果的时候,趁我不在的时候摘,她啥意思?大峰说,可能就是赶巧,你别那么小心眼儿。水莲说,不是我小心眼儿,是她这事做得让人心里不舒服。

水莲和秋萍住邻居，水莲家住西院，秋萍家住东院，中间隔了一道墙。水莲在墙这边栽了棵李子树，秋萍在墙那边栽了棵苹果树。李子树结果早，水莲都吃两年李子了，秋萍的苹果树才挂果。红红的苹果挂在枝头煞是好看，水莲的儿子总想摘一个尝尝，都被水莲制止了。她以为秋萍摘苹果的时候能给她几个，没想到不但没给，还是趁她不在家的时候摘的，这事咋想咋别扭。她是哪里得罪她了吗？水莲回想俩人之间的过往，没觉得有不妥的地方。如果真像大峰说的是赶巧，那过后秋萍会过来跟她解释一下。可是第二天秋萍没来，第三天也没来。水莲去集上给儿子买了一兜苹果，她自己一个也没吃。

没过几天，秋萍家摘梨，找了好几个人帮忙。以前秋萍家有事，不用吱声水莲就会去帮忙，这次秋萍没找她，水莲也没去，她帮父母起了一天花生。后来听说秋萍家的梨没摘完，晚上刮大风，梨掉了一地，秋萍家损失不小。大家都说，秋萍要是多找一两个人，梨就能摘完了。水莲听了心里有点愧疚，觉得自己不该这么小心眼儿。

水莲家的地瓜好吃，每年她都在山上栽不少地瓜。今年因为母亲生病，她跑了好几天医院，起地瓜的事就耽搁了。上冻前，她找了几个人帮忙，还是没能起完，地瓜冻坏了不少，少卖不少钱。秋萍最会起地瓜，干起活儿来一个顶俩，但是水莲没找她，秋萍也没主动过来帮忙。水莲没有怪秋萍，因为她也没帮她的忙。

大峰在工地干活儿时脚受伤了，伤好后就没再出去打工，在家养了十来头猪。猪粪没处放，就堆在了大门外。大峰会定期处理，但有时候活儿忙处理得不及时，猪粪就占了道。这天大峰接到村主任电话，让他把大门外的猪粪处理一下，别影响邻居走路。大峰当时不在家，打电话转告了水莲。水莲家的邻居只有秋萍一家，猪粪影响她走路，她直接跟她或者大峰说一下，他们也会处理，何必要告到村主任那里？水莲觉得很没面子，心里对秋萍多了份怨恨。

水莲找人帮忙把大门外的猪粪拉到了地里，再起新猪粪时，也不往大门外堆了，而是堆到了院子东墙角。院子不大，西墙边盖了一排猪圈，东墙边放了一个鸡笼，还栽了一棵李子树，就剩墙角还有点儿地方。

这事之前，水莲总想找个机会缓和一下两家人之间的关系，现在，她完全没有了这样的想法，心里对秋萍的那点儿愧疚也没有了。两家人的关系变得越来越僵，彼此见面都不说话了。

这天，水莲去村里商店买酱油，商店老板娘胖嫂正在讲村里丢洗衣机的事。桐林媳妇为了放水方便，洗衣服的时候把洗衣机搬到了院子里，洗完衣服有事出去一趟，忘了关大门，回来时发现洗衣机不见了，桐林媳妇就报了警。警察追查了半个多月，才找到窃贼。是外县的，每到农忙时就趁大伙儿都去地里干活儿时开三轮车进村偷东西，洗衣机、电动自行车、花生、玉米等见啥偷啥，哪次都不空手。水莲说，这人也太缺德了。大伙儿说，就是啊，忙秋的时候，谁能不去地里干活儿呀！

这时秋萍也来商店买东西，看见水莲也在，转身要走，被胖嫂叫住了。胖嫂说，秋萍，你来得正好，去年偷你家苹果的人找到了，跟今年偷桐林家洗衣机的是一个人。秋萍显然很意外，她下意识地看向水莲。水莲从她的眼神里明白，原来秋萍一直以为是她摘了她家的苹果。秋萍被发现了心事,有点尴尬,说,可是……我……没报案啊,小偷是不是记错了?胖嫂说,小偷为了坦白从宽,没报案的也招了,他说他还偷过洗衣机家后院的苹果,那不就是你家吗?秋萍没敢再看水莲,应付几句后匆匆走了。

水莲也很尴尬,同时很气愤,秋萍怎么能怀疑是她摘的苹果呢,把她想成什么人了!水莲不知道自己是怎么回到家的。进院后,她习惯性地往东墙边看了一眼,秋天还没过完,她家的李子树叶子已经掉光了,不是因为天冷,是旁边的猪粪水渗到了地里,把树根烧死了。墙那边的苹果树也没能幸免,树叶也开始往下掉,连半红的苹果也掉到了地上。

水莲呆呆地看着,心里涌起一种说不清道不明的疼痛。

云胡不喜

- 迁夫子 -

"必须跟'云胡不喜'分手!"夏朗冲妹妹夏清吼道。

"凭什么?"夏清盯着夏朗质问,"就凭一个朋友圈?我看你就是妒忌他有才。"

夏朗涨红了脸,欲言又止。

夏朗认识"云胡不喜"是在大四的下半年,那时候"云胡不喜"还叫"蹲在墙头等红杏",一个贼俗气的网名。

大四那年夏朗保研成功,不用点灯熬油冲刺,天天闲出屁来。看别人在朋友圈做微商,也心血来潮跟风。夏朗脑子灵活,不走寻常道,他不卖化妆品之类的小玩意儿,他做微信代言专家——卖智慧。

微信代言专家专门替别人设计朋友圈。网络时代"见微知人",

朋友圈是一个人的脸面。有人要脸面，又不擅"化妆"，就委托高手帮着设计，夏朗就是此中高手。

客户基本上都是大学生，撩妹的、网恋的、装"牛逼"的，形形色色。夏朗从不问为什么，只管按客户要求设计就是了。虽然客户不多，但只要抓住一个，基本就是中长期饭票。

"云胡不喜"就是夏朗的大客户，他是隔壁某大学一个叫"蹲在墙头等红杏"的混混儿，据说挺有钱，出手阔绰。

刚接洽"业务"的时候，夏朗说："你得改昵称，'蹲在墙头等红杏'太赤裸裸了，完全是QQ那套，微信行不通。用假名说真话的QQ时代早过去了，现在是微信时代，都是用真名说假话。"

"就你了。"对方被夏朗的一番宏论征服了。

成了？夏朗还寻思得多费点口舌呢，没承想这么快就拿下了。

"昵称最好与众不同一点，有点文化，还容易被人记住……"夏朗滔滔不绝，听说对方姓胡，灵机一动，"就叫'云胡不喜'吧。"

对方问："啥意思？"

夏朗就给他讲《诗经》。"'云胡不喜'就是'怎么让我不欢喜'，既带了你的姓，还显得很有文化。"

"云胡不喜"发过来一个跷大拇指的表情。不爱打字，爱发表情包，真没文化，夏朗心里不免鄙夷。但鄙夷归鄙夷，夏朗仍然使出浑身解数给他设计朋友圈，顾客就是上帝啊。

直到有一天，夏朗看到"云胡不喜"的朋友圈里有妹妹夏清的留言，他立刻警觉了。

夏清怎么会和"云胡不喜"是好友？他们？

当知道夏清已经和"云胡不喜"聊得火热的时候，夏朗急得抓耳挠腮。必须趁妹妹还没有和他深交，让她跟"云胡不喜"断掉。

"云胡不喜"，不，"蹲在墙头等红杏"，当初的朋友圈他是了解的，那里面除了抽烟、喝酒、泡吧、打游戏的画面，似乎就没见他做过别的事儿。夏朗当时还建议他，要么把这些乌七八糟的内容全删掉，要么就把朋友圈设置三天可见。

"全删掉，""云胡不喜"说，"我要跟过去说拜拜。"

夏朗当时还嘀咕了一句，洗心革面了？一想到这些，夏朗就想扇自己一个响亮的耳光。

夏朗决定要和"云胡不喜"见一面，虽然这违背了自己不和客户线下交往的"规矩"，但这个例他得破，他不能眼睁睁地看着自己的妹妹往火坑里跳——夏朗隐隐约约觉得，如果妹妹跟"云胡不喜"交往是跳火坑，那他这个微信代言专家岂不就是掘坑人？

想到这一层，夏朗不淡定了，他从来没有这么想过，如果不是夏清，他决计不会多想，他的眼里只有"客户"。

咖啡馆人不多，响着低回舒缓的音乐，夏朗点了一杯卡布奇诺，靠窗坐着，对面就是客户"云胡不喜"。

一见面，夏朗却没了网上指点江山的气魄，他被"云胡不喜"的英气震慑住了。"云胡不喜"穿着一件普通的T恤衫，T恤衫下是一身藏不住的腱子肉。

"云胡不喜"坐下后就跟夏朗开门见山："我知道你为什么要约我，为了夏清是吧？"

一定是夏清跟他说了什么，夏朗心里嘀咕，又不好点头或摇头。

"云胡不喜"说："非常感谢，是你改变了我。"他不管夏朗惊疑的神色，继续说，"还记得我跟你说的要和过去说拜拜吗？从你替我打理微信朋友圈起，我就按照你给我设计的在做了，然后我就爱上了健身、游泳……对了，我还爱上了《诗经》。不过，咱们的合同应该解除了，不为别的，我想我的生活应该由我自己来设计才对。"

"云胡不喜"抬腕看了一眼表，起身拎起外套搭在肩上："抱歉我该走了，还有一个约会。"

走到门口，他忽然回头冲着夏朗说："我真的很喜欢你给我起的网名。"

夏朗怅然若失地坐在那里，喝掉了杯里已经凉了的卡布奇诺，忽然手机"叮"的一声轻响，是"云胡不喜"发来的一张照片，画面上是他在前面奔跑，回头冲着镜头用手指比了一个"V"字，后面拍照的人只露出一只白色的运动鞋。

夏朗放大照片反复看那鞋，希望捕捉到一些蛛丝马迹。

长安五时辰

— 郑俊甫 —

午时。

李丙扒完最后一口饭,抹了把汗,冲两个助手挥了下手,然后大步朝后院走去。李丙要去开窖取冰。一个时辰前,杨府的差役上门通知,相国府邸晚上举办家宴,所有的储冰都要准时送到。

接到通知的那一刻起,李丙的神经一直处于兴奋状态。半年了,属于李丙的时代终于开启了。半年前,三九,飞雪连天。李丙第一次独自站在冰湖前,开始凿冰。冰湖位于大山深处,这里的水澄澈明净,凿出的冰晶莹剔透,能卖上好价钱。在湖里,找到最厚最硬的冰,一块块切下来。切成尺长、半尺宽、半尺厚的冰砖。大了,易碎;小了,浪费人工,还不易储存。

李丙生于储冰世家,祖上三代都以储冰为生。李丙的父亲也把这门手艺传给了李丙,什么事都把他带在身边。如果不是一年前凿冰场的一场意外,他现在应该还是父亲身后的跟屁虫吧?那场意外带走了父亲,也把他推到了台前。这一年,他才十九岁。

院子不大,四周筑着高高的围墙,围墙边遍植槐树,绿茵遮天蔽日。冰窖就在院子的中央,四四方方的土堆上,盖着一层厚厚的苇席,上面散着几片落叶。蝉声聒噪,正午的阳光因了绿荫的遮挡,在园子里落下碎金似的斑点。

李丙和两个帮手在土堆边盘腿坐了。时辰已经算好,未时开挖,一个半时辰挖出储冰,一个半时辰完成装车搬运。赶在戌时家宴前,一切刚好。一刻都早不得呀,三伏天,外头能热死个人。储冰一出窖,就开始融化,一滴一滴的水,就是一颗一颗的蚌珠,一粒一粒的金豆子。

李丙开始跟帮手唠叨,开窖和搬冰,看上去不过一件体力活,实际上处处都是技术。一着不慎,几贯铜钱就没了。好在帮手跟着李家,已经干了好几年了,熟门熟路。李丙抬头看天,一丝笑意爬上嘴角。

未时。

开挖。李丙几乎是跳起来的,挖窖工具在细碎的阳光里闪出一道弧线。地窖是在阴凉的地下——深挖五米的一口圆井,井下南北两面掏出一米见方的洞,下面用新鲜苇席铺垫,用以藏冰。冰砖摞满后,上面覆盖稻糠、树叶等隔热材料,再盖一层草毡,草毡上面铺一层厚厚的黄土,最后再用土把整个圆井密实地封起来。像李丙这种民间建的冰窖,一个夏天只能打开一次,所以需要提前预约买主，预约量攒够了，才会开窖放冰。

申时。

开挖进展得很顺利，五米深的窖井已经见了底。外面的马车摆上了冰鉴。花梨，仿竹编式样，大口小底，外观如斗。箱体两侧设提环，顶有盖板，上开双钱孔，既是抠手，又是冷气散发口。苇席轻轻揭开，一股森然之气喷薄而出，冰窖中汗流浃背的三个人深深吸了口气，几乎同时大喊起来，每个毛孔都饱胀着快乐的情绪。

酉时。

车装好了，送冰。李丙紧紧抓着马缰，步子迈得小心翼翼，生怕车子颠簸。两个助手护在两边，防着路人靠近。李丙记得小时候自己就做过护车的差事。父亲说："遇到人流熙攘的街道，要学会把身子变成人墙，隔开路人身上的热气，也让车子走得顺畅些。"拉储冰的马车对人们有着巨大的吸引力，虽然裹得严实，可那冷气是裹不住的。大人还好些，难缠的是孩子。只要有淘气的一声招呼，大家就会飞蛾似的扑过去，拼命要把冷气吸进肚里。遇到实在躲不过的，父亲也有办法，他会在身上揣几枚钱，掏出来，冲孩子们晃一晃。等到孩子们巴巴地跟过来，手一扬，几枚钱抛得到处都是。孩子们一窝蜂地去捡钱币，便离开了运冰的马车。

这一次还算顺利，马车稳稳地停在了杨相国的府邸前。搬运冰鉴是差役的事，李丙要做的，是把冰砖摆成需要的样子。两个助手被拦在了门外，除了李丙，外人一律不准进去。以前，李丙跟着父亲，也是这样被拦在门外的。算起来，这也是李丙第一次迈进相府。

所有的冰鉴都摆在一个很大的亭子里,等待着主人的召唤。路上,李丙脑子里翻腾过无数种冰砖的用途,切割成小块,含着吃;上面放了果品、酒水,冰镇。最奢侈的,莫过于放置客人手边,降温。到了才知道,整车的冰砖,都要从冰鉴里取出来,摞在亭子的一角,弄成一座冰山的形状。形状已经有了模板,亭子的另外三角,已经摆上了三座大块的冰雕,冰雕上嵌着造型各异的花灯,另置花花草草,峰峦叠翠。

李丙的脑子一时木然,直到结束,都不知道自己在干什么。好了,窖藏半年的冰砖,成了亭子一角巨大的冰雕。李丙看看脚下,还余两块。没等他开口,管家走过来,指指亭外一株海棠,轻描淡写地嘟囔了一句:"丢那儿吧。"

李丙迟疑了一下,像是没听清。管家抻着脖子呵斥道:"宴会马上就开始了,还不麻溜点儿!"

戌时。

走出相府,李丙呆呆地靠着马车。相府门前热闹起来,肥美的骏马晃人眼目。李丙听到了歌声,娇笑倩兮;丝竹管弦,此起彼伏。他忽然打了个喷嚏,声音很亮,把身边两个满头大汗的助手吓了一跳。

纸 条

- 李永生 -

他和她牵手了，他们都很珍惜这份姻缘。

他们两人都年近不惑，属于离异再婚，尽管如此，他们婚后生活的甜蜜程度，一点儿也不亚于他们曾经的初婚。他们都觉得老天眷顾，让他们彼此拥有。

他有一个八岁的男孩，她带一个七岁的女孩，他们都把对方的孩子视如己出。

他们享受着生活的阳光和世间的诸多美好，伴随着孩子的成长，在相敬如宾中度过月月年年……没有哪个人看到过这两口子闹别扭，连他们的儿女都骄傲地说，我爸妈从没红过脸。

其实，他们也有过不愉快，生活嘛，马勺锅沿，磕磕碰碰不也常有！只不过，他们不让隔阂升级，不让人看出他们的不快。毕竟都有过一段失败的婚姻经历，他们更懂得什么是彼此原谅和珍惜。

有一次因为他办错了事让她耿耿于怀，她想发作，但还是忍住了，后来她给他写了张纸条，放在他们卧室床头柜上——

今天你做的这事，是不是事先没考虑好……

他很快看到了这张纸条，开始自责，马上拿起笔来，在纸条背面回复了她一句——

对不起，这事怨我。

有了第一次，然后就有了第二次、第三次，慢慢地，纸条传话，成了他们间的习惯。

——我妈生活不讲究，以后她有什么不对的地方你告诉我，我转告她，你直接告诉她，她会抹不开面子。

她明白了，乡下婆婆正在他们这里小住，她对婆婆一些不好的生活习惯曾当面善意地提醒了一次，或许惹得婆婆不高兴。她马上在纸条背面回复他——

好的，下次注意。

他们越来越觉得这种方法真的不错，不便直说的那些话，让纸条"说"出来，既不伤对方面子和自尊，又不让自己难为情。

——给你妹妹钱，干吗要偷偷地，我不是小气人！

其实，有些纸条，也没必要回复，只要下次注意或者改过来就好了。但他们还是尽量每条必回，以显示对这件事的重视和对对方的尊重——

怨我，下次由你亲手给她。

他们也曾中断过一段时间的纸条传递，结婚几年后，最初的新鲜感没了，夫妻交流也就不那么讲究了。但很快，他们又把它恢复了。他们已经习惯了看完纸条先冷静片刻再提笔回答，现在当面提醒，当面解释，少了那份思考和冷静，有时"话赶话"，惹得俩人都不痛快。

纸条继续传递。

——当着那么多人的面，你怎么能朝我"立"眼睛呢！

——因为我眼睛小，"立"起来显大。

……

一开始，他们还都客客气气，一本正经地问，一本正经地答。后来，慢慢地变得不那么严肃了，他们学会了幽默，单凭那么一逗，先把对方心里那股火气消去一半。他们都觉得，自己是挺有幽默细胞的一个人，只是过去没有激发出来。

时光捻指，三十多年过去了，刚过完七十岁生日没多久的她，先他而去了。

俩孩子不放心他单独生活，要接他和他们一起住，他没答应，他说他要守着这所老房子，这里面有她的味道呢。

他总是想念她，想得眼眶潮乎乎的。那些纸条，他们没有丢弃，一张不落地保存着，这些宽窄长短颜色新旧不一的纸条，被橡皮筋捆成几捆。他把它们都拿出来，开始重读。他不是一张接一张连续看，他舍不得这样，就如同咀嚼美味，要小口小口地唇齿留香，不能在嘴里囵囵打个滚儿就吞咽下去，于是，他每天看三两张。

每读一张，他便开始回忆这张纸条是哪一年的什么季节为什么写的。不论先看到纸条的正面还是背面，读完后都要先想想另一面写的是啥呢！想起来了，翻过纸面，把想的内容和眼前的字迹对照一下，如果一致，他会高兴地笑笑；想不起来或者记错，他也会摇头笑笑，心里说，老了，记不清了。

——今天你做的这事，是不是事先没考虑好……

——对不起，这事怨我。

他读得心里热乎乎的……

——我都成老豆角子了，除了你，谁稀罕？

他一时记不起来她为啥说这句话，想了半天，才依稀记起二十年前，有个姓陶的一年四季扎条破领带的秃顶老头儿对她"图谋不轨"，让他打翻了醋瓶子。翻过纸条一看，果然没错——

以后老陶教你练剑时别让他靠着你身子，让人笑话。

他不好意思地嘿嘿笑出声。

晚上，他会把看过的纸条在她的遗像前烧了，让她在另一个世界和他一起重温他们一起走过的岁月的绵润温和与美好。

父母用纸条交流，孩子们是知道的，如今父亲又在读纸条中排解寂寞，他们对他的担心，减少了许多。

他走得很安详，他是在烧完最后一张纸条后安然"睡"去的。

孩子们泪眼婆娑。

儿子哽咽着说："其实他们这种交流方式，和是不是聋哑人也没什么关系呀！"

女儿说："当然没啥关系，这只是他们自己的独门爱情保鲜秘籍。我们是不是也该这样？"

这对早已结成夫妻的异姓兄妹相拥在一起。

住宿生

– 张海洋 –

我上高中时,有过一段住宿生的经历。

按理说,来自农村的孩子,适应能力应该很强的,可是我刚入校时,对住宿生活很不适应。

记得开学那天,我和父亲一人骑一辆自行车,车上满载着从家里带来的被褥、凉席,还有脸盆和饭缸等生活用品,一路"叮叮咣咣"来到学校。父亲把东西拎进宿舍,临走又塞给我几张大大小小的纸币,就急匆匆地走了,好像我只是邻居家的孩子,他只是顺道帮忙送一下。我知道他去上班了,父亲是医院的临时工,烧锅炉。

高中的学习生活很枯燥,大部分时间都闷在教室里上课或者自习,下晚自习时往往都夜里十点了,住宿生们晃晃悠悠好像下夜班的苦工，陆续回到充溢着各种脚气味的宿舍里。七八个人在狭窄的空间里各忙各的，准备洗漱的，吃零食的，还有学霸加班看书的，嘈杂的环境让人心情浮躁，难以入眠。

我想家了，想念家里那个安静的牛屋。牛是家里最值钱的家当，让我睡在牛屋里，大人说这里清静，可以安心学习，实际上是家里住房紧张，让我住在里面看着牛可以一举两得。不过，我觉得挺好，我静静地看书，牛在旁边"咯吱咯吱"地吃草，我们相看两不厌。只是同学问我，你身上怎么一股牛屎味儿，让我有一点尴尬。后来，牛卖了钱，成了我上高中的学杂费。

住宿生管理很严，两周才允许回家一次。听同学说，有的女生娇气，想家时会偷偷地哭。也有不放心孩子的，下夜自习后，总有许多家长拎着大包小包的东西来看孩子。上铺杜小华的爸爸隔两三天就会来一趟，带着苹果、油条、鸡蛋糕，有一回还带了几个煮熟的咸鸭蛋，弄得宿舍里有一股别样的臭烘烘的味道。

父亲一趟也没有来看过我，我觉得自己被他遗忘了。每两周回家一次，也很少见到他，常常是拿了换洗衣物和母亲早已准备好的生活费，就返校了。至于在学校学习怎样、生活怎样，父亲从没有过问过。

到了高二，我的学习更加吃力。本来考高中时我的成绩就不理想，是交了六千元的"择校费"，才进的校门。在学业测试时，我的成绩又一次刷了新低。那时我有点想放弃了，躲在教室角落里，偷偷读了大半学期的小说。当班主任让我通知家长来学校一趟时，我竟有点喜悦的情绪。

那天下午放学后，我没有上夜自习，而是到班主任那儿请假去"请"家长。我把自行车骑得哗哗响，去医院的锅炉房见父亲。远远地，我就看到了医院角落里那根乌黑的大烟囱。我把车子停放在锅炉房门口，轰隆隆的噪音让人的耳朵好像过火车一般。走进操作间，我问一个正在运煤的师傅："师傅，请问老张在吗？"

"谁？老张……他不上夜班。"

我有些失望，又疑惑不已，父亲整天不在家，不上夜班，会去哪里呢？黑脸师傅看出了我的疑问，又吼道："老张夜里在火车站扛活儿呢……"

我边走边问来到火车站，夜色已经很浓了，在昏黄的灯光下，我望见了父亲，他在一个高高的跳板上，和一个工友一走一颤地往火车车厢里抬麻袋。原来父亲夜里就"住"在这里。

我没有"请"到父亲，偷偷地回了学校。那天夜里，我躺在床上一夜未眠。关于未来，我想了很多。忽然间，我觉得自己应该长大了。

一个多月后，没想到父亲主动找到了我，那时我正在后厨"哗啦哗啦"地刷盘子。后来听母亲说，为了找我父亲几乎跑遍了全城的饭店。是我上铺的杜小华"出卖"了我，如果不是他告诉父亲我去饭店打工，父亲一定不会那么快地找到我。

"走！"父亲从储物间把我的铺盖卷起来夹在自行车后座上，我跟着他走回了医院的锅炉房。

夜已深了。一张简陋的木板床上，我和父亲抵足而眠，在轰隆隆的机器噪声里，我第一次在家以外的地方睡得那样香甜。

追风斩

– 魏传军 –

"杀人了。"小马弁的尖叫声,划破黎明前的天空。

裨将追风被斩杀在中军大帐。身上没有伤口,追风就像睡着了似的安详。大帐内的陈设完好无损,沙漏无声无息地计时。香炉里,还残留着没有燃烧的艾草。银色的盔甲闪烁着幽幽之光。勾魂枪躺在兵器架上,煞气逼人。几案上摆放着一册翻到第二页的《孙子兵法》。现场看不到打斗的痕迹,寻不到一滴血迹,凌乱的脚印,经过比对是追风和小马弁的。

军帐内,飘浮着一股幽香,瞬间气味就变淡了。老将军嗅觉灵敏闻到了,但这种气味不是艾草燃烧产生的气味。老将军不动声色,暗自搜寻,烛台上,一截熄灭的蜡烛冒着一缕缕青烟。

老将军眉头紧锁。追风骁勇善战,凭着一杆勾魂枪,未曾遇到对手，威震边关二十年，令敌人闻风丧胆。杀手，在中军大帐射杀追风能够全身而退，而且还没有留下蛛丝马迹，简直比神话还神话。

"敌军之中，有这样的杀手吗？"谜团挟裹着谜团，困惑着老将军。

军营一下就炸开了锅，乱哄哄一片，士兵感到危险正向自己逼近。老将军拔出宝剑，士兵们安静下来了。老将军犀利的目光啄着一张张熟悉的面孔，察言观色，试图窥探出端倪。然而，士兵们瞪着无辜的眼神看着老将军。小马弁眨了眨眼，躲避着老将军犀利的目光，像被灼伤似的。

"将军，请拨给我一哨人马，闯进敌营杀他个片甲不留。"偏将叶茂单膝跪地请战。扑通一声！叶盛也单膝跪地请战。叶茂和叶盛是双胞胎兄弟。

军中一阵骚动，士兵们激愤而起，心里翻腾着悲伤和复仇的火焰，擎矛执盾，准备开战。这种火焰一旦被点燃，对于敌对双方将是一场你死我活的杀戮。

老将军手握着宝剑，在沉思。

在军中，叶茂的兵法韬略、马上功夫，与追风在伯仲之间。从军十年才熬到小小的偏将。

"进攻，还是按兵不动，静观其变？战端一开，生灵涂炭，银两耗费巨大。再说，今年大旱，庄稼歉收，粮草补给跟不上，士兵饿着肚子能打胜仗吗？"老将军暗自思忖。

"老将军，敌人拔营，有向我方移动的迹象。"斥候报告。

叶茂和叶盛观察老将军脸上的表情变化，两人对视了一下，暗自得意。

老将军举着一支令牌，向左右看了看："叶茂和叶盛……"话没说完，又一斥候翻身下马，滚落在地上："老将军，敌军消失了。"

"再探。"

兄弟俩正沉浸在兴奋之中，突然，好像一堵危墙轰然一下崩塌了。叶茂跨上马，屁股还没坐安稳，手里的大刀就掉落了。叶盛左脚刚蹬进马镫，一下跌落，坐在地上。

"少安毋躁。"老将军下马。

"报，老将军，敌人退回边界。"斥候再报。

老将军嘘出一口气，捋了捋胡须，走回了追风的军帐。鼻子凑近蜡烛细细嗅了嗅，隐约还能闻到淡淡的气味。

老医官也来了，走进了军帐，看看蜡烛，凑近鼻子闻了闻，笃定地说："箭毒木乳汁的气味，涂抹在蜡烛上，燃烧能使人窒息而亡。"

"杀手是怎么涂抹到蜡烛上去的呢？"

老医官摇摇头。

种种迹象表明小马弁的嫌疑最大，只有他能自由出入追风的军帐，下毒易如反掌。

"难道，杀手是小马弁？"

"小马弁，怎么能谋害将军呢？将军对待他好像亲儿子一样。"

老将军的眉心鼓起了一个大疙瘩，走出了军帐。放眼望去，军帐四周的士兵如临大敌般持枪而立，一步一岗，三步一哨，五步还有一队流动的士兵巡逻，一只蚊子都别想飞进来。老将军围着军帐转了一圈，转到了窗口，发现有模糊的脚印。

"杀手，这一定是杀手的脚印。"叶茂骑在马上，用余光扫视着追风的军帐。

"二页，艾叶。"老将军恍然大悟。

追风痴迷读兵书，研习战法，昏迷时一定是看见了什么，所以才把书翻到第二页，是在暗示凶手？老将军深思熟虑，以静制动。

吹响了集合的号角，点卯时，叶茂和小马弁逃跑了，追风的坐骑、盔甲、勾魂枪不见了。

"杀手是小马弁和叶茂？"老将军即刻派出一队精兵追踪捉拿杀手。

三天后，小马弁回到了军营。银色的盔甲被染成了血色，他拄着勾魂枪一瘸一拐走到了老将军面前："杀。"小马弁含混不清地说了一个字，气绝身亡，手里拎着一个滴血的人头，滚落在地上。

叶盛实在隐瞒不住了，扑通一声跪在地上，据实交代：夜深人静，由他拨开遮挡窗户的帘子，叶茂将涂抹了毒液的大刀伸进去放在蜡烛火焰上烤。

老将军老泪纵横，将小马弁安葬在追风的身边。

夜幕降临，繁星点点，老将军表情庄严而肃穆地站在追风、小马弁的坟墓前。士兵们安静地坐在草地上，哼唱着歌谣，点燃了追风和小马弁最喜欢的艾草。

紫禁城的鲥鱼汤

- 蒙福森 -

康熙三十一年春日,树木葳蕤,草长莺飞,春意盎然。一大早,江宁渔民刘老六和儿子在大江上捕鱼。

这是一个寻常的日子,依旧是斜风细雨,江水苍茫,远山如黛。大江两岸的屋舍、田野、丘陵、树木都笼罩在雨霭之中,烟岚缥缈,若隐若现,恍如一幅杏花烟雨江南的水墨画。刘老六父子箬笠蓑衣,在白浪滔天的大江中撑一叶渔舟,撒网捕鱼。

第一网,一无所获。

第二网,捞到一些小鱼小虾,几根水草。

接着,第三网,第四网……

第十五网时,渔网刚拖离水面,突然间,刘老六心跳加速,手脚颤抖——渔网中,一条罕见的珍稀的鲥鱼正在挣扎着。

"鲥鱼！鲥鱼！鲥鱼！"刘老六连声惊叫，手脚无措，几乎跌坐在船舷上。

这确实是一条鲥鱼，一条价值不菲的鲥鱼！算起来，江宁的渔民已经有两年多没有捕捞到鲥鱼了。

渔船随即撑回岸边。"鲥鱼——鲥鱼——"刘老六向长年守候在江边等候鲥鱼的几名官差大声喊叫，"捕到了一条大鲥鱼！"

不一会儿，官府的大批人马携带着冰块策马奔驰而来。岸边，围了许多看热闹的人。刘老六父子小心翼翼地捞起这条有两斤多重的鲥鱼，交到官差的手中。

鲥鱼娇贵，离水很快就会死掉。官差们把鲥鱼放入一个放满冰块的盒中，盒子外再淋上一层猪油，以防止冰块过快融化。随后，数匹快马立刻如离弦之箭，沿官道快马加鞭，一路奔驰京城。

刘老六随后到官府，领到了一笔丰厚的奖赏——十五两银子。这笔银子，相当于刘老六打鱼一年的收入。

几个官差，背插令旗，一个马背上绑着放鲥鱼的盒子，两个护卫，一前一后，最前面还有一个官差手举令旗，一路不断大呼："八百里加急，闲杂人等立刻避让！"

他们出了江宁城，一路狂奔，不想，路边有几个孩子在玩耍，突然见到几匹快马飞奔而来，吓呆了，不知避让。几匹快马迎头踩踏过去，其中，一个六七岁的男孩被一匹快马撞倒，另一匹马踩中他的头部，顿时，头破血流，不省人事。

官差们仅犹豫一下，随即，快马加鞭，飞驰而过。

从江宁到京城，有三千多里路，沿途官府接到快报，早已准备了大批快马，等候从江宁送鱼上京的官差。每一处驿站，他们都煮好蛋汤，等官差们一到，端上来，匆忙喝上几口。每一处驿站，换一次马，换马不换人。每两处驿站，换一次人。如此日夜不停，向京城疾驰。晚上，沿路官府点起火把，为他们夜奔照明，一路火光映照，不耽误片刻。马蹄声急，尘土飞扬，泥水飞溅，嘚嘚嘚，嘚嘚嘚，马蹄声在寂静的深夜里显得特别清晰。

三日后，鲥鱼送到了京城。御膳房总管吩咐：立刻交给御厨张和烹制。张和打开盒子，一看，一闻，点点头，好。鲥鱼虽死，有冰块保鲜，依然像刚从江里捕捞到一样。张和跟御厨们说过，鲥鱼之味，世间罕有，贵在鲜美、滑嫩、无腥、无泥味，肉如凝珠，其色如玉，非寻常鱼可比，极其珍贵。古诗有云：青杏黄梅朱阁上，鲥鱼苦笋玉盘中……总之，鲥鱼之味，人间至味也。

张和刮鱼鳞，除内脏，洗净，冷水泡浸，去杂味；剔去鱼骨和鱼刺，切鱼片，此时需万分小心，一丝不苟，容不得有一根鱼刺存在，否则，有杀身之祸；放入陈皮、花椒、香蕈、姜片、蒜瓣、八角、香油等多种佐料腌制，加上鸿兴楼送来的鲜豆腐，切块，再放入白果、红枣、草果、笋丝等一起下砂锅，文火炖熬，豆腐和鲥鱼水乳交融，融为一体，不分彼此；出锅后，撒上少许葱花，一道色、香、味、鲜俱佳的鲥鱼豆腐汤做好了。正好，到了皇上用膳的时候，侍膳太监轻轻地揭开锅盖，一股浓香立刻飘散开来，泅入鼻翼，沁人心脾。

这次，张和烹制的是鲥鱼豆腐汤。如果红烧鲥鱼，又是另一种做法。据说，张和有十多种烹制鲥鱼之法。不同的做法有不同的味道，各有特色，皇上百吃不厌，喜欢着呢。可惜，鲥鱼只产于南方浙江、福建等地，珍稀昂贵，少之又少，很难捕到。朝廷定鲥鱼为皇宫贡品，南方各地捕捞到的鲥鱼，不论大小，一律送入京城。

张和烹制鲥鱼水平之高，他人望尘莫及。京城里久负盛名的八大楼、八大居、八大春等大酒楼的名厨，烹制鲥鱼的水平远远比不上张和；甚至，皇宫中所有的御厨，跟张和比，都差了一大截。

张和自小在江宁乡下长大，祖上出过御厨，家学渊源，传到张和时，他聪明勤学，饱读诗书，悟性甚高，厨艺青出于蓝而胜于蓝，比祖上更胜一筹。

张和的父母妻儿留在江宁，耕田种地。他有一子一女，儿子今年七岁了，聪明伶俐。做鲥鱼汤的那晚，张和做了一个梦，梦见儿子哭着向他跑来。张和跟御膳房总管请假两个月，他已经有一年多没回家了。

从京城回江宁，到枣庄古禾时，有两条路，一条大路，一条小路。张和在岔路口，和从江宁老家日夜兼程赶来京城报信的堂弟擦肩而过，差一点就碰到了。

堂弟来京城，有一个悲痛欲绝的消息要告诉张和：十几天前，张和的儿子被送鲥鱼上京的官差的快马踏破头颅，不治身亡。

图书在版编目（CIP）数据

中国微型小说读库．第2辑 / 中国微型小说学会编
．—— 上海：上海文艺出版社，2023.2
（中国好小说系列）
ISBN 978-7-5321-8634-1

Ⅰ．①中… Ⅱ．①中… Ⅲ．①小小说－小说集－中国
－当代 Ⅳ．① I247.82

中国国家版本馆CIP数据核字（2023）第012044号

中国微型小说读库．第2辑

著　　者：中国微型小说学会编
责任编辑：胡　捷
装帧设计：周艳梅
图文制作：费红莲
责任督印：张　凯

出　　版：上海文艺出版社
出　　品：上海故事会文化传媒有限公司
　　　　　（201101 上海市闵行区号景路159弄A座3楼　www.storychina.cn）
发　　行：上海文艺出版社发行中心
　　　　　（上海市闵行区号景路159弄A座2楼206室）
印　　刷：镇江恒华彩印包装有限责任公司
开　　本：889毫米×1194毫米　1/32　印张12.875
版　　次：2023年2月第1版　2023年2月第1次印刷
ISBN：978-7-5321-8634-1/I.6800
定　　价：68.00元

版权所有·不准翻印

上海故事会文化传媒有限公司 出品（01104）www.storychina.cn

想看更多精彩故事？
扫码下载故事会APP

上海故事会文化传媒有限公司所有图书可办理邮购，免收邮费（挂号除外）
汇款地址：上海市闵行区号景路159弄A座2楼206室（201101）　收款人：上海故事会文化传媒有限公司出版发行部
联系电话：021-53204159
如发现本书有质量问题，请与印刷厂质量科联系 T：0511-80867895